उसके न होने का दर्द

ममतामयी स्वर्गीया सासुमां चन्द्री को सादर —————————

उसके न होने का दर्द

महावीर रवांल्टा

सहयोग प्रकाशन, दिल्ली-110096

ISBN–81-8070-016-3

संस्करण : प्रथम, 2009

प्रकाशक : सहयोग प्रकाशन
29/502, ईस्ट एण्ड अपार्टमैंट्स, मयूर विहार एक्सटेंशन,
फेस–I, दिल्ली–110096 फोन : 22742291 द्वारा प्रकाशित
एवं जैमिनी प्रिंटिंग सर्विस, नई दिल्ली द्वारा बालाजी ऑफसेट
शाहदरा, दिल्ली–110032 में मुद्रित ।

USKEY NA HONE KA DARD (Stories)
by Mahaveer Ravanlta

अनुक्रम

माँ, तुम भी...

शहर में रहते हुए मुझे करीब पन्द्रह साल हो गए हैं। इतने सालों में मैं काफी अनुभव बटोर चुका हूँ। अपने छोटे-से परिवार के साथ मैंने नीड़ का निर्माण किया। सुन्दर-सी पत्नी और दो बच्चे। बच्चे स्कूल जाने लगे हैं। पत्नी गृहस्थी में व्यस्त रहती है और मैं दफ्तर आने-जाने में। महीना-भर काटने की जुगत में। शहर में मध्यम वर्गीय गृहस्थी की गाड़ी को चलाना लोहे के चने चबाने जैसा होता है। बच्चों की यूनिफॉर्म, किताबें, स्कूल की फीस, दूध, अखबार, बिजली, पानी के बिल सहित घर का बाकी चलने वाला खर्चा। यूँ समझिए, जोड़ गणित में ही निकल जाता है समय का कुछ हिस्सा। कभी शादी, पार्टी में कहीं जाना पड़े या फिर गाँव जाने का ही प्रोग्राम हो तो मोटी रकम खर्च हो जाती है। घर का बजट पहाड़-मैदान होने लगता है।

"पापा ये ला दो.... वो ला दो" बच्चों की माँगें हड़ताली कर्मचारियों की तरह पूरी नहीं हो पातीं। पत्नी को खुश रखने के लिए समय-समय पर गिफ्ट.... शादी की वर्षगाँठ, जन्मदिन....मोटा हिसाब लगाएँ तब भी दीवाली, होली, जन्माष्टमी जैसे खास त्यौहारों के लिए बजट रिजर्व रखना पड़ता है। इसके अलावा दोनों बच्चों के जन्मदिन की पार्टी। अपनी शादी की वर्षगाँठ और अपने जन्मदिन हम दोनों गुपचुप ही मना लेते हैं, हर बार कहाँ धूम-धाम....! जेब में सामर्थ्य होनी चाहिए और समय भी। दोनों का अभाव लगता है इसलिए गुपचुप मनाने में ही अच्छा है। साल-दो साल

में माँ का आना होता है तब वे कुछ-न-कुछ समस्याएँ बालों में पड़ी जुओं की तरह साथ ले आती हैं। मसलन, छोटे भाई को बैल खरीदने के लिए, मामा के लड़के को ब्याह के लिए, फूफू को भैंस मोल लिवाने, छोटी बहिन रुकमा के ब्याह पर जेवरात बनाने के लिए पैसा चाहिए। ''माँ, तुम भी...'' कहने के सिवा माँ के लिए कोई शब्द मेरे मुँह से नहीं निकल सकते।

आत्मा का दिल पर बहुत बड़ा बन्धन है। मैं जानता हूँ, माँ ने मेरे लिए क्या कष्ट नहीं उठाए। आज अपने पैरों पर खड़ा मैं ही माँ की बातों पर प्रतिवाद करूँ तो उनकी बची-खुची अवस्था मानसिक पंगुता की शिकार हो जाएगी।

माँ ने गाँव की प्राइमरी पाठशाला में जब मुझे दाखिला दिलाया था तब से मुझे उनका उठाया दुःख-सुख मालूम है। माँ की सारी बातें मानकर मुझे कभी किसी के लिए पैसा भेजना पड़ता, कभी कपड़े-लत्ते। कुछ महीने के लिए हमारे घर का बजट जरूर बिगड़ता है लेकिन हम इसका तिनका भर भी अहसास माँ को नहीं होने देते। माया को माँ का बूढ़ा मन टटोलना भी चाहता है लेकिन वह भी दुपहिए वाहन की तरह स्थिति को बिगड़ने नहीं देती। वह भी माँ की उठाई तकलीफों से अनभिज्ञ नहीं। मैंने उसे सब कुछ बता दिया है।

तीन बार हम गाँव भी हो आए हैं। वह जानती है माँ बाहर से जितनी सहज व सहनशील हैं, भीतर उससे कहीं ज्यादा सहनशीलता उनमें भरी है। काँटों की चुभन वे अकेली ही सहती रहीं। अब तक अपने लिए उन्होंने हमसे किसी चीज की माँग नहीं की। जो मिला, खा लिया, जो सिला, पहन लिया। ना-नुकूर का उनका स्वभाव नहीं। वैसे भी माँ-बाप सन्तान से कुछ लेने की चाह नहीं रखते। तब माँग करतीं भी किससे। निबट अकेली जो थीं, अपने दुःख-सुख की स्वयं ही साझेदार।

कुछ दिन हमारे साथ बिताने के बाद माँ गाँव चलने को होती हैं तो सप्ताह-भर पहले ही उनकी चिन्ता बिगड़े स्वेटर के धागों की तरह उधड़ने लगती है। अपने साथ चलने के लिए वे छोटा-मोटा सामान इकट्ठा करने लग

जाती हैं। बच्चों के पुराने व छोटे बड़े कपड़े वे अपनी पोटली में बाँधना शुरू कर देती हैं। यह सुल्लू के काम आएगा, यह मोल्या के, यह रामू के, अपने विवेक से वे यहीं से कपड़ों का बँटवारा शुरू कर देती हैं। कहती हैं– गाँव में बच्चों के लिए ठीक ही तो हैं ये पुराने-धुराने। दिन-भर माटी में खेल-खेलकर सत्यानाशी नए भी पुराने कर देते हैं फिर उनके बाप की कमाई इतनी नहीं कि महीने-महीने नए कपड़े पहना सकें। यहाँ फेंकने से तो अच्छा है अपनों के काम आएँ। इसी तरह माया के पुराने ब्लाउज, पेटीकोट, साड़ियाँ समेटकर ले जाती हैं कि कोई-न-कोई ब्वारी पहन लेगी। यही दशा मेरे कपड़ों के साथ भी। कहतीं–कमीज कोई भी नान्हां (लड़का) पहन लेगा। पैंट उनमें से कोई नहीं पहनता तो माँ की योजना रहती है कि उन्हें ले जाकर गाँव के दरजी से उनकी 'सदरी' (वास्कट) सिलवा लेंगी और किसी-न-किसी के पहनने के काम आ जाएगी। वाह री माँ। मैं मन-मन माँ की सूझ-बूझ, उदारता व वात्सल्यता की प्रशंसा में नतमस्तक हो पड़ता।

बुर्जुगों की चिन्ताएँ घर के लिए बूँद-बूँद इकट्ठा करने की चिन्ताएँ होती हैं। बुर्जुगों की घर के लिए ये चिन्ताएँ न होतीं तो न जाने कौन-सा अँधेरा उन्हें किस वीरान कोने में रख छोड़ता।

माँ का गाँव वापसी का निर्णय सुनकर हालाँकि हम पति-पत्नी भीतर-ही-भीतर काफी उदास हो जाते हैं लेकिन बाहर से सामान्य दिखने का ढोंग करना हमें आ गया है। बच्चे अपने आप में बेहद मायूस होने लगते हैं। वे दादी के बारे में पूछते हैं तब हमें उनकी मायूसी की चिन्ता बूढ़े होते बाँज के पेड़ की तरह खोखला कर देती है।

दादी के जाने पर घर में काफी दिन तक उदासी रहती है फिर आसमान में घिरे बादलों की तरह छँटने लगती है। उनके जाने पर हमारी जिम्मेदारियाँ फिर लद जाती हैं। उनकी मौजूदगी में माया को सब्जी नहीं काटनी पड़ती, धूप में कपड़े नहीं सुखाने पड़ते, ये काम माँ ही करती हैं। इसके अलावा दोनों बच्चों के साथ माँ घर पर होतीं तो घर से बाहर निकलने पर घर की चिन्ता हमारा पीछा नहीं करती, वरना बच्चे अकेले हुए नहीं कि लड़ना-झगड़ना शुरू कर देंगे। एक सुबह मैं किसी दोस्त को मिलने चला गया। वापसी पर

देखता हूँ कि पिंकी व अमित आपस में लड़ रहे हैं। अमित ने पिंकी के बाल कसकर पकड़ रखे थे और पिंकी ने उसके कान। मैंने उन्हें छुड़ाया, झगड़ा पेंसिल को लेकर चल रहा था। पिंकी पेंसिल से अपना होमवर्क कर रही थी और अमित उससे पेंसिल लेने की जिद कर रहा था। माया बच्चों के झगड़े से बेखबर गुसलखाने में कपड़े धो रही थी।

पहले बच्चे अपनी दादी के साथ गाँव चलने की जिद करते थे, अब ऐसा नहीं है। बच्चे जानते हैं, दादी गाँव से फिर जल्दी ही उनके पास वापस आ जाएँगी। जाते समय वे अपनी वापसी के साथ उन्हें ढेर सारे प्रलोभन दे जाती हैं कि वे गाँव से उनके लिए बहुत अच्छे-अच्छे सेब, अखरोट व सिरोल लेकर आएँगी। जाते-जाते वे उनकी हथेली पर टॉफी के लिए एक-एक रुपया रखना नहीं भूलतीं। बच्चे रुपए लेने से पहले मेरी ओर देखते हैं और मौन स्वीकृति मिलते ही चुपचाप जेब में रख लेते हैं।

गाँव से लौटने पर दादी बच्चों के लिए सेब, सिरोल, अखरोट जरूर लाती हैं। घर के लाल चावल, राजमा, गैत की दाल, च्यूड़ा, बुकाणे लाना भी वे नहीं भूलतीं जिन्हें खाते-पकाते हम गाँव की माटी की सोंधी महक को शहर के घुटन भरे माहौल में भी आसानी से पा लेते हैं। कुछ दिन खाने-पकाने की महक के साथ हमारा आत्मीय जुड़ाव हमें स्वत: ही गाँव की ओर ले जाता है।

दो साल से माँ शहर नहीं आई हैं, अब आने ही वाली हैं एकाध दिन में। कुछ दिन पहले गाँव से उनकी चिट्ठी आई कि अबकी जाड़े में वे हमारे साथ रहना चांहती हैं। उनके आने की खबर से अमित व पिंकी बहुत खुश थे। माया ने माँ के लिए एक गर्म शॉल खरीद कर रख ली थी कि उनके आने पर वह उन्हें अपने हाथों यह शॉल पहनाएगी। माँ मना करेंगी, उस समय उनके चेहरे पर वात्सल्यता देखने लायक होती है। माँ के साथ बीतने वाले सुनहरे पलों की कल्पना में वह मन-ही-मन बाग-बाग होने लगती। बच्चों के स्कूल व उनके पापा के दफ्तर चले जाने के बाद जिन एकाकी क्षणों में वह अपने आपको ही उलझाने वाले गम के धागे बुनती है। माँ के आने पर कितनी सहजता से निकल जाएँगे वे पल जो कभी-कभी उसे काटने दौड़ते हैं। इन

पलों की रिक्तता अनुभव के रंगों से भरेगी। बड़े-बूढ़ों की निकटस्थता में जीवन स्वर्ण की तरह तप जाता है।

माँ शहर पहुँचीं। शहर पहुँचने में उन्हें कोई खास कठिनाई नहीं होती। कस्बे तक छोटा भाई छोड़ जाता है। शहर आने वाली बस में बिठा देता है। बस स्टैंड उतरकर वे रिक्शा करके घर पहुँच जाती हैं। उनके पहुँचते ही बच्चे 'दादी-दादी' चिल्लाते हुए उनसे चिपक पड़े थे। माया और मैंने पैर छुए तब माँ ने स्नेह व आशीर्वाद की बारिश हम पर कर दी थी। काफी देर तक वे अमित व पिंकी को चूमती रहीं फिर मुझे व माया को। मैंने देखा, माँ की भीतर की ओर धँसी छोटी-छोटी आँखों के किनारे आँसुओं के बिन्दु उमड़ रहे हैं और वे उन्हें वहीं-के-वहीं पोंछ रही हैं। शायद खुशी के आँसू। सन्तान से मिलकर माँ-बाप को अथाह खुशी होती है।

आदत के अनुसार माँ ने अपनी पोटली से बच्चों के लिए वादे के मुताबिक अखरोट, सेब, घर के लिए चावल, राजमा, गैत की दाल निकाले। जिन्हें देखकर पूरा-का-पूरा गाँव मेरे स्मृति-पटल पर उतरने लगा था और माँ की उपस्थिति के साथ वहीं-का-वहीं बरसाती कोहरे की तरह लुप्त हो गया। ''ये ले ब्वारी तेरे लिए 'अरसे' और दल्या के लिए 'अस्के', पिछली बगत तू कह रही थी कि अरसे तुझे बहुत भाते हैं। गज्जू की ब्वारी, को साथ बिठाकर कल रात को बनवाए। अब पहले जैसी ताकत कहाँ रही शरीर में। उसीने चावल कूटे, अस्के कल्याणी ने बनाए। बचपन से उसे अस्के खाने का शौक था, जब भी मन होता जिद करके बैठ जाता। माँ की आँखों में अतीत खुले आकाश की तरह उतर आया था। बच्चे मुझे देखने लगे थे। माँ मुझे दल्या कहकर पुकारती हैं। बचपन का मिठास घुला नाम। ''माँ, तुम भी ....'' मैं इतना ही कह सका।

माया चाय बनाकर लाई। माँ सफर की थकान की वजह से पलंग पर पसर गई थीं। हम माँ को कुछ दिन याद करने के बाद कलेण्डर की तारीख की तरह भूल जाते हैं और माँ बच्चों के पल-पल को अपने मन में सँजोकर रखती है। मैं बैठक में बैठा बीच के दरवाजे से बड़ी बारीकी से माँ को देख रहा था। मुझे लगा, माँ के चेहरे पर दो वर्ष पहले की-सी ताजगी नहीं रह गई

है। तब उन्हें सफर की थकान नहीं होती थी। चेहरे पर उम्र की परछाइयाँ काफी क्रूर होती हैं। माँ के चेहरे पर उभरी झुर्रियों को देखकर मुझे कटु अहसास होने लगा था।

देर रात तक हम माँ से बातें करते रहे। गाँव के बच्चे-बूढ़ों के हालचाल जानते रहे, और माँ बड़े चाव से एक-एक किस्सा बयान करती रहीं। कुछ अच्छी कुछ बुरी बातें। आपसी मन-मुटाव, लड़ाई-झगड़े, ब्याह-बरात, कथा पाट, खेल-तमाशे की। माँ ने उन्हें यह भी बताया कि अब की बैशाख में सत्या ने लड़की के ब्याह का दिन तय किया है। इसके लिए उसने पाँच हजार की मदद माँगी है। "माँ, तुम भी...." मैं आदत के वशीभूत बोल पड़ा। तब माँ मुझे समझाने लगीं कि "अपनों का सहारा हर कोई चाहता है। तेरी नौकरी है तो जात-बिरादरी के लोग आस रखते हैं। वरना काम तो सब चल पड़ते हैं पर आपसदारी क्या रह जाएगी।"

माँ की बातों का सार बचपन से समझता रहा हूँ। उन्होंने कभी किसीका बुरा नहीं सोचा, न किया। अब की बार सत्या को भी उधार देना पड़ेगा और जुबान के मुताबिक माँ वसूल भी कर लेंगी। माँ के साथ जो भी लेन-देन की बात करता है, सच की पाबन्दी रहती है। दूसरे का घर बसते देख माँ को असीम हर्षानुभूति होती है और माँ की खुशी के साथ हमारा जीवन बँधा है।

दो महीने ठहरने के बाद माँ ने गाँव लौटने का मन बना लिया। करीब सप्ताह-भर पहले उनके कार्यक्रम की घोषणा हो चुकी थी। बच्चे मायूसी से घिरने लगे थे, माया और मैं अन्तरिक चिन्ताओं से। "माँ सदा हमारे साथ नहीं रह सकतीं?" रात को माया ने मुझसे बिस्तर पर लेटे-लेटे सवाल किया था। मैं उसके अन्तर्मन की सुगबुगाहट को समझता था।

"क्यों नहीं, लेकिन उनका मन गाँव गए बिना नहीं भरेगा।" मैंने पहले उसे दिलासा दी फिर स्वयं ही उसके भ्रम को तोड़ डाला। मैं भी सोचने लगा था, माँ अगर हमारे साथ ही रहतीं तो कितना अच्छा होता। अब गाँव में अकेली रहकर चौका-बर्तन उनके बस की बात नहीं। क्या जरूरत है इस उमर में उन्हें कष्ट उठाने की। वह भी तब जब उनका बेटा कमा-खिला सकता है। मेरे मन में माँ को लेकर विचारों का जाल उधड़ता-बुनता रहा था।

''मैं कहूँगा उन्हें न जाने के लिए, अब क्या रखा है वहाँ?'' मेरे कहने से माया को ढाढ़स मिल गई थी जैसे डूबते को तिनके का सहारा। बिस्तर पर ही काफी देर तक हम अपने-अपने विचारों के साथ चहलकदमी करते रहे, अन्तत: नींद के बन्धन से बँधे बिना भी न रह सके।

''माँ, एक बात कहूँ?'' मैंने सुबह चाय पीते-पीते माँ से अपनी बात कहने की शुरुआत की थी।

''कह!''

''तुम यहीं नहीं रुक सकतीं हमारे पास, गाँव जाकर क्या करोगी?''

''यहाँ रहूँ या वहाँ रहूँ, एक ही बात है, लेकिन ये तो परदेस है। तेरा बचपन उसी गाँव की माटी में ही छुपा है। यहाँ केवल तुम्हारी श्रद्धा व सेवा परायता है। तेरे बा की सारी यादें...उनकी आत्मा नहीं भटक रही होगी अपने खेत, घर, माटी में। घर की देख-रेख कौन करेगा? खेत तो अदेली ही दे देते पर....'' माँ ने बहुत जटिल प्रश्न-व्यूह हमारे सामने खड़ा कर दिया था। माँ के चारों ओर गाँव किसी स्वर्णिम सपने की तरह घिरा है जिसके सामने शहर की हर सुख-सुविधा बौनी पड़ जाती है। किसी तरह का प्रलोभन उन्हें डिगा नहीं सकता। माया व मुझे पक्का यकीन होने लगा था।

''माँ, तुम भी....'' आगे के शब्द भाव विह्वलता के कारण मेरे रुँधे गले में ही अटक गए। माँ जरूर जाएँगी।

पोटली तैयार थी और जरूरत का सामान भी। जाते वक्त माँ अमित व पिंकी को वही पुराना प्रलोभन देने लगीं अखरोट, सेब का। अपने खर्चे में से पाँच-पाँच के एक-एक नोट उन्होंने अमित व पिंकी को थमाए जिन्हें उन्होंने किसी धरोहर की तरह जेब में रख लिया था। माँ ने माया को चूमा, उसे आशीर्वाद दिया और मेरे पाँव छूने पर उनकी आँखों से टप-टप कर आँसू निकल पड़े थे, विछोह के आँसू। इतने सालों में मुझे पहली बार लगा था, माँ सचमुच हमसे दूर जा रही हैं; बहुत दिनों के लिए। ''देख दल्या! ब्वारी और बच्चों का ख्याल रखना और अपना भी रोज रात को दूध पीना न भूलना, मेरी चिन्ता न करना। अबकी बार जल्दी आऊँगी।''

माँ को बस मैं बिठाने के बाद में उदास चेहरा लेकर लौटा। माया व बच्चे

भी रुआँसे चेहरे लिए बैठे थे। उस दिन बच्चे स्कूल नहीं गए। किसी का खाने का मन नहीं हुआ। चाय के घूँट गले से उतारते हुए हम माँ की स्मृतियों के साथ टूटते-जुड़ते गए। दिन निकलते रहे। उदासी धीरे-धीरे छँटती गई। अबकी बार माँ जल्दी आएँगी, मुझे उनका कहा याद था।

एक दिन माँ की चिट्ठी आई कि सत्या की बेटी का ब्याह धूमधाम से हो गया। उसके घरवाले तुम्हें आशीष बोल रहे हैं। चिट्ठी में यह भी लिखा था कि उनकी तबीयत अब ठीक नहीं रहती, सारे बदन में दर्द रहता है। वे अपनी जगह-जमीन वीरू को सौंपकर उनके पास सदा के लिए आ जाएँगी। वही खा-कमा लेगा या फिर अदेली दे देगा। तब हम सब को अच्छा लगा था कि यहाँ रहकर उनका अच्छा इलाज हो सकेगा, माया का अकेलापन दूर हो जाएगा और हमें माँ का सान्निध्य मिलता रहेगा। कस्बे से आने वाली गाड़ियों का पता लगाने मैं यदा-कदा बस-स्टैंड पहुँच जाता। हमारी व्यग्रता बढ़ रही थी।

माँ नहीं आईं....तार आया 'मदर सीरियस कम सून'....माया व बच्चों के लिए माँ सिर्फ बीमार थीं गंभीर। लेकिन मेरा शंकित मन कह रहा था 'माँ दुनिया छोड़ चुकी हैं', पिता का दुनिया छोड़ना मैंने नहीं देखा था। मेरा तन-मन बुरी तरह टूटने लगा। अगली सुबह मैं माया व बच्चों के साथ गाँव के लिए रवाना हुआ। घर के आँगन में इकट्ठी भीड़ देखकर हमारा रोना न थम सका। बच्चे हतप्रभ थे। हमें घर के लोग पकड़कर मुश्किल से बरांडे तक ले गए।

बरांडे में माँ बैठी थीं बिल्कुल मौन। झुर्रियों से विमुक्त चेहरा, जैसे चिन्ताओं का ही अन्त हो गया हो। माया उनसे लिपटकर खूब रोई-चिल्लाई, छाती, सिर पीटा लेकिन वे नहीं बोलीं। तब वह बेहोश होकर गिरते-गिरते बची। मुश्किल से उसे सँभाला। अमित व पिंकी एकटक माँ की ओर देखकर मुझसे पूछ रहे थे, "पापा, दादी क्यों नहीं बोलतीं?"

"बेटे दादी नहीं बोलेंगी, वो थककर सो गई हैं। हमेशा के लिए....।" मैं मुश्किल से इतना कह सका। दोनों बच्चे दादी से चिपककर खूब रोए।

अगले दिन माँ का अंतिम संस्कार किया गया। फिर क्रिया-कर्म....माया

ने 'कोठार' खोला तो देखा, माँ की पोटली बँधी पड़ी थी। शायद शहर जाने के लिए। उसने मुझे बुलाकर पोटली दिखाई। मैंने भीगे मन से पोटली खोलकर देखा, उसमें सेब, अखरोट, चावल, गैत, राजमा बँधे थे। एक बर्तन में चावल भिगोने रखे थे। माया की रुलाई मैं न देख सका। कोठार से बाहर निकल पड़ा।

वीरू ने मुझे बताया कि "माँ शहर आने की तैयारी कर रही थीं। कह रही थीं कि परसों सुबह ही चली जाऊँगी, तुम मुझे स्टेशन तक छोड़ देना। रात को बुखार तपा, दवा दी। कुछ ठीक हुईं। फिर सुबह एक हिचकी आई और....तब वे बस तुम्हें ही याद करती रहीं ..." हम दोनों बच्चों की तरह सुबकने लगे थे। "माँ, तुम भी ...." आगे बुदबुदाने की सामर्थ्य मुझमें नहीं थी।

●●

खुली आँखों में सपने

'जुमरिया', 'बाजगी' अपने लिए इनसे अलग कोई सम्बोधन उसने नहीं सुना, ज्यादा-से-ज्यादा 'नैन दा'। गाँव कहाँ-से-कहाँ पहुँच गया है लेकिन वह जहाँ-का-तहाँ है। उम्र के पचपन बसन्त पार कर लिए हैं तब भी उसे लगता है अभी देखा ही क्या है उसने इतनी उमर में। मन को टटोलता है तो अपनी हैसियत के मुताबिक क्या कुछ नहीं देखा उसने बल्कि यूँ कहें कि क्या कुछ नहीं भोगा उसने। बिछाण (बिस्तर) पर पड़े-पड़े अपनी आँख का गोल फ्रेम का चश्मा उतारकर उँगलियों के पोरों से आँखों के किनारे थमी सफेद कीच साफ करता है और चश्मे को कपड़े के बनाए खोल में ठोंसकर उसे अपने सिरहाने के करीब इस तरह भीत से सटाकर रख देता है कि रात-विरात जरूरत पड़ने पर पहन सके और टूट-टाट से भी बचा रहे। फिर अपना पुराना-सा पैबन्द लगा कोट उतारकर उसे उल्टा मोड़कर सिरहाने को और ऊँचा बना लेता है। अपना चूड़ीदार पाजामा उतारकर वह खूँटी पर नहीं टाँगता। अपने लेटने की सीध में ही रख देता है। सिर को थोड़ी देर खुजाता हुआ नैनू बड़ी बेफिक्री से सिरहाने पर सिर टिकाता हुआ पैरों की तरफ पड़ी पुरानी रजाई को खोलकर गले तक ले आता है। चाहता है जल्दी ही उसे नींद आ जाए, नींद में वह मीठे-मीठे सपने देखे फिर सुबह हो जाए।

पीठे सपने देखने की उसकी लालसा बच्चों की चाँद से खेलने की जिद

की तरह कभी भी पूरी नहीं होती। सपने देखे तब न, जब नींद आ जाए। उसे तो रात-रात गए नींद नहीं आती। बस, खुली आँखों में ही सपने देखता है। वो भी मीठे नहीं होते, कड़वे होते हैं, कसैले होते हैं और बीभत्स भी होते हैं। भविष्य के सपने देखना उसने कई दिनों से छोड़ दिया है। वर्तमान कभी सपना नहीं हो सकता, उसका अनुभवी मन जानता है। बीता हुआ समय, तो उसके लिए समय कहाँ रहा सपने देखने का। तब तो वह सिर्फ सपने बुनता रहा स्वेटर की तरह-तरह की बुनाई की तरह और उन सपनों को गाँव के स्वर्ण ओढ़ते-पहनते रहे। पुराने होकर फेंकते रहे। अब वह केवल अपने लिए सपने देखना चाहता है लेकिन परिस्थिति उसके हाथ में नहीं, नियति उसके साथ नहीं है।

खड़-खड़-खड़-खड़-खड़–सिलाई मशीन चलने का स्वर उसकी नींद में खलल पैदा करता है और कभी-कभी वह अपनी अनिद्रा की स्थिति के लिए इसी मशीन को दोषी ठहराता है। कितने सालों से उसके कानों में यही स्वर खड़खड़ा रहा है–जैसे शरीर की नसों में खून दौड़ रहा हो। तब से, जब से उसका जन्म हुआ था। बाबा बताते थे, उन्होंने सौकार से कर्ज लेकर सिलाई मशीन खरीदी, सिलाई की फिर उनका कर्ज सूद-ब्याज के साथ चुकाते रहे। तभी से खड़-खड़ उसके शरीर में रच-बस गई है।

''सबल्या! तू अब तक सोया नहीं? जा, सो जा, मत खराब कर इन आँखों को'' लेटे-लेटे नैनू ने सबल्या से पहले सवाल किया फिर सोने की सलाह दी और आँख न खराब करने की हिदायत। तीनों बातें एक साथ मन की त्रिवेणी। ''अभी तो नौ ही बजा है बाबा।'' मशीन की खड़-खड़ को कुछ देर रोककर वह बोला फिर उत्तर की परवाह किए बगैर मशीन चलाने लगा। लकड़ी के गुटके को आधार बनाकर रखी जलती लालटेन अपनी रोशनी बाँट रही थी। रोशनी कठबाड़ के लम्बे सूराखों से नैनू की आँखों तक पहुँच रही थी। बाहर से आ रही लालटेन की रोशनी घर की भीत पर रेखाओं की लम्बी आकृतियाँ बना रही थी। सबल्या हिलता-डुलता तब भीत पर आकृतियाँ घटने-बढ़ने लगतीं। कुछ देर अँधेरे में उसे इन आकृतियों से खेलना बहुत अच्छा लगा लेकिन बहुत देर वे भी उसके बूढ़े मन को नहीं बाँध सकीं। थोड़ी

देर के लिए उसने आँखें मूँद लीं। जिन्दगी-भर रोशनी का ही खेल खेलती रही हैं उसकी आँखें। अन्त में इंसान को मिलता ही क्या है, अँधेरा, वह भी केवल मुट्ठी-भर। अभी नौ बजा है। फिर दस बजेगा फिर–बजता ही तो रहेगा रात-भर कुछ-न-कुछ। उसका जमाना था तब वह नहीं जानता था घड़ी का कुछ बजना। बस, लोगों से सुनता था–'दो बज गए', 'पाँच बज गए', 'सात बज गए', 'बारह बज गए' बारह के बाद–एक दिन वह भोलेपन में किसी से पूछ बैठा था। "तेरह कब बजेंगे?"

सुनते ही उसने उसकी अनभिज्ञता पर खूब ठहाके लगाए थे, "अरे नैनू, घड़ी में बारह बजता है फिर एक, तेरह नहीं बजता" कहते-कहते भी उसकी हँसी नहीं थम रही थी।

"वो क्यों?"

"इसलिए कि वो घड़ी है तेरा फीता नहीं, बनिये का गज नहीं कि बारह, तेरह, चौदह इंच की गिनती चलती रहे।" उसे ठीक-ठीक जवाब नहीं मिला था फिर भी मानना ही पड़ा कि बारह के बाद एक बजता है। बस, इसी तर्ज पर कि दिन के बाद तो रात ही होती है। उस समय वह आसमान में चाँद, तारों की उपस्थिति, मन्दिर में बजने वाली नौंती (नौबत) परिगत से ही समय का आकलन करता या फिर अपने अनुभव से। रात-रात-भर उसे 'गाइखों' के कपड़े सिलने पड़ते। कभी-कभी तो परिगत तक बज जाती और वह अपने घर में कपड़ों की कतरनों के बीच बैठा खड़-खड़ मशीन चलाता हुआ कपड़े सी रहा होता।

सात बीसी मवासों के गाँव में जुमरियों के सात परिवारों में एक उसका परिवार भी है। आपस में गाइख बराबर कर बँटे थे यानि उसके पास एक बीसी मवासे थे। उनके कपड़े सीना, छोटे-बड़े के दाढ़ी-बाल काटना, बरात, कथाघाट, जनने-मरने त्यार-वार पर उसकी जिम्मेदारी बनी है–ढोल बजाना। समय-समय पर गाँव व बाहर की जातर (मेले) में उसकी जिम्मेदारी बढ़ जाती। बदले में गाइखों से साल-भर में दो बार अनाज के रूप में मिलने वाला 'सलतू'।

'सबल्या, अब सो भी जा, पाछिल पर (अन्तिम पहर) परभात भी बजानी

है' सोचते रहने के बाद नैनू बोल पड़ा था। सोच रहा था–इस समय नौंती वह बजाकर आएगा। परभात सबल्या ही बजा लेगा। अपनी 'गाण' पूरी जो करनी है। जुमरियों के तय दिन उनकी गाण है।

''बाबा, तू सो जा, मैं नौंती बजा आऊँगा, सवेरे परभात भी'' सबल्या ने कहने से पहले जैसे बाबा के मन की थाह ले ली थी। कल छोटी जातर है, परसों बड़ी। कपड़ों का ढेर अब भी लगा है। कल आधे से अधिक गाइख आ टपकेंगे, कपड़े लेने। 'अरे सबल्या, झगुली सिल गई?', 'सुली का सल्दराज सी लिया?', 'कोट, सदरी सी ली?' जवाब देते हुए वह थकने लगता है। ना करता है तब नाराजी भुगतनी पड़ती है 'अभी सिलता हूँ,' 'सी रहा हूँ' 'शाम तक सी दूँगा' तमाम रटे-रटाए उत्तरों से वह सबको संतुष्ट करता है। सिलाई कोई दे देता है, कोई घर आने को कहता है। कोई थोड़ा लूण-तेल दे जाता है तो कोई देने का नाम ही नहीं लेता। उसे तो रंग-बिरंगे धागे, हुक, बटन अपने पास रखने पड़ते हैं। इस बार वह लाला लाखीराम की दूकान से तीन सौ आठ रुपए का सामान उधार लेकर आया है।

मेहमानों को उठाने-बिठाने का मौका उसे बड़ी जातर की रात को ही मिल पाता है। तब वह रो-धोकर सभी से निपट लेता है। बच्चे व बाबा काज-बटन टाँकने में उसकी मदद करते हैं। घरवाली कपड़ों पर इस्त्री कर लेती है। पार साल मैफतसिंह का कुर्ता नहीं सिल पाया तो वह आगबबूला हो गया था–''डूम माचोद चड़कटी मरी।'' वह और न जाने कैसी-कैसी गाली बडबड़ाता रहा। लेकिन वह चुप ही रहा। गलती उसी की थी कि वादा करके काम नहीं कर सका। एक बार मन में आया कि कह दे–''तेरे बाप का नौकर थोड़े हूँ, नहीं सिला तो नहीं सिला'' लेकिन उसका मन खुला नहीं होता यह सब कहने को। शरम एक बार उड़ गई, समझो गई। फिर बाबा का डर। बाबा उसके ये शब्द कभी बर्दाश्त नहीं करेंगे। उनकी नसों में गाइखों की रोटी व लूण-तेल का असर है। वह कुछ देर मशीन खड़खड़ाता रहा और नैनू भीतर लेटा बीते समय को याद करता रहा। ठंड मामूली थी लेकिन रात में कुछ बढ़ती हुई लगी।

बाप-बेटा दोनों ही अपनी-अपनी विवशता में बँधे पड़े थे। नैनू

सोचता–काश! उसकी आँखें जवाब न देतीं तो वह थोड़ी देर मशीन चलाता, काज-बटन करता। लेकिन अपनी सामर्थ्य का अहसास होते ही वह मन–ही–मन विवशता की लक्ष्मण-रेखा से घिरने लगता–निस्हाय-सा।

"बाबा, मैं जा रहा हूँ नौंती बजाने।" उसने कपड़ों की कतरनों के बीच से उठकर अपनी आवाज का रुख भीतर की ओर किया। बरांडे की अलमारी से अपनी पंखी निकाली और उसे अपने बदन पर लपेटा। सीढ़ी पर पड़े जूते पहने फिर मन्दिर की ओर बढ़ने लगा। चलते हुए उसने एक बीड़ी सुलगाई और बराबर सुट्टी मारने लगा। 'डब-डब-सा गेंदोऊ'–थोड़ी देर में ढोल पर सबल्या की उँगलियाँ और लाकुड़ी पड़ने लगी। नौंती बज रही थी। नैनू उसकी नौंती को विदग्धता से सुनता रहा। इकलौते बेटे को उसने खानदानी जिम्मेदारी से लाद दिया। अब तो उसे जीवन–पर्यन्त यह जिम्मेदारी निभानी पड़ेगी। सारा गाँव सोता है और जुमरिया को नौंती बजाने की फिकर लगी रहती है। खा–पीकर गाँव सो जाए तभी नौंती बजती है। तब तक जुमरिया या तो एक नींद सो ले या फिर पल–पल को टकटकी लगाकर काटता रहे। थोड़ी–बहुत अबेर हो जाए तो ठीक लेकिन जल्दी में–एक साल नशे में धुत्त कुगंदास ने नौंती बजा डाली, लोग खाना खा रहे थे। "दिमाग खराब हो गया इस डूम का" तब सरपंच ने बुरी फटकार लगाई थी। गाँव के सयाणेनुमा लोगों की पंचायत ने उसे पाँच रुपए का दंड सुनाया था, माफी अलग से माँगनी पड़ी। सबेरे परभात में देर हो तब भी वही गाली–"डूम के लिए अब हो रही है सुबेर" सबल्या मन्दिर से लौट चुका था। सीढ़ी चढ़ते हुए उसके जूतों की खट-खट नैनू के कानों तक पहुँच रही थी।

वह आकर फिर से कपड़े सिलने लगा। खड़-खड़-खड़-खड़ मशीन चलने लगी। "सबल्या, अब सो भी जा, टेम बौत हो गया" बाबा ने फिर से कहा। "तुम सो जाओ। मुझे अभी नींद नहीं आ रही।" कहते हुए वह अपनी धुन में जुट गया। "अजीब लड़का है। सुनता ही नहीं, अपनी फिकर में ही लगा है" नैनू मन-मन बड़बड़ाता हुआ फिर से रजाई ओढ़ने लगा। तब शंका हुई तो उठकर पेशाब कर आया फिर बिछाण में घुसकर रजाई मुँह तक ओढ़ ली। ढँके मुँह, खुली आँखों में वह कई आकृतियाँ अँधेरे में बनाता–बिगाड़ता

रहा और आकृतियों के इस खेल में न जाने कब नींद ने उसे अपनी करवट में ले लिया।

सुबह आँख खुली तो वही 'खड़-खड़' सबल्या कपड़े सी रहा था। कब निजात मिलेगी इस खड़-खड़ से, सोचने लगा। बिछाण की सीध में पड़ा पाजामा पहना फिर सिरहाने पर बिछा कोट। चश्मा आँखों में चढ़ाया। बाहर निकलने के लिए दहलीज पार करते ही सबल्या बताने लगा–"बाबा, सिल गए सारे कपड़े, दो-चार ही रहे सो अभी निपटा दूँगा" बाबा की डाँट-डपट से बचने के लिए ढाल का बंदोबस्त किया था उसने। 'तो लड़का रात-भर सोया नहीं' बाबा ने सोचा और अनुमान भी लगाया।

"तू रात-भर सोया नहीं?" पूछने लगा।

"थोड़ी देर आँख लगी थी फिर उठ गया, परभात जो बजानी थी" वह मुस्कराते हुए बताने लगा। नैनू तब कुछ नहीं बोला। घर की भीत के सहारे खड़ी लाठ उठाई और धीरे-धीरे सीढ़ियाँ उतरने लगा। हवा में कुछ ठंडक थी। रास्ते में लोग गागर, बंटा लिए आ-जा रहे थे, कुछ खाली हाथ। घरों से उठता धुआँ चूल्हे जलने का संकेत था। फूलकवाँरी ने चाय लाकर सामने रख दी। तब बाप-बेटा दोनों चाय पीने लगे।

"कुछ पैसा-वैसा मिला?" नैनू लड़के से पूछने लगा।

"मिल गए कुल मिलाकर दो सौ रुपए, पर होगा क्या इतने में लूण-तेल, राशन-पाणी, मेले का खरच अलग" वह भीतर-ही-भीतर जैसे सुलग रहा था। 'क्या जिन्दगी है ये भी' उसके मन की बात नैनू समझ रहा था। पहले गाइख नगद सिलाई नहीं देते थे लेकिन गेहूँ, नाज, दाल, लूण-तेल जब मरजी मिल जाता था और साल-भर का खुले मन से खलतू देते थे, अब तो देते हुए भी उनकी मुट्ठियाँ बन्द रहती हैं। खेने देने में उन्हें जुमरिया बोझ-सा लगता है और धौंस जमाने में–त्यार वार में 'त्यार' तब लोग अच्छा व बढ़ाकर देते थे। अब हालात बदल गए हैं। देने में खाना-पूर्ति होती है। बदलते समय के साथ उन्हें भी बदलना चाहिए था लेकिन वह मौका तो उसके हाथ से निकल गया। सबल्या को पेट काटकर पढ़ा-लिखा लेते तो कहीं नौकरी पाकर सबका पेट भर लेता। किसी व्यूह में पड़ा वह छटपटाने लगा था।

आज आधे दिन तक सबल्या को गाँव में बढ़ाई बजानी है। भारी-भरकम ढोल कन्धे पर लादकर एक घर से दूसरे घर जाना होगा। शाम को देवी की पूजा बजानी है, रात को नौंती, सबेरे परभात। कल सबेरे देवी की पूजा, सारे गाँव में जमणाई! देवी की पालकी के आगे-आगे ढोल सँभालते हुए दौड़ लगाना, बजाना। दिन-भर पालकी नचाना-दौड़ना, रास, कफुआ लगवाना, देवता ओतारना। गाइख जिद करते हैं कि नाचने का मजा तो बस सबल्या के ढोल पर आता है। तब उसे अपने हुनर पर गर्व होने लगता। यह वाद्य कौशल उसे विरासत में मिला है। नैनू अपने बेटे की प्रशंसा सुनकर फूला न समाता। तब वह अपनी परेशानी भूलने लगता। दारू के नशे में धुत लोगों को नचाना पड़ता है। तब पसीने से बुरी तरह नहा जाता है। लोगों की धक्का-मुक्की के बीच तरह-तरह का बाजा बजाते हुए वह हाँफने लगता है लेकिन उन पर तो बस दारू का जोश हावी रहता है। तनिक भी दया नहीं आती ढोल लादी उस काया पर।

ब्याह-बरात में गाजे-बाजों की तर्ज पर लोगों में नाचने की होड़ लग जाती है और जुमरियों में नचाने की। नैनू को याद आता हैए पच्चीस-तीस मील की लम्बी दूरी उसने बरात के साथ पैदल चलकर तय की, पीठ पर ढोल लादे हुए देवता को तीर्थ नवाने ले गए वहाँ भी वही हाल। ऐसे मौके पर थोक का बनाया चाँदी का ढोल ले जाना पड़ता तब उसकी चौकसी की जिम्मेदारी और बढ़ जाती। बरात में नाचते हुए बराती पाँच-पाँच, दो-दो, एक-एक के नोट दिखाकर कैसा बन्दर-मदारी का-सा खेल खेलते हैं। उसकी टोपी पर नोट टिकाकर उसमें खूब जोश भरते। तब वह सफलता के आकाश में उड़ने लगता। 'सचमुच इंसान माया-मोह में जकड़ा हाड़-मांस का पुतला-भर है' नैनू विचारों को ठहराव देने लगा।

"सबल्या, जा नहा-धो ले, नए कपड़े पैन, आज जातर जो है छोटी।" उसकी कपड़े सिलने की उधेड़बुन में बाबा ने कंकड़ फेंका था।

"अच्छा बाबा।" बाबा की इच्छा का अनुकरण करता हुआ सबल्या झट से खड़ा हुआ और रसोई में घुस गया जहाँ चूल्हे पर पानी का पतीला गर्म हुआ पड़ा था। उससे भाप बनता हुआ पानी ऊपर की ओर उड़ रहा था। राख की

सफेद कतरनें पानी में तैर रही थीं। आँगन के छोर पर कपड़े ले जाकर उसने तार पर टाँग दिए, फिर पानी रखकर गर्म पानी के लोटे शरीर पर डालने लगा। इस बीच नैनू बरांडे में बैठा कपड़ों पर बटन टाँकने लगा। लगातार सुई चलाते हुए कभी-कभी उसकी आँखें इतनी धुँधलाने लगतीं कि धागा ही नजरों से ओझल हो जाता।

सबल्या के नहाने तक धूप उसे लाँघती हुई सीधी बरांडे में घुस आई थी। हि-आ ई-कहता हुआ नैनू ने भीत पर पीठ टिकाकर धूप की तरफ अपना मुँह कर लिया। सूरज की तपन सचमुच उसे भा रही थी। बटन टाँकने में, कम ध ूप सेंकने में, उसका मन ज्यादा लग रहा था। क्या जीवन है जुमरिया का भी। कोई मरे तब भी बाजा बजाना पड़ता है, जन्म हुआ तब भी। जीवन के सारे संस्कारों में वे लोग शामिल होते हैं, लेकिन अपने संस्कार जैसे अधूरे भूल जाते हैं। सबल्या का जन्म हुआ था तब भी अपना डोल नहीं बजा था और उसका हुआ तब भी क्या बजा होगा। यह हुनर उनके अपने काम नहीं आता। क्या रिवाज है, घर का आदमी मरता है और उन्हें उन्मुक्त ढंग से ढोल बजाना पड़ता है, दु:ख से विमुक्त होकर। जैसे उन्हें कोई दु:ख न हो रहा हो। तब नैनू को लगता कि वे लोग काठ की तरह निष्प्राण हो जाते हैं। उन्हें अपना दिल पत्थर कर लेना पड़ता है परन्तु पत्थर के नीचे भी तो प्राण बसते हैं। 'बसते होंगे' वह अपने ही भीतर की उपेक्षा में बड़बड़ाया था। 'मुर्दा' जाता है तो लोग 'छुरकी' में सिक्के बिखेरते हैं और जुमरिया उन्हें टिपते हुए कितने खुश होते हैं। कैसी विडम्बना है कि एक आदमी की मौत पर फेंके सिक्के वे खुशी-खुशी उठाते हैं। उसे लगता जैसे वे गाइखों के दु:खों को अपने लिए इकट्ठा कर रहे हैं। गाइखों द्वारा मृतात्मा की शान्ति के लिए 'पैंसारा' खिलाकर उन्हें इनाम दिया जाना और उनकी ढोल के साथ उठक-बैठक, जोश-उल्लास उनके वाद्य कौशल की परीक्षा होती है। पसीना चू पड़ता है। एक ओर मौत, दूसरी ओर बहता पसीना। उसकी समझ में ठीक-ठीक अब तक नहीं आया कि तब उसे क्या महसूस होता था।

पंडों (पांडवों) की सराद होती है तो वहाँ भी वही हुनरबाजी। उसने सबल्या को विरासत का बोझ सौंप दिया है। पंडों के कई पसवा (पात्र) एक

को छोड़ दूसरे के ढोल पर नहीं औतरते। पम्या की घरवाली पर द्रुपता (द्रोपदी) आती है। लेकिन सबल्या नहीं होता तो ढोल पकड़कर बाण की ककड़ी की तरह बस हिलती-डुलती है, सिहरती है। औतार नहीं आता। कई पसवा औतरते हुए ढोल को कसकर ऐसे पकड़ लेते हैं कि जुमरिया का बुरा हाल हो जाता है। ढोल पर झूलते पसवा के भार से वह झुकने लगता है, टाँगें दुखने लगती हैं।

ढोल बजते सुनना सभी को अच्छा लगता है लेकिन उसका एक-एक 'पूड़' बनाने के लिए जुमरिया को अथक श्रम करना पड़ता है। बकरे की खाल को सुखाना, बनाना, उसे ढोल पर चढ़ाना सावधानी और चुनौती भरा काम है लेकिन खानदानी चलता आ रहा है तो उन्हें दिक्कत नहीं आती किन्तु समय तो लगता ही है।

चैत का सारा महीना घर-घर नाचने-गाने में लग जाता है। उसने सुना है इंसान किसी-न-किसी के इशारे पर नाचता है। लेकिन उसकी बेटी-बहू और बहन, घरवाली तो उसके ही इशारों पर नाचीं। सबेरे से शाम तक गाइखो के आँगन-आँगन उसके ढोल की थाप व गीत की लय पर औरतें नाचती-गाती हैं। पूरा महीना ही निकल जाता है। बदले में कुछ नाज-पाणी मिल जाता है। अपने थैले में नाज-पाणी पड़ता देख उसका सूखा गला तर होने लगता। औरतों की थकान मिटने लगती है। दो मीठे बोल और चा-पाणी के बहाने उन्हें अलौकिक सुख मिलता है।

इस बीच कुछ गाइख आकर अपने कपड़े ले गए, सबल्या नये कपड़े पहने तैयार था।–'डब डब डब' मन्दिर में ढोल बजने लगे। "चल बाबा" सबल्या अपनी सदरी की जेब में हाथ डालता हुआ बोला। मन्दिर में चलते-फिरते लोग उसे घर से ही नजर आ रहे थे।

"जा, लड़ना-झगड़ना नहीं मेले में, दारू नहीं पीना।"

"अच्छा बाबा" कहता हुआ वह चला गया। नैनू उसे एकटक तब तक देखता रहा जब तक वह मन्दिर में न पहुँच गया। बाकी जुमरियों की तरह उसने अपना ढोल उठाया, कसा, कन्धे पर लटकाया फिर बड़ी तन्मयता से लाकुड़ी व उँगलियाँ मारने लगा। बरांडे में बैठा नैनू अपने बेटे के ढोल की थाप

को घर से ही पहचान गया। सबसे अनूठा आकर्षण है उसके ढोल बजाने में। वह मन-मन खुश होने लगा।

जातर मेले, ब्याह-बरात में लोग जोर-जबरदस्ती दारू पिला देते हैं। मुँह में गिलास ठोंसकर पीना सीखा देते हैं। तब नशे में उन्हें न ढोल पीटने का दुख होता है और न अपना दु:ख कंधा दुखने का। नशा तो बस नशा होता है जिसमें इंसान संकोच से दूर निकल जाता है—बहुत दूर। उसे याद है, पीने के नाम से उसे चिढ़ थी। दारू की हीक उसके दिमाग में घुसकर उसे विचलित कर देती, उसे उल्टी आने को होती। सत्या राणा के ब्याह में पहली बार बरातियों ने दारू की बोतल उसके मुँह में घुसेड़ दी थी। आधी दारू उसके कपड़ों पर गिरी, कुछ गले से नीचे उतर गई। उसे नशा होने लगा फिर तो उसने ऐसा ढोल बजाया कि—उस दिन के बाद वह मना नहीं कर सका। अब तक दारू से पीछा नहीं छूटा है। ब्याह, मरने, जनने पर कहीं भी जाना हो तो जुमरियों की पहली माँग दारू होती है और गाइख कच्ची-पक्की दारू सामने रख देते हैं तो सचमुच उनका त्यार मन जाता। सबल्या नहीं पीता लेकिन ऐसे मौकों पर उसे भी पीना पड़ता है। नैनू बेटे की विवशता को अच्छी तरह समझता है।

जातर चलती रही। ढोल, दमाड़े, रणसिंहे बजते रहे। पूजा, रास, देवी का औतार, कफुआ हुआ। बरांडे में बैठा नैनू सब सुनता रहा। मन्दिर में चींटियों की तरह जुटे स्त्री-पुरुषों को देखता। शाम को सबल्या घर लौटा। मेहमानों के साथ खाना हुआ। "अच्छी रही अबकी जातर, कोई लड़ाई-झगड़ा नहीं हुआ।" नैनू सबसे सुनने के बाद कह पड़ा था।

"कल से मेरी गाण बदल गई, दो महीने के लिए।" रात को बात करता हुआ सबल्या बताने लगा।

"पर आज की नौंती, परभात तो बजानी ही है" बाबा बोले। तब उसकी मनोस्थिति पर जैसे पत्थर पड़ा था। उसकी विश्रामावस्था में व्यवधान हुआ था। आज उसका कंधा दुख रहा था। बाँहों में दर्द हो रहा था। आज रात की नौंती फिर परभात। कल से दो महीने की छुट्टी फिर—लेकिन कभी बिल्कुल खत्म तो नहीं होगी उसकी बारी। हुनर की कदर होती है लेकिन यह हुनर की कदर थोड़े है, यह तो एक प्रथा थोपी गई है उन पर। और भी तो जगहें हैं हुनर

दिखाने की। केवल ढोल पीटना हुनर नहीं। वह विचारों की शृंखला बनाता गया। 'अपने जीते जी तक ही मैं ढोल बजाऊँगा, गोकल्या के पढ़-लिखकर कुछ बनते ही खत्म कर दूँगा ये हुनर।' विचारों की बन रही शृंखला को उसने खुद ही तोड़ दिया।

"सबल्या! समझा इस मूरख को, कैता है स्कूल नहीं जाऊँगा, पढ़ना अच्छा नहीं लगता, ढोल बजाऊँगा।" नैनू अपनी खाँसी को दबाता हुआ सबल्या से बोला। सुनकर सबल्या के शरीर को जैसे चींटियाँ काटने लगीं।

"क्या कहा, तू स्कूल नहीं जाएगा। ढोल बजाएगा–जुग जला–बेशरम–नालायक"–कहता हुआ वह तड़ातड़ गोकल्या को पीटने लगा। गोकल्या सिसकने लगा और सबल्या लम्बी दौड़ लगाए आदमी की तरह हाँफ रहा था।

नैनू ने बीच-बचाव किया–"निगुरे! मार डालेगा इसको?"

"हाँ, क्या करना ऐसी औलाद का जो...." आगे के शब्द उसके गले में ही घुटकर रह गए। नैनू उसकी मनोस्थिति को भाँप गया था।

"मैं समझा लूँगा इसको, जरूर जाएगा ये स्कूल, अब जाकर सो जा।" बाबा सबल्या को ठंडा करने की कोशिश करने लगा। सबल्या की घरवाली व माँ एक तरफ सहम कर बैठी थीं। सभी अपने-अपने बिस्तर में लेट गए। रात बढ़ती गई लेकिन बाप-बेटे की खुली आँखों में अब भी सपने तैर रहे थे। कुछ देर बाद कमरा गोकल्या के खर्राटों से घिरने लगा। बाप-बेटा करवट बदलते हुए रात-भर उसके खर्राटे सुनते रहे।

●●

सीनियर

"तुम्हारा नाम?"

"जी, संदीप जोशी।" उसने निगाह झुकाकर उत्तर दिया था और तभी तड़ाक् से एक थप्पड़ उसके गाल पर पड़ा। चेहरा तमतमाने लगा था उसका। भीतर-ही-भीतर अपमान से सुलगने लगा। आँखें रक्तिम हो गयीं लेकिन वह जड़वत खड़ा रहा। दबी नजर से इधर-उधर देखा, चार घनी परछाइयाँ थीं।

"श्रीमान कौन लगाएगा?" एक स्वर फूटा। तब उसे अहसास हुआ कि सीनियर की बात का उत्तर देते हुए 'श्रीमान' अथवा 'सर' सम्बोधन लगना जरूरी है। अपनी गलती पर उसे मन-ही-मन ग्लानि हुई थी और क्षोभ भी कि एकाध गलती को तो कम-से-कम क्षमा किया जाना चाहिए। उसे क्या पता था कि....अपनी सोच को मथते-मथते वह बेहद आक्रान्त हो जाता। स्साले तमीज सिखाने चले, आपस में तो बात करते हुए तू-तड़ाक करते हैं और जूनियर को मैनर सिखाने् की बात करते हैं।

"संदीप जोशी!"

"जी, श्रीमानजी" वह तुरन्त ही बोल पड़ा। जानता था देर हुई तो दुबारा थप्पड़।

"यहाँ के मैनर सीख जाओ। सतीश! इसे मैनर तो समझा दे।" चेकदार कमीज पहने एक सीनियर ने दूसरे से कहा। उसने उसे एक ओर चलने का

इशारा किया और वह बेजान लकड़ी की तरह उसके साथ सरकता चला गया जहाँ जमीन पर नजर टिकाकर वह जूते व पैंट की क्रीज के अलावा कुछ नहीं देख सका था।

"तुम्हारा नाम?" फिर से सवाल हुआ।

"श्रीमानजी, मेरा नाम संदीप जोशी...."

"वेरी गुड! सीनियर से ऐसे ही बात करना, कुछ बातें और नोट कर लो, बात करते हुए नजर हमेशा अपने थर्ड बटन पर होनी चाहिए।"

"जी, श्रीमानजी।"

"और सुनो, ये मिठुन कट बाल यहाँ नहीं चलने वाले, कमीज पैंट के बाहर रहेगी, समझे।" सीनियर उसके बालों पर पेंसिल फेरता हुआ गुर्राया।

"जी, श्रीमानजी।"

"आज के लिए इतना ही काफी है। अब तुम यहाँ से दौड़ लगाओ।" सुनते ही वह दौड़ लगाने लगा। दौड़ लगाते हुए उसने अपनी नोटबुक कसकर पकड़ ली थी। उसे दौड़ता देख सीनियर कहकहे लगाने लगे थे। सड़क पर पहुँचकर वह लोगों की भीड़ में शामिल हो गया। चेहरे पर उभरा भय लुप्त होने लगा। लेकिन थप्पड़ का स्मरण उसे दंश मारने लगता। लोगों के बीच चलते हुए उसने देखा कि उसके कॉलेज की इमारत बेहद उजली नजर आ रही है। कहीं रुकने का उसका मन नहीं हुआ। बस, तेज कदमों से घर की ओर बढ़ता रहा।

मम्मी उसका उतरा चेहरा देखकर कुछ समझ नहीं पा रही थीं। उसका इतना मायूस होना उनके लिए हैरत की बात थी। पूछने पर उसने 'बस यूँ ही' कहकर बात टाल दी। पैंट-कमीज खूँटी पर टाँगने के साथ ही उसने घटना को भी जैसे मन की किसी खूँटी पर बाँध दिया था। अपने आप में सोचता, यह भी कोई बात है घर बताने की। कॉलेज की आप- बीती घर आकर मम्मी-पापा से बयान करना उसे उचित नहीं लगता। रैगिंग के नाम पर थोड़ी-बहुत मार तो सभी झेलते हैं तो वह भी....

प्रात: घर से निकलते ही भय मन में कील की तरह धँसने लगा। आज न जाने क्या होगा उसके साथ। वह विचारों के धागे बुनने लगा। शहर से

निकलने के बाद कॉलेज-गेट नजर आया तो वह अपने आपको किसी खुशी का हिस्सा समझने लगा था।

''ऐ सुनो।'' गेट की ओर मुड़ता तभी उसके कानों में शब्द पड़े। ''जरूर सीनियर होगा'' उस ओर देखा चार-पाँच लड़कों का झुण्ड था। कदम जहाँ के तहाँ थम गए। आगे की कल्पना का संशय उसे निगलने लगा। ''....चलो इधर तुम भी....'' सीनियर ने उसके पीछे चल रहे जूनियर्स को अपनी ओर बढ़ने को कहा था। असहाय से वे सभी उसकी ओर बढ़े। वहाँ पहुँचकर देखा—बारह-पन्द्रह लड़के दीवार का सहारा लेकर नजरें झुकाए खड़े थे जो मन-ही-मन भयग्रस्त लगते थे।

''जल्दी चलो, चौबे सर आ गए तो....'' उनमें से एक बोला। चौबे सर रैगिंग को लेकर काफी सख्त हैं। परिचय लेने तक वे रैगिंग को लीगल समझते हैं। बाकी के लिए उनका रवैया....उन्होंने किसी सीनियर को रैगिंग लेते पकड़ लिया तो कॉलेज से निष्कासन तय है। अब तक की चर्चाओं में अनेक नाम शामिल हैं इसलिए छात्र उनके नाम से थर्राते हैं।

''चलो।'' उनमें से लीडरनुमा सीनियर बोला और सभी को दौड़ाते हुए उनके पीछे-पीछे वे चलने लगे। उन्हें ले जाकर होस्टल के एक कमरे में भेड़-बकरियों की तरह बन्द किया गया और सख्त हिदायत दी गयी कि कोई शोर-शराबा नहीं करेगा वरना....आगे प्रताड़ना मिलना तय थी। सबके मन में शंकाएँ उठ रही थीं। एक-एक, दो-दो कर वे आपस में फुसफुसाए। दूसरे कमरे में सीनियर आराम से बैठे, बीड़ी-सिगरेट के कश लेते हुए रैगिंग के तरीकों को लेकर मंत्रणा कर रहे थे। इतना समय उलझने का अर्थ साफ था—जरूर कोई गंभीर निर्णय ही निकलेगा।

''ठीक है, एक-एक कर बगल के रूम में आ जाना, तुम....तुम्हारा नाम?'' सूखी लकड़ी की तरह मरियल सीनियर ने सामने खड़े जूनियर से पूछा था।

''सर, मेरा नाम अवधेश कुमार।''

''सबकी नेम लिस्ट बनाकर दो।'' उसका फटे बाँस का-सा स्वर था।

''यस सर।'' अवधेश कागज-कलम लेकर एक ओर से सबके नाम

पूछता हुआ सूची बनाने लगा।

''अपना नाम भी लिख न!'' उनमें से कोई बोला तो उसने बीच में अपना नाम भी लिख दिया।

''लिखा?'' सीनियर ने अधखुले किवाड़ से झाँकते हुए पूछा।

''यस सर।'' उसने कहा और सीनियर ने उसके हाथ से वह कागज ले लिया।

''जैसे-जैसे नाम पुकारा जाए, बारी-बारी से चले आना।'' इतना कहता हुआ साँप की तरह रेंगता हुआ वह दूसरे कमरे में जा घुसा।

''कमल किशोर!'' दरवाजे से स्वर स्फुटित हुआ तो सहमता हुआ कमल किशोर कमरे से बाहर निकला जैसे कसाई के हाथों बकरे की बलि दी जानी हो। दीवार से कान सटाकर सुनने की बहुत कोशिश की लेकिन कोई स्वर कानों में नहीं पड़ा।

''राधेश्याम!'' आधे घंटे बाद दरवाजे से स्वर फूटा। राधेश्याम अपने कमीज के बटन ठीक करता हुआ कमरे से बाहर निकला और बाकी संत्रस्त निगाहों से उसे जाते हुए देखने लगे। कमल किशोर की वापसी न होने पर संशय के बादल उनके मन में और घने होने लगे। अपनी-अपनी बारी की प्रतीक्षा में सभी रुग्ण थे। करीब आधे घंटे बाद फिर तीसरा नाम। राधेश्याम भी नहीं लौटा। उन्हें लगा, रैगिंग लेने के बाद वहीं से....या फिर सभी को कमरे में ही रोक रहे हों। आठ के बाद उसका नाम आने वाला था। दिल में डुगडुग बजने लगी।

''संदीप जोशी!'' अपना नाम सुनते ही वह आगे बढ़ने लगा, थके कदमों से। टाँगें शरीर का बोझ सँभालती हुई कँपकँपाने लगी थीं। दूसरे कमरे के अध खुले दरवाजे से भीतर घुसते ही एक नजर सामने डाली—दो-तीन मेजों की कुर्सी बनाकर सीनियर बैठे थे बारह- पन्द्रह। बीच में वही परिचत चेहरा। उसके हाथ से उसे पहला थप्पड़ पड़ा था तड़ाक्। उसके दिमाग में थप्पड़ गूँजने लगा। सावधान की मुद्रा में खड़ा हो गया बिल्कुल जड़-सा।

''सामने देखो।'' तब वह सामने की ओर देखने लगा लेकिन भयाकुल दशा में। ''इन्हें जानते हो?'' उसने बीच में बैठे भरे चेहरे, दाढ़ी उगाए और

गठीले शरीर वाले उसी सीनियर की ओर इशारा किया था। सारे चेहरे उसके सामने आईने की तरह साफ थे।

''नहीं श्रीमानजी'' उसने दबे स्वर में उत्तर दिया।

''ये मुकुल है, हमारा सीनियर और तुम्हारा सुपर सीनियर।''

''जी श्रीमानजी।'' उसने सिर्फ हामी भरी।

''तुम्हारा नाम?'' मुकुल का स्वर फूटा।

''श्रीमानजी, मेरा नाम संदीप जोशी।''

''क्वालिफिकेशन?''

''बी. एस-सी. श्रीमानजी।''

''जूनियर्स ओथ जानते हो?''

''नहीं श्रीमानजी।'' उसने सिर्फ इतना ही कहा तभी एक झन्नाटेदार थप्पड़ उसके गाल पर पड़ा।

''थर्ड बटन पर नजर!'' वह अपना रुआँसा चेहरा लेकर कमीज के तीसरे बटन पर नजर टिकाने लगा। ''इसे ओथ रटा दे यार'' मुकुल ने सतीश से कहा तो वह संदीप से एक गंदी-सी प्रतिज्ञा रटवाने लगा। प्रतिज्ञा का एक-एक शब्द बोलते हुए उसकी आत्मा पर असह्य बोझ पड़ रहा था। संस्कारों पर कुठाराघात हो रहा था। अश्लीलता की जद में उसकी मानसिकता लहूलुहान हो रही थी। उसने प्रतिज्ञा रट ली।

''वेरी गुड! इंटेलीजेन्ट हो। ओथ याद रखना।''

''जी श्रीमानजी।''

''सेक-सी का मतलब!'' एक सीनियर ने पूछा। उसकी समझ में नहीं आया क्या उत्तर दे। ''नहीं जानते'' वह फिर गुर्राया। वह शर्म और भय से निरुत्तर था। ''इतना भी मालूम नहीं इडिएट, ट्रिग्नोमेन्ट्री का सेक-सी नहीं पढ़ा।'' संदीप शब्दों की जोड़-तोड़ के करिश्मे पर अपने दिमाग को कोसता रहा।

''चलो, कपड़े उतारो।'' सुनकर वह मौन था स्थिर भी। ''....सुना नहीं। चलो, कपड़े....'' संदीप ने याचक की-सी नीची नजर चारों ओर फेंकी लेकिन लगा किसी चेहरे पर रहम नहीं है। क्रूरता है, शरारत है। द्रौपदी की

तरह वह धृतराष्ट्र के दरबार में है। कमीज के बटन खोलने लगा–पहला.... दूसरा....तीसरा....बाँह....

"जल्दी करो।"

उसने कमीज उतारकर एक ओर रख दी।

"पैंट भी उतारो।"

हुक खोलते हुए उसने पैंट की जीप नीचे की ओर सरकाकर उसे जूता उतारकर टाँगों से बाहर निकाला और स्वयं असहाय मुद्रा में खड़ा हो गया।

"नेकर, बनियान ...."

सहमकर उसने शरीर के अन्तरंग वस्त्रों को भी अलग कर दिया।

"सीधे खड़े हो जाओ!" वह नजर झुकाकर सीधा खड़ा हो गया और वे सभी उसके निर्वस्त्र शरीर को देखते रहे, हँसते रहे। बहुत कुछ पा लेने जैसी संतृप्त मुस्कान उनके चेहरों पर थी।

"ये लो" उसकी ओर सफेद आर्ट शीट बढ़ाता हुआ सीनियर बोला। हिचकिचाते हुए उसने आर्ट शीट पकड़ ली लेकिन किंकर्त्तव्यविमूढ़ था। "मालूम है, इसका क्या करना है?"

"नहीं श्रीमानजी।"

"इसमें अपनी 'फीगर' छापकर हमें जमा कर दो।" एक सीनियर ने उसे रंग पुती शीट पर बिठाया। स्याही से उसके नितम्ब रंग गए थे फिर उसे सफेद शीट पर बिठाया गया। नितम्बों की आकृति उत्तर आई थी।

"इसे कहते हैं फिगर। अब जाकर अपना नाम पता इस पर लिख दो।" सीनियर ने शरारत में कहा और निर्वस्त्र संदीप काँपते हाथों से अपना नाम-पता लिखने लगा। नितम्बों पर लगी स्याही सूखने लगी थी।

"कपड़े पहनो।" वह धीरे-धीरे कपड़े पहनने लगा। उसे कमरे से बाहर निकलकर घर की ओर दौड़ लगाने के लिए कहा गया। उसने अपनी नोट बुक पकड़ी और कैद से मुक्त कैदी की तरह दौड़ लगाता हुआ जल्दी ही होस्टल से बाहर निकला।

दौड़ते हुए वह हाँफ गया था। चहल-पहल भरे बाजार में घुसते ही वह सहज हो गया। बन्द कमरे का घटनाक्रम मकड़ी के जाले की तरह उसके

दिमाग में फैल चुका था। बाजार में चलते लोगों के बीच कभी उसे लगता जैसे वह निर्वस्त्र चल रहा है। लोग उस पर हँस रहे हैं। महिलाएँ नजर छुपा रही हैं। दूसरे पल उसे लगता जैसे उसका शरीर की प्रकृति हो गया है, पर्वत, चोटियों, जंगल, नदी व घाटियों का शरीर। घर पहुँचकर अपने कमरे में बन्द हो गया। बिस्तर पर लेटा तो नींद आने लगी।

.... नींद टूटी। उसने खिड़की से बाहर की ओर झाँका। सूरज सामने की पहाड़ी को लाँघता हुआ डूबने की तैयारी में था। सामने का आकाश रक्तवर्णी हो रहा था। घड़ी पर नजर डाली, पाँच बज चुके थे। मम्मी जरूर चाय बना रही होंगी। बाहर नल पर जाकर पानी की अंजुल भरकर मुँह पर मारी। उँगलियों से आँख की किनारियाँ पोंछीं फिर खुले बरामदे में कुर्सी लेकर बैठ गया।

''ले चाय पी ले।'' मम्मी ने चाय का कप उसकी ओर बढ़ाते हुए कहा। वह कुछ देर मौन रहा।

''जी अच्छा।'' कप मुँह से लगाकर वह सुड़क-सुड़क कर चाय के घूँट गले से उतारने लगा।

''संदीप, आज तू कुछ उखड़ा-उखड़ा....कहीं कॉलेज में किसी ने....''

''हाँ, न....नहीं मम्मी एक साइकिल से टकराते-टकराते बचा।'' मम्मी को क्या बता सकता है वह बन्द कमरे की आपबीती। आत्मग्लानि परछाईं की तरह उससे जुड़ जाती है। 'सीनियर स्साले, ईडिएट कहीं के।' वह मन-ही-मन उनके मुँह से सुनी गालियाँ उनके लिए ही बुदबुदाता है। मन में उनके लिए घृणा का ताल बन गया है गहरा-सा।

कॉलेज आते-जाते थर्ड बटन पर नजर, छोटे बाल, पैंट के ऊपर झूलती कमीज, सब कुछ करना पड़ता उसे। सीनियर को बात-बात में सर या श्रीमानजी कहना। लेकिन सब बाहरी तौर पर। मन के भीतर उनकी हैसियत मंगलू जमादार के बराबर भी नहीं। वह भी इतनी गन्दी गाली नहीं बकता, 'नीच, कमीने, स्साले, बैन के....'' वह आगे बुदबुदाता।

पिशाचों की तरह कमरे के चेहरे उसके मस्तिष्क में दौड़ लगाते हैं, कहकहे लगाते हैं, अट्टहास करते हैं। आते-जाते उन्हें देख अपमान की आग

उसके मन में सुलगती है लेकिन अपने भविष्य व मम्मी-पापा के सपनों का संवरण दीवार की तरह सामने होता है। 'सेकेण्ड इयर में पहुँच गया तो देख लूँगा स्सालों को' सोचने लगा। लेकिन तब तक वे निकल जाएँगे कॉलेज से ही। हाथ कुछ नहीं आएगा। अपने आप में ही धागों की तरह उलझकर रह जाता है वह।

सत्यम् होटल में बैठा अखबार पर सरसरी निगाह दौड़ाने के बाद आसपास की कुर्सियों पर जमे लोगों की ओर निगाह डाली तो ठिठककर रह गया। सुपर सीनियर! उसका चेहरा उतरने लगा। इतने दिनों बाद फिर मुसीबत। मुश्किल से काउंटर तक पहुँच सका।

''ऐ!'' सुपर सीनियर का स्वर था। उसके कदम वहीं जम गए।

''जी श्रीमानजी।''

''कॉलेज से भागकर होटल में मस्ती मार रहे हो।'' तड़ाक् उसने एक थप्पड़ मारा और बैठे लोग उसकी ओर देखने लगे।

''चलो, रेस लगाओ।'' सुपर सीनियर ने आदेश दिया और वह सड़क पर दौड़ने लगा। सचमुच आज वह पीरियड छोड़ आया था। बन्द कमरा, सड़क और अब होटल में थप्पड़। 'सीनियर नहीं स्साले खुदा हो गए हैं, खुद देखो तीन-तीन साल के फेलियर'। वह बुदबुदाए बगैर न रह सका। '....दुनिया-भर का ठेका ले रखा है' माँ के....आगे गाली का भद्दा लफ्ज न चाहते हुए भी वह बुदबुदा ही पड़ा। सारे दिन मूड ऑफ रहा। रात-भर सोचता रहा। जी में आया ट्रेनिंग छोड़कर कहीं और नौकरी की ट्राई करे। यहाँ रोज-रोज की मार....किन्तु पापा की आर्थिक सामर्थ्य का अहसास होते ही उसके सारे सपने बरसाती ताल होने लगते।

काफी दिनों बाद....एक दिन होटल में पानी पीने घुसा और बाहर निकलते ही चाय लाते नौकर से टकरा गया। ट्रे में रखे तमाम कप चाय सहित जमीन पर टूटकर बिखर गए। गर्म-गर्म चाय होटल के साफ-सुथरे फर्श पर दूर तक फैलने लगी। कुछ उसके कपड़ों पर गिरी कुछ नौकर के।

''क्यों बे, देखकर नहीं चल सकता?'' नौकर अपने कपड़े झाड़ता हुआ बोला।

''अरे, मेरी क्या गलती है। मैं तो....''

''उस्ताद देखो, इतने कप तुड़वा दिए इस लड़के ने!'' नौकर ने अपने बचाव का इंतजाम किया था।

''भाई साहब, मेरी गलती नहीं है। यही मुझसे टकरा गया।''

''अरे भाई, इतनी बड़ी चाय की ट्रे तुम्हें दिखाई नहीं दी और न नौकर, नौकर की क्या गलती, उसके दोनों हाथ बँधे थे पर तुम्हें तो....''

''लेकिन....''

''अब बात छोड़, चालीस रुपए जमा कर दें कप और बाकी नुकसान के।'' होटल मालिक ने उँगली पर हिसाब लगाते हुए कहा था।

''चालीस रुपए!'' वह परेशान होने लगा।

''हाँ, चालीस रुपए।''

''लेकिन मेरे पास तो....''

''नहीं हैं तो कोई बात नहीं, कल दे जाना, तब तक ये किताबें यहीं छोड़ जा।'' कहते हुए वह हाथ से उसकी किताबें लेने लगा।

''भाई साहब, ये....'' वह कुछ भी सुनने को तैयार न था। कल रुपए देकर ही किताबें छुड़ा सकेगा वह। तभी उसने देखा, सुपर सीनियर आ रहा है। इसे भी इसी समय आ टपकना था, एक तो चालीस रुपए की चपत ऊपर से कहीं एक और थप्पड़....बेइज्जती पहले ही होटल में बैठे लोग उस पर....

''क्या बात है अरोड़ाजी?'' वह होटल में घुसते ही पूछने लगा। संदीप मूर्तिवत् खड़ा था।

''कुछ नहीं, तुम्हारे कॉलेज के इस लड़के ने चालीस रुपए का नुकसान कर दिया, पैसा माँगा तो अब नहीं दे रहा सो मैंने इसकी किताबें रख लीं।''

''ये सच है?'' सुपर सीनियर ने संदीप से पूछा। संदीप का चेहरा रुआँसा हो गया था।

''नहीं श्रीमानजी, मैं....''

''श्रीमान छोड़, बात बता।''

''मैं बाहर निकल रहा था, नौकर मुझसे टकरा गया और....'' बिल्कुल

बच्चे की तरह रो पड़ा था वह।

"चल, अब रोना बन्द कर।" उसे देखकर आठ-दस सीनियर और जमा हो गए।

"क्या हुआ?" उनमें से किसी ने पूछा।

"कुछ नहीं यार, अपना जूनियर नौकर से टकरा गया। अरोड़ाजी! इसकी किताबें वापस कर दो।"

"पर वो चालीस का नुकसान?"

"उसे हम पूरा कर देंगे। बोलो, अब भी चालीस रुपए चाहिए?" वह अपने साथियों के साथ मन्द-मन्द मुस्कराने लगा।

"अरे छोड़ो भी, दिन-रात यहाँ उठते-बैठते हो, तुमसे क्या लेना। भैया अपनी किताबें ले जा।" अरोड़ा स्थिति को समझता हुआ, चेहरे पर कृत्रिम मुस्कान लाता हुआ बोला, "अरोड़ाजी, कुछ जाने बगैर ऐसा सुलूक आइन्दा किसी जूनियर से न करें तो ...." उसके चेहरे पर कर्कशता थी। होटल मालिक सिर्फ मुस्कराया था।

"ले पकड़ किताबें और घर को भाग।" उसने किताबें काउंटर से उठाकर उसके हाथ में थमा दीं और वह किताबें पकड़कर तेज कदमों से घर की ओर बढ़ने लगा।

'स्साला होटल वाला।' बहुत दिनों बाद उसके मुँह से गाली फूटी थी। सीनियर का खौफनाक चेहरा उसके लिए आत्मीय होने लगा था। सुबह कॉलेज जाते हुए उसके चेहरे पर आत्मबल था। आत्मग्लानि व अपमान में झुलसा उसका निर्वस्त्र शरीर अब पूरी तरह से ढँक चुका था।

●●

बदलाव

देवेन्द्र का शान्त मन आज विचलित हो रहा था जैसे किसी ठहरे पानी में कंकड़ फेंकने के बाद उसमें लहरें उठ रही हों। शहर में रहते हुए उनकी उम्र का काफी हिस्सा कट गया है और गाँव की मिट्टी की भीनी महक व सुनहरी यादों का बोझ उनकी आत्मा पर रहा है। पहाड़ के। गाँव शान्त ही हैं छोट-बड़े। ज्यादा-से-ज्यादा डेढ़-दो सौ 'मवासों' (परिवारों) के सीढ़ीनुमा खेतों में साल-भर की कमरतोड़ मेहनत के बाद खाने-पीने का जुगाड़ होता है। देर दुपहरी तक खेतों में काम करती, दूर जंगल से घास, लकड़ी, सोतर लाती महिलाएँ यहाँ का सहज ही चित्रण हुआ है। प्रकृति के सौन्दर्य व यहाँ के वासियों के सीधे सरोकारों के चित्र लोग आसानी से खींच लेते हैं लेकिन उनके श्रम के साथ पल-पल की आहुति को भी अनदेखा नहीं किया जा सकता।

नौकरी के लिए वे पहाड़ छोड़ आए थे। तब उनके गाँव के लिए सड़क नहीं थी। सँकरी-सी पगडंडियाँ थीं। चढ़ती-उतरती का रास्ता कहीं-कहीं इतना खतरनाक कि थोड़ी-सी भूल-चूक हो जाने पर जान का खतरा। नीचे कल-कल कर बहती नदी। उस पर लगी 'जेबाली' (कच्चा पुल) पार करते हुए वे बहुत घबराते लेकिन गाँव के लोग पीठ पर बोझ लिए आराम से जेबाली पार कर जाते। उनकी तो नजर ही जैसे पानी में बहने लगती इसलिए दूसरों

का हाथ पकड़कर जेबाली पार करते। इतने पर भी गाँव की शान्ति उनको सुकून देने वाली रही। उन्होंने महानगरीय जीवन को जरूर आत्मसात् किया लेकिन मन कल-कल करते पानी, सर-सर चलती ठंडी हवा का सुखद अनुभव सदैव साथ रहा जो जीवन को अपने ही ढंग से परिभाषित करते हैं।

बरसों से उनका गाँव जाना नहीं हुआ। अन्तिम बार तब गए थे जब उनकी विधवा माँ का प्राणान्त हुआ था। इसके बाद कोई मौका नहीं मिला। गाँव में एक ही सगा भाई है, बाकी लम्बी-चौड़ी बिरादरी है। किसी-न-किसी मौके पर बुलावा आ जाता है। लेकिन उन्हें कोई-न-कोई बहाना निकालकर क्षमा माँग लेनी पड़ती है। सच यह भी था कि उनके शरीर की सामर्थ्य अब गाँव पहुँचने के लिए जवाब दे देती।

शहरी जीवन की आपाधापी, बिजली, पानी की बढ़ती किल्लत, विकट गर्मी में शरीर से चूते पसीने के साथ गाँव की यादें उन्हें आ घेरतीं। ठंडी हवा, धीरे-धीरे गिरती बर्फ, ठंडक व ताजगी बाँटते गाँव के जलस्रोत। शुद्ध हवा बाँटने के लिए बीचों-बीच अनेक फलदार पेड़, इन सबसे ऊपर आपस में सुख-दु:ख बाँटते लोग। जीवन की बड़ी-से-बड़ी मुसीबत में एक-दूसरे के सारथि। उन्हें याद है, उनकी 'बौ' (भाभी) को बच्चा जनते हुए परेशानी हुई थी। वह असहाय दर्द में छटपटा रही थी तब घंटे-दो घंटे में सारे गाँव के लोग जमा हो गए थे। किसीके घर से पैसा निकला, कोई जलता पेट्रोमेक्स लेकर आया। उन्होंने उसे चारपाई समेत ही पास के कस्बे में रातों-रात पहुँचा दिया और सुबह तक वे देहरादून पहुँच चुके थे। ऐसा ही नैणा की घरवाली की बीमारी में भी हुआ था। ऐसी ही कई बातें उनके मन में संचित हैं। शहर में तो अपने आप से ही किसी को फुर्सत नहीं, फिर दूसरों के हाल कब पूछें। कई दिनों तक तो आस-पड़ोस के लोगों के बीच दुआ-सलाम तक नहीं हो पाती। बिल्कुल काई लगे सरोवर की तरह हो गया है शहरों का जीवन। सिर्फ ऊपर से ही आकर्षक, भीतर दलदल। सुख-सुविधाएँ जुट रही हैं लेकिन उपभोग के लिए फुर्सत नहीं।

लड़के पढ़-लिखकर नौकरी पा चुके हैं और दोनों की शादी हो गई है, बच्चे भी हैं। पहाड़ से बच्चे दूर हो गए हैं। कल उनके बच्चे और दूर हो

जाएँगें। कभी सिर्फ इतना ही रह जाएगा कि वे गढ़वाली मूल के हैं। घर में सिर्फ वे दोनों ही रह गए हैं–पति-पत्नी। एक-दूसरे के बुढ़ापे की लाठियाँ। लड़के दूसरे शहरों में रह रहे हैं।

कुछ दिनों से उनके मन में इच्छा पल रही थी कि कुछ दिनों के लिए गाँव हो आएँ। बौ-भैया से भी मिलना हो जाएगा और बच्चों की कुशलता भी मिल जाएगी। कुछ दिन वहाँ के वातावरण में शान्ति से बीत जाएँगें। शहर की आपाधापी में जिन्दगी न चाहते हुए भी मशीन हो जाती है। गाड़ी के दौड़ते पहियों के साथ वे देहरादून पहुँच गए। वहाँ से गाँव के लिए जाने वाली छोटी-छोटी बसें। उन्हें देखते ही लगा जैसे अपने गाँव की माटी की गन्ध ही उनमें बसी है। वहाँ से टेढ़ी-मेढ़ी पहाड़ी सड़क का दिनभर का सफर। अन्ततः अपना पुराना छोटा-सा कस्बा जो काफी बदल चुका था। धूल उड़ाने वाली सड़क पक्की व शानदार हो गई थी। पुरानी खोखेनुमा चाय की दूकानें अब 'टी स्टाल' बन चुकी थीं। सड़क के कनारे तमाम जमीन पर आलीशान मकान बने थे। दूकानों के शोरूम महानगरीय की-सी लघु यात्रा कराते। इधर-उधर कुछ लोगों को छोड़कर बाकी के चेहरों पर पहले जैसी सादगी नहीं दिखती थी।

एक टी स्टाल में बैठकर चाय पीने की इच्छा हुई कि इस बहाने कुछ देर सुस्ता लेंगे फिर गाँव की ओर चलेंगे। बैठते ही सामने नजर पड़ी तो देखा, मौनिया बैठा है। सफेद-काले खिचड़ी बाल, कमीज-पाजामा पहने हुए। चेहरे पर उम्र के साथ पड़ने वाली झुर्रियाँ काफी गहरी।

"मौनिया तू।" देवेन्द्र ने उसका हाथ पकड़कर पूछा। जड़वत्-सा मौनिया बड़ी देर तक उसका चेहरा ताकता रहा। शायद उसे पहचान नहीं सका था। "मुझे नहीं पहचाना, मैं देबू।"

"देबू?" आश्चर्य मिश्रित खुशी के साथ उसका चेहरा भी चमक उठा था। थोड़ी देर के लिए वह बच्चों की तरह उछल पड़ा।

"तू यहाँ...." बाकी के शब्द जैसे देवेन्द्र के गले में ही अटक कर रह गए थे। अपने बचपन के साथी से मिलकर लगा जैसे बचपन ही उनके सामने है।

''घरवाली को लाया था डॉक्टर को दिखाने, सात-आठ रोज से बुखार है। गाँव के हस्पताल से दवाई ली, फैदा नहीं हुआ। प्राइवेट डॉक्टर के यहाँ लेटी है, सुबे से कुछ फैदा है'' मौनिया ने दुखते मन से सारी बात सुना दी।

''मैं भी आज ही आ रहा हूँ इसी गाड़ी से'' देवेन्द्र ने सड़क पर खड़ी बस की ओर इशारा करते हुए कहा था। इसके बाद वे चाय पीने लगे। टी स्टाल में लगी कुर्सियाँ कभी भर जातीं कभी खाली हो जातीं। चाय के कप खाली होने के बाद भी वे काफी देर तक बातें करते रहे। बातें क्या अतीत ही कुतरते रहे। थोड़ा-बहुत वर्तमान को ही मथा। ''गांव चलोगे?'' देवेन्द्र ने बातों की शृंखला को बीच में ही तोड़ा था।

''हाँ, घरवाली को ले आऊँ। पाँच वाली गाड़ी से चलेंगे।''

''पाँच वाली गाड़ी! क्या अपने गाँव तक की बस....'' अपने मन में पले सच की विपरीत की जानकारी पर वे अचम्भित थे। विकास की किरणें अपने क्षेत्र तक पहुँच रही हैं, मन के किसी कोने में राहत की अनुभूति होने लगी।

''हाँ, अपने गाँव को अब तीन गाड़ियाँ जाती हैं। पैली डेढ़ बजे, दोसरी तीन बजे, आखिरी पाँच बजे।''

''ठीक है।'' उन्होंने हामी भरी फिर मौनिया के साथ उसकी घरवाली को देखने चले गए। वापसी में वे दोनों उसे थामते, सहारा देते हुए लाए। दूसरी बार फिर चाय पी। मौनिया पैसे चुकाने की जिद करने लगा लेकिन देवेन्द्र के मना करने पर मान भी गया। इसके बाद उनके बीच काफी देर तक मौन रहा। इस बीच वे अपने-अपने चिन्तन को मथते रहे।

चार बजे बस आकर खड़ी हुई तो लोग बस में चढ़कर सीटें घेरने लगे। मौनिया भी दौड़कर सीट घेर आया। करीब एक घंटे की प्रतीक्षा के बाद खचाखच भरी बस हॉर्न बजाती हुई आगे बढ़ने लगी। जगह-जगह बरसात के कारण बने गड्ढों में बस के हिचकोले लेते ही कलेजा मुँह को आने लगता। उस समय लोगों को अहसास हुए बिना न रहता कि यह छोटी-सी यात्रा कम जोखिम भरी नहीं है। ईश्वर न करे अगर किसी दिन बस का सन्तुलन बिगड़ गया तो.... आगे की कल्पना में उनकी आँखें मुँदने लगतीं। बीच-बीच में कंडक्टर की सीटी बजती और लोग उतरते-चढ़ते जाते। किराए को लेकर भी कुछ लोगों की कंडक्टर के साथ नोक-झोंक होती। कितना बड़ा बदलाव आ

गया है इंसान में, थोड़े-से शारीरिक श्रम से बचने के लिए घंटों बर्बाद कर डालता है। मन में जन्मी इसी गुत्थी को सुलझाने की उधेड़-बुन में गाँव आ चुका है, बस रुकते ही पता चला। वे उतरकर गाँव की ओर बढ़ने लगे।

गाँव पहुँचकर देखा, बहुत-कुछ बदल चुका था। कई पक्के मकान बन रहे थे। गाँव के बीच ठंडा पानी बाँटने वाला प्राकृतिक जलस्त्रोत 'नाला' उपेक्षित पड़ा था। लोग अब सरकारी योजनाओं के अन्तर्गत बिछी पाइप लाईन का पानी पीते हैं। वे अपनी धरोहर को भूलते जा रहे हैं। उन्हें याद आने लगा, इस स्रोत का पानी पीने पर जेठ की तपती दुपहरी भी बेअसर हो जाती थी, आज किसी को इसकी चिन्ता नहीं, सब घर-घर पानी चाहते हैं।

देर रात तक वे बौ-भैया के साथ बातें करते रहे। गाँव के एक-एक व्यक्ति, घर-परिवार की खुशहाली का पता चला। किसकी नौकरी कहाँ लगी, ब्याह कब हुआ, कौन मरा, कौन जन्मा, कौन 'साझा' रह रहा है कौन 'छांटां' (अलग)। बच्चों ने गुदगुदे किस्से सुनाकर उन्हें हँसाया।

सुबह गाँव-बिरादरी के लोग उनसे मिलने आए। बातें हुईं, यादें ताजी हुईं। दोपहर बाद टहलते हुए स्कूल देखा। नई इमारत लेकिन बच्चे जीर्ण टाट-पट्टियों और नंगी जमीन पर बैठे हुए। ऐसा तो उनके जमाने में भी नहीं होता था। तब वे दुहरी-तिहरी बिछाकर बैठते थे। आज इतने सालों बाद भी...... विकास के बहुत बड़े दावे करने वाली सरकारों का चेहरा खुद ही नंगा हो जाता है। बड़ी संख्या में स्कूल तो खोल दिए लेकिन न छत है और न बच्चों के बैठने के लिए टाट-पट्टी।

अगले ही दिन बिरादरी में शादी थी तो सोचा—अच्छा ही मौका है, उसमें भी शामिल हो जाएँगे। पहले उनका आना नहीं हुआ था। बस, शहर से थोड़े बहुत पैसे व चिट्ठियाँ भेजते रहे। इसीसे अपने कर्त्तव्य की इतिश्री कर ली। बिरादरी के जिस घर में शादी थी उसे बड़े ही आकर्षक ढंग से सजाया जा रहा था। शहर से टैन्ट, लाउडस्पीकर, बैंड, वीडियोग्राफर बुलाए गए थे। बारात जाने को हुई तो बाराती बैंड बाजों पर छिड़ी फिल्मी धुनों के साथ खूब नाचे। सोडियम लाइटें जलती रहीं और चटाचट कैमरे के फ्लैस चमकते जाते। शहर की हवा यहाँ भी घुस चुकी है, उन्हें समझते देर न लगी।

बारात वापसी पर उसका जोरदार स्वागत हुआ। स्वागत, चाय-पान। कुछ मंत्रोच्चारण फिर भोजन। बहू की गृह-प्रवेश की रस्म पर उसे देखने के लिए गाँव की औरतें एक साथ उतावली।

''वो देख, गले में मंगलसूत्र चाँदी का है।'' बहू के रूप-गुण की प्रशंसा के बजाय किसी औरत का स्वर गहने पर फूटा था।

''पर माँग टीका... वो सोने का होगा।'' दूसरी बोली।

''मामा ने दिया होगा जो मिलिट्री में है,'' कोई और बोल पड़ी थी।

''गले में हार भी है।''

''सोने का है, लड़की के पिता ने बनाया, अकेली लड़की जो है।''

''कान के कुण्डल, ये हमने बनवाए।'' लड़के की माँ पार्वती बताने लगी।

''सामान भी काफी आया है—आलमारी, पलंग, सोफा, सन्दूक, टेलीविजन, घड़ी, कुकर, सिलाई मशीन.........'' एक औरत खोजी पुलिस की तरह सामान गिनाने लगी थी। सारा वार्तालाप देवेन्द्र के कानों में पड़ा तब उन्हें लगा जैसे उनके कानों में कोई शब्द नहीं बल्कि गर्म तेल पड़ा है। पहले तो महिलाएँ बहू के रूप-गुण को देखकर न्यारी-वारी होती थीं। अब कपड़े, गहने, दहेज के सामान की पड़ताल में लग जाती हैं। उनके मन में घर किए सादगी सम्पन्न गाँव का चित्र छिन्न-भिन्न होने लगा था। दहेज के दानव ने अपने पैर यहाँ तक पसार लिए होंगे, उन्होंने सोचा भी न था। वरना वे तो यहाँ से मीलों दूर शहर में अपने समाज की प्रशंसा करते न अघाते थे।

अपने पहाड़ के समाज में इतना बड़ा बदलाव देखकर देवेन्द्र को लग रहा था जैसे वे दिल्ली में ही बैठे हैं और आसपास का पूरा वातावरण दिल्ली हो गया है। प्रीतिभोज पर लोगों के आने-जाने का ताँता लगा था। आँगन में अच्छी-खासी चहल-पहल थी और वे अपनी दिल्ली चलने की तैयारी कर रहे थे। पहाड़ के एक कोने से सूरज की किरणें बाहर झाँकने लगी थीं।

●●

हड़ताल

'हड़ताल का बीसवाँ दिन चल रहा है और समाप्ति के आसार नजर नहीं आ रहे' सोचते हुए रामभूल अपने आप में ही रबड़ की तरह सिकुड़ने-फैलने लगता है। अगर ज्यादा दिन हड़ताल खिंच गई तो–आगे की कल्पना में उसके बदन में कँपकँपी होने लगती है। कलेजे पर असह्य बोझ पड़ता है। सुबह उठना, खा-पीकर धरना-स्थल पर जाकर दिनभर हड़ताली कर्मियों के साथ बैठना, नारेबाजी करना, प्रेस ज्ञापन लिखना, एकाध गर्म चाय का कप घूँट-घूँट कर गले से उतारना। शाम होते ही थके कदमों से घर वापसी। आदत के अनुसार उसका हाथ कोट की जेब में जाता है और मुड़ी-तुड़ी कागजी गड्डी के साथ बचे-खुचे कुछ नोट हाथ में आ जाते हैं।

पहले कभी उसे बैठक, धरने में जाना पड़ा तो वगैर रिक्शे नहीं गया। हड़ताल एक हफ्ते से आगे कभी नहीं चली, इसलिए समस्या का कोई पहाड़ आड़े नहीं आया। महीने की पहली तारीख को तनख्वाह मिलने के बाद पन्द्रह-बीस तक तारीखें बड़ी आसानी से सरकती हैं, इसके बाद फिर वहीं खींचातानी। तनख्वाह पाने के बाद ही आन्दोलन अथवा हड़ताल की तय तारीख होती है इसलिए उसे कभी महीना काटना भारी नहीं पड़ा।

रामभूल जिस महकमे में नौकरी करता है दुर्भाग्य से साल में एकाध बार वहाँ हड़ताल की नौबत आ ही जाती है। जिला मुख्यालय पर उच्चाधिकारियों

को ज्ञापन देना हो अथवा अपने संगठन की बैठक का आयोजन हो, वह संगठन नेताओं की लाठी की तरह उनके साथ होता है। हड़ताल, धरना, नारेबाजी, भाषणबाजी, कहीं भी वह पीछे नहीं रहता। हड़ताल, मीटिंग होती है, फोटो खिंचती है और अखबार की सुर्खियों में उसका नाम भी आता है—वक्तव्य जारी करते हुए। तब वह पढ़ने वालों के लिए बड़ी 'फिगर' होता है।

इस बार की हड़ताल में उसका समीकरण ही बदल गया। पहले के विपरीत हड़ताल पच्चीस तारीख से शुरू हुई। दो महीने पहले कोरे आश्वासन मिलने पर हड़ताल वापस ले ली गई थी। पिछली बीस तारीख को हड़ताल की संभावना को लेकर हुई सभा में उसका सबसे जोशीला भाषण रहा था, 'हम अपनी माँगें न माने जाने तक डटे रहेंगे। इसके लिए हमें लंबी हड़ताल के लिए भी तैयार रहना होगा। बच्चा जब तक रोता नहीं माँ उसे दूध नहीं पिलाती। हम संघर्ष नहीं करेंगे तो हमारी माँगे.... ' तब तालियों की गड़गड़ाहट के बीच उसके जोशीले भाषण की सराहना हुई थी।

जमीन पर बिछी दरी पर बैठने के बाद उसका मन दोराहा होने लगा था। क्या सचमुच वह भी हड़ताल पर जाने को तैयार है? हड़ताल टल ही जाएगी फिर आगे—जैसा चला अब भी चल पड़ेगा। हड़ताल हो भी गई तो मुश्किल से पाँच-सात दिन और चलेगी। सरकार पहले ही खस्ताहाल है। जानती है चिल्ला रहे हैं, तो मुँह में रोटी के कौर की तरह एकाध आश्वासन ठोंस देगी और संघर्ष की दीवार धीरे-धीरे ढह जाएगी। हड़ताल के दिनों का समायोजन कैसे भी हो जाएगा 'कैजुअल' अथवा 'अर्न लीव' में। ऑफिस में कभी कोई दिक्कत नहीं आई। बॉस अपने चेम्बर में बुलाकर पीठ पर हाथ रख ही देते हैं—"भई रामभूल! कब तक चलेगी तुम्हारी हड़ताल?" तब वह अपने ढंग से मुस्कराकर दो-चार दिन और चलने की बात करता है। बाद में सब हो जाता है बराबर।

इस बार उसकी उम्मीद के पंख टूटने लगे थे। पच्चीस से लेकर पन्द्रह तारीख हो गई है। महीना बदल गया। पन्द्रह दिन और निकल गए। पिछले ही महीने लड़की के हाथ पीले हुए, तब बैंक में जमा पूँजी के अलावा जी.पी.

एफ. से भी पैसा निकलवाना पड़ा। ऑफिस के चक्कर। नेतागिरी के नाम पर ऑफिस के क्लर्क 'आए रामभूल जी!' कहकर आदर देने का ढोंग करते हैं। ज्यादा-से-ज्यादा खाली कुर्सी पर बिठा देते हैं। फिर मन-ही-मन चाय पीने की संभावना को प्रबलता देने की तरकीब बुनने लगते हैं।

"नेताजी, काम हो जाएगा, कागज पर पहिए तो लग जाएँ" कागज पर पहिए लगाने की बात उसके लिए नई नहीं है। जरूरी कागज आगे बढ़ाने के लिए उस पर वजन रखना पड़ता है, पहिए लगाने पड़ते हैं। बात सारी पैसे की है। अच्छी जान-पहचान के बावजूद अपना पैसा निकालने में जो माथापच्ची करनी पड़ी, बयान नहीं कर सकता। "रामभूलजी, मैं भी जिला मंत्री हूँ अपनी यूनियन का लेकिन-" एकाउन्ट क्लर्क उसके कान में बात डाल चुका था। उसे इधर-उधर के बजाय सीधे ही चलना पड़ा। जब यूनियन नेताओं के ये हाल हैं तो बाकी लोगों पर बीतने वाली दशा पर उसे रोष होने लगता।

आगे महीना काटने का जुगाड़ नजर नहीं आता तो वह आगे की स्थिति ऊपर वाले के हवाले कर देता है।

शाम को धरना-स्थल से घर लौटने लगा तब बढ़ती ठंड में उसका मन मूँगफली चबाने का हुआ। जेब में हाथ डाला तो ज्यादातर कागज ही हाथ आए-यूनियन के लेटर, ज्ञापन, अखबारों की कटिंग, सामान के पर्चे और कुल सत्ताईस रुपए। घर में रात के लिए कोई सब्जी नहीं है, सुबह सरिता ने चलते समय उसे बताया था। इसलिए उसे अपना मन मारना पड़ता है। मूँगफली के बदले घर की दाल-सब्जी का जुगाड़ हो सकता है। अपनी बीड़ी-माचिस का रोज का खर्चा उसे मालूम है दो रुपए से कम नहीं। सब्जी भी नहीं खरीदता। दाल से गुजारा पर आ जाता है उसका मन।

महीनाभर राशन तो मिल ही जाएगा। महीने का खात्मा होने पर दूकानदार छेनी-सी पैनी नजर उसके चेहरे पर फेंकता है तब मन-ही-मन संकोच होने लगता है। "हड़ताल खत्म नहीं हुई भाई साब?" वह पूछता है। वह जानता है उसकी हड़ताल से दूकानदार का कोई लेना-देना नहीं है लेकिन अपने पैसे की फिक्र में सवाल कर ही बैठता है। वह अधिक-से-अधिक महीनाभर और सब्र कर लेगा फिर-उसे यह भी मालूम है कि उधार मिलने वाला कोई सामान

नगद की अपेक्षा महँगा मिल रहा है। दिन ब दिन चढ़ रहे उधार की चिन्ता उस पर बोझ बनती जाती है।

रामभूल का परिवार अब के हिसाब से काफी बड़ा है, किसी को बताते हुए उसे संकोच होता है। बड़ी लड़की का ब्याह हो जाने के बाद अब पाँच बच्चे हैं। सभी स्कूल जाते हैं इसलिए खर्चा स्थिर नहीं है। इस बार ठंड की शुरुआत पर वह दो ही बच्चों के लिए गर्म स्वेटर खरीद पाया। बाकी प्रतीक्षा सूची में थे कि तनख्वाह मिलने पर उनको भी ठीक-ठाक स्वेटर खरीद देगा लेकिन अब यह योजना ठंडे बस्ते में पड़ती जा रही है। वे आधी बाँह की स्वेटर पहने सुबह-सुबह बाहर निकलते हैं तो उनके बदन की ठिठुरन उसके मन को कँपकँपाने लगती है। वे माँ के गर्म शॉल, स्वेटर से फेरबदलकर काम चला रहे हैं। उनकी दशा पर रामभूल के मन में टीस उठने लगती है।

अपना कोट सन्दूक से बाहर निकालकर उसे पहनते हुए काफी दिन हो गए हैं। ले- देकर यही कोट है उसके पास। रोज पहनते-पहनते मैल की पर्त उस पर जमने लगी है। वह धुँधला पड़ता जा रहा है। बादल छाए आसमान की तरह। सुबह कोट पहनते हुए कालर पर जमी मैल की पर्त ठंडक देने लगती है।

हड़ताल समाप्ति के आसार नहीं लगते। वह रोज समाचार व अखबार में माँगें पूरी होने, हड़ताल टूटने की खबर पाना चाहता है लेकिन इसके विपरीत 'सरकार द्वारा हड़ताल को अवैध करार की घोषणा', 'कर्मचारियों से सख्ती से निपटने के साथ ही निलम्बन व धरपकड़ जारी है', 'विरोध में कर्मचारी नेता गिरफ्तारी देंगे', 'जेल जाएँगे' पढ़ने को मिलता है। गिरफ्तारी देने के लिए अलग-अलग सूचियाँ बनाई गई हैं। तीन सूचियों में अंकित कर्मचारी जेल जा चुके हैं। चौथी में उसका नाम है। शायद कल ही—उसे जेल में रहना पड़ा तो बच्चे उसके घर न पहुँचने पर कितने हैरान होंगे। शरीर में सिहरन होने लगती है। 'हड़ताल समाप्ति की संभावना नहीं', 'प्रशासन की धमकियाँ बेअसर' तमाम समाचार उसके दिमाग में छपने-मिटने लगने हैं और वह अपनी कोट-पैंट रात को ही धुलवाकर सुखाने के बाद सुबह इस्त्री करने लगता है जैसे कहीं लम्बे सफर पर जाना हो।

सुबह चलने को होता है तभी रेनु आकर फरमाइश करने लगती है–"पापा, वो मेरे लिए स्वेटर कब लाओगे?" वह कुछ कहता कि सीमा कह पड़ती है–"और पापा मेरे लिए–" रामभूल कुछ नहीं कह पाता। अपना मफलर गले पर कसते हुए उसका एक छोर पीठ की तरफ फेंकता है और बिना कुछ कहे-सुने घर से बाहर हो जाता है। चलते-चलते उसे लगता है बच्चों की माँगें उनकी माँगों की तरह जायज हैं लेकिन–

●●

त्याग के बदले

माघ का महीना, कड़ाके की ठंड में शरीर को कँपकँपाने वाली बर्फीली हवा सरसराती हुई निकल जाती। इस महीने ब्याहता युवतियाँ अपने मायके आती-जाती हैं। खेती का काम इस मौसम में कम रहता है बाकी तो ढोर-डंगर के लिए घास-पानी, सोतर व खेती-वाड़ी के काम से फुर्सत नहीं मिलती। वैसे भी पहाड़ की जिन्दगी में औरत को जरूरत से ज्यादा संघर्ष करना पड़ता है। अजदी बैठे-बैठे सोच रही थी–'दो-चार दिन मैके घूम आती, वहाँ से घास व गोबर ढोने के लिए 'गिल्टे' व 'पागेठे, (रस्सियाँ) भी ले जाएगी'। छोटी-मोटी कुछ चीजों को लाने की सूची उसने मन-ही-मन बना डाली थी। इस बार वह बच्चों को साथ लेकर नहीं जाएगी। इतनी ठंड और लम्बा बर्फीया रास्ता! फिर चार-पाँच दिन के लिए इतना बड़ा झंझट, उसका मन न स्वीकारता। अपनी नन्ही बच्ची को देखकर उसका ममत्व कचोटने लगता। उसके जाने पर बड़ी लड़की सकी बच्चों को डराती-धमकाती है, घर में तब तक उसका रौब-दौब चलता है, बीच का लड़का बच्चू उसकी 'हाँ' में 'हाँ' नहीं मिलता तब आपस में 'विल्गम-विल्गा' की नौबत आ जाती है, फिर मुश्किल से दोनों अलग होते हैं। बच्चों को लेकर तरह-तरह के विचार उसके मन में भागम-भाग करने लगते, अभी मैके से इसका बुलावा नहीं आया है। बस, उसी की प्रतीक्षा में उसके मन में उठते विचार पानी हो जाते।

दूसरे दिन भाई का लड़का गोबा उसे बुलाने आ गया। मौसम खुलने लगा था। कड़ाके की ठंड के बाद तेज पड़ती धूप से मन को सचमुच राहत मिलती। गोबा को घर की ओर बढ़ते देख बरांडे में बैठी रमिता चिल्ला पड़ी–"माँ, भैजी आ गया!"

"आने दे, दिन-भर घूमता रहता है, पेट में थाल बज रहा होगा तभी चला आया।" माँ चौके में आटा गूँधती हुई बोली थी। कमरे में उठते धुएँ के कारण उसकी आँखों में जलन-सी होती। आटा गूँधती वह बीच-बीच में करछी लेकर चूल्हे पर चढ़ी सब्जी को खरोलने लगती।

"बच्चू नहीं, गोबा भैजी आया है।" रमिता ने माँ की भ्रान्ति दूर कर दी थी। तब वह आटे से सने हाय लेकर बाहर चली आई थी। गोबा ने फूफू के पाँव छुए और फूफू ने उसके। सकी ने भी आगे बढ़कर गोबा के पाँव छू लिए।

"माँ! कौंठ ले जाऊँ?" सकी माँ से पूछने लगी।

"नहीं री, बाहर तो ठंड हो रही है, भीतर बिछा दे कुणेठी के पास।" माँ के कहते ही सकी ने कांउठ लाकर चूल्हे के करीब ही बिछा दिया। कमरे में धुआँ चारों ओर फैला था, अजूदी बैठकर आटा गूँधने लगी, साथ ही मायके की कुशल-क्षेम भी पूछती रही।

"सकी, तू चा के लिए पानी रख दे।" माँ के कहते ही सकी ने केतली में चाय के लिए पानी भरकर चूल्हे पर चढ़ा दिया। सकी ने चाय बनाई और माँ रोटियाँ सेंकने लगी, 'डांडे में ह्यूँ कितना है, किसके साथ आया' जैसे सवालों के उत्तर के बीच गोबा अपना चाय का कप घूँट-घूँट कर खाली कर चुका था।

अजूदी ओबरे में जाकर मवेशी को न्यार-पात डाल आई, गाय प्या लाई और सकी चौके में बैठकर खाना पकाती रही। इस बीच वह गोबा से मामाकोट की अच्छी-बुरी बातें पूछती रही और वह बड़े चाव से उसे एक-एक किस्सा सुनाता रहा। खाना खाने के बाद घर के सारे लोग चूल्हे के करीब ही जम गए। तरह-तरह की बातें होती रहीं।

"फूफू, चल रही हो कल?" गोबा पूछने लगा।

"कल नहीं परसों, कल कपड़े धुल जाएँ, न्यार-पात का बन्दोबस्त कर

लूँ।'' चलने की बात को यहीं विराम दे दिया गया फिर सभी अपने-अपने बिस्तरों में दुबककर जैसे कल को ही आँखों में उतारने लगे, रात गहराने लगी थी।

अगले दिन गोबा जाने-पहचाने घरों में घूमता रहा। अजूदी ने अपनी जरूरत के कपड़े धोए। बच्चों के लिए राशन कोठार से निकालकर रख दी। मवेशी के लिए न्यार-पात का बन्दोबस्त हो गया। शाम तक सारे कपड़े-लत्ते सँभालकर नहा-धोकर निपट चुकी थी। रात को खाना फिर रोज की तरह, चूल्हे के चारों ओर घिरकर बातें। अजूदी को समझाने लगी, ''मेरे जाने पर आपस में लड़ना-झगड़ना नहीं'' विसकण कूटने से लेकर न्यार-पात डालने, बैलों को पानी पिलाने, खाना पकाने तक के सारे काम माँ ने बाँट दिए थे।

''मैं भी चलूँगी!'' रमिता अजूदी के साथ चलने की जिद करने लगी थी।

''नहीं बेटी, रास्ते में घुटने-घुटने तक का ह्यूँ है और ठंड भी बहुत है। तू यहीं रहना अपने भैया-बहिन के साथ। मैं तेरे लिए बहुत सारी चीजें लेकर आऊँगी।'' तब मुश्किल से वह चुप हुई थी। साथ चलने की जिद भूलकर वह माँ की गोद में उठक-बैठक करने लगी। थक-हार कर उसे नींद आने लगी। ''सकी, तू सबेरे ही उठ जाना, आलू उबालने रख देना, मैं घास की जुमियाँ उतारकर ले आऊँगी गाय-बैलों के लिए, रास्ते में भूख लगेगी।'' अपनी भूख का तो बहाना भर था लेकिन अन्तर्मन था कि वह भतीजों के लिए आलू-बेडली रोटी लेकर जाएगी वरना सोचेंगे कि फूफी हमारे लिए कुछ भी लेकर नहीं आई। स्वांली। बनाती लेकिन घर में सब्जी छौंकने के लिए भी महीने-भर का तेल नहीं। सोच की अधेड़पन में ही रात हो गई थी।

सुबह उठी, चूल्हा जलाया और आलू उबालने रख दिए। ओबरे में जाकर गाय प्या लाई। तब तक पतीली में उबाल आ चुका था। रमिता बिस्तर में उठी आँखें मल रही थी। सकी चूल्हे के करीब बैठी बड़ी बेफिक्री से आग ताप रही थी। अजूदी ने चाय बनाकर सबको पिलाई, गोबा भी तरोताजा होकर चूल्हे की आग ताप रहा था, धीरे-धीरे खाना पकने लगा। माँ कोठार से एक टोकरी अनाज निकालकर सकी को पकड़ाती हुई बोली- ''जा, कमल्या की

दूकान से टॉफी, बिस्कुट ले आ।" वह टोकरी पकड़ती हुई घर से बाहर निकली और वह दुयार के सन्दूक से अपनी पखटी, कोट निकालकर पहनने लगी। खा-पीकर चलने को हुई तो रमिता रोने लगी तब अजूदी ने उसे टॉफी देकर चुप करा लिया, चलते वक्त खंन्त्या भी उनके साथ हो लिया जो अपनी बेटी के वैदालू जा रहा था, दो से तीन लोग हो गए थे।

गाँव से थोड़ा-सा उठान का रास्ता फिर लगातार चढ़ाई। इधर-उधर चीड़ का जंगल फिर चलते रहने पर बाँज, गौरू, बराँस के पेड़ों से आच्छादित घना जंगल, चिड़ियों की चहचहाट जंगल को सुरीलापन सौंपती, आसमान कभी बादलों से बिल्कुल पट जाता तो कभी एकाएक बादलों के झुंड स्वयं ही विरल पड़ने लगते। कभी कोहरा बढ़ जाता तो कभी कम होने लगता। कोहरे को चीरती ठंडी हवा शरीर को कँपकँपाने लगती। ठंड की अधिकता से उनके चेहरे लाल पड़ने लगे थे। कमर तक की बर्फ में उनके पैर खप्प-खप्प करके धँसते ही जाते। गाँव पहुँचते-पहुँचते शाम घिरने लगी थी।

अजूदी को देखते ही उमंगित बच्चों ने उसे घेर लिया "फूफू आ गई! फूफू आ गई!" बच्चों ने उसके पैर छुए। कुछ-कुछ उससे लिपटने लगे। अजूदी ने उन्हें टॉफी बाँटी। थोड़ी देर बरांडे में बैठने के बाद वह भीतर गई और बौ के पैर छू लिए। दोनों एक दूसरे की कुशलता पूछती रहीं। अजूदी ने अपने थेले से रोटियाँ निकालकर दो-दो कर आस-पास के घरों में बँटवा दीं। थकान से उसका शरीर दुखने लगा था, उसने गुनगुने पानी से हाथ-पैर धोए। खाना खाया, थोड़ी बातचीत की। रास्ते-भर की थकान से बोझिल वह बिस्तर पर पसर गई तो जल्दी ही उसे नींद आने लगी।

सुबह तरोताजा होकर वह बिरादरी में सबके हालचाल पूछने उनके घर गई फिर कहीं उसके 'कल्यार' का न्यौता होता कहीं 'दोफारी' और कहीं 'ब्याली' का। अपनी बचपन की सहेलियों से मिलने का उसका मन होता तो वह चली जाती और कोई उसके घर आ जाती। एक-दूसरे से मिलकर वे सचमुच बहुत खुश होतीं।

आँगन में खेल रहे बच्चों का शरीर ठंड से थरथरा रहा था लेकिन तब भी वे जैसे अनदेखा कर रहे थे, "बच्चू जा 'केड़े' ले आ!" बाबा ने बरांडे

में बैठे-बैठे ही उनकी दशा देखकर आवाज दी थी।

''सच बाबा, ठंड बौत है'' बच्चू केड़ों के ढेर से चार सूखे केड़े ले आया और सूरी सौतर की एक गड्डी बनाकर ले आई। माचिस जलाकर केड़े के नीचे रखे सौतर पर आग लगाई गई। थोड़ी देर में धू-धू कर आग जलने लगी। सात-आठ बच्चे व अजूदी अपनी सहेली के साथ जलती आग के बाहर गोल घेरा बनाकर बैठ गई। जैसे ही जलते हुए किसी बारीक लकड़ी से सफेद झाग निकलने लगता, बच्चे चिल्ला पड़ते, ''मेरी बाकुरी ब्याणी...मेरी बाकुरी ब्याणी!'' उनका यह रोमांच आग जलने तक चलता रहा, अजूदी अपनी सहेली के साथ घर-गृहस्थी की बातें करती रही। ''ले लो साफा...रंग-बिरंगे साफा...! साफा!!'' उनके कानों में आवाज पड़ने लगी। जरूर साफा बेचने वाले इस बरस भी आ गए होंगे, पिछली बार साफा खूब बिके थे। नारंगी दाड़िम, बर्तन, चूड़ी, बिन्दी बेचने वाले गाँव में आते ही रहते हैं।

कुछ देर में 'साफा' (मफलर) बेचने वाले उन्हीं के आँगन में पहुँच चुके थे। उन्होंने अपनी पीठ से साफे के बनाए बोझ उतारे। एक ने चौक साफ किया फिर उन्हें अच्छे ढंग से सामने ही रखने लगा। अपने बैठने के लिए उन्होंने बोरी बिछा दी थी। ''माँ, वो पिछले साल वाले सौंदर !'' एक बच्चा दौड़ता हुआ घर जाकर अपनी माँ से बोला था।

गाँव की तीन-चार वृद्धाएँ घर से निकलकर उनके करीब पहुँच चुकी थीं, ''अरे वैशाखू, अबकी सिरफ साफा लेकर आया या कुछ और भी...?''

''सिरफ साफा ही लाए काकी, और बाल-गोपाल सब ठीक-ठाक?'' वैशाखू साफाओं को तरतीब से लगाते हुए उससे घर की कुशलता भी पूछने लगा था।

''समन्या काकी!'' दूसरी वृद्धा का उसने अभिवादन किया था।

''समन्या मेरा और नन्याण बाल सब ठीक?'' उसने उत्तर भी दिया और कुशलता की पड़ताल भी करने लगी।

''सब किरपा काकी!'' वैशाखू ने हाथ जोड़ लिये। जब भी वैशाखू साल में एकाध बार गाँव की ओर कुछ बेचने आता है तो इन्हीं के घर उसका खाना-पीना होता है, कभी-कभी लौटते वक्त वह काकी को उपहार भी दे

जाता है तब काकी के चेहरे की खुशी देखते ही बनती है। 'ले लो मफलर रंग-बिरंगे...साफा...नीलपाट का साफा..! ' वैशाखू ने आवाज लगानी शुरू कर दी, गाँव के बच्चे जमा हो गए थे साथ में अनेक महिलाएँ भी, बच्चे सौंदरों से छेड़ छाड़ करते तो वे बनावटी गुस्से के साथ उन्हें खदेड़ देते, कुछ दूरी तक भागने पर पुन: उनकी वापसी होती।

रंग-बिरंगे साफे देखकर अजूदी का मन खरीदने को हो रहा था। ससुराल की बात होती तो वह कुछ भी करके एक साफा जरूर खरीद लेती। त्यार वार में वही सकी के काम आ जाता। उसे नीलपाट का साफा पहनने की बड़ी 'हौंस' है, लेकिन यहाँ....यहाँ भी बौ-भैजी उसे खरीदकर दे देंगे। वैसे भी क्या कमी है, उनके लिए तीन-तीन बगीचे, सेव, आलू, चौलाई के रहते हैं। आलू की फसल निकल जाने पर दादा पौष-माघ के महीने दोफारी के साथ उसे कोई-न-कोई कपड़ा जरूर देते हैं, यह सिलसिला सात-आठ साल से बराबर चल रहा है, इस बार बौ व दादा एक साफा खरीदकर दे दें बाकी उनकी मरजी व सामरथ पर छोड़ती हूँ, वह सोचती रही।

बौ एक साफा खरीदकर ले आई। अजूदी मन-ही-मन सोचने लगी, जरूर ये साफा बौ ने उसके लिए मोल लिया होगा। उसके सिर पर पहना साफा काफी पुराना हो गया है, बौ ने देख लिया होगा'', बौ घुमा-फिरा कर बार-बार साफा देख रही थी और वह बौ को। ''जगगी के पास एक भी अच्छा साफा नहीं इसलिए मोल ले लिया, त्यार वार में पहन लेगी'' बौ ने चलते-चलते उसकी टग तोड़ने के लिए कहा, ''रुपया होते तो तेरे लिए भी ले लेती....'' आगे के शब्द अजूदी के उत्तप्त मन पर मरहम लगाने के लिए थे। वाह रे वगत, तू कैसी करवट बदलता रहता है। आज बौ कैसी निस्सहाय-सी जता रही है अपने आपको, सिरफ एक साफा खरीदने में, तब तो वो अकेली ही सब कुछ करने में सक्षम थी, कहती थी, ''अजूदी, ये मरद ऐसे ही होते हैं, तेरा दादा सही लेकिन है तो ये भी मरद। मरद किसी का सगा नहीं होता, तेरी फिकर इन्हें न हो मैं करूंगी, मैं दूँगी तेरी दुस दोफारी, कपड़े-लत्ते। तू मुझे सगी समझना। भले ही तेरा भाई सौतेला है, जितनी उनके लिए मैं उतनी मेरे लिए तू। '' रह-रहकर उसकी आँखों में बीता समय गुजरने

लगा। जहाँ से पली उम्मीदों की पहली लाँग आज ढहने लगी थी।

पहले ब्याह के बाद वह मैके आती तो माँ उसके लिए अच्छी-अच्छी चीजें दूकान पर जुटे सामान की तरह सहेजकर रखती–दाणे बुखाणे, अखरोट, सिरोल, साकुली, चूलड़ी और न जाने क्या-क्या। तब माँ उसके मना करने पर भी उसे खिलाए बगैर न मानती। उसे खाते-पीते हुए देखकर माँ को जो प्रसन्नता होती उसे तब वह महसूस नहीं कर सकी लेकिन अब पराए घर जाने पर, माँ बनने पर महसूस कर सकती है। उसका सगा भाई नहीं था और माँ का सगा बेटा, यही दर्द उन्हें कभी-कभार कचोटता। माँ ने फैसला किया था कि वह अपनी सारी जमीन-जायदाद अजूदी के नाम लिख देगी। अजूदी इस बात पर प्रतिवाद करने लगी कि वह इतनी जमीन-जायदाद लेकर क्या करेगी, उसके भाई ही उसके 'दाई' बन जाएँगे, इससे अच्छा तो यह है कि वह जमीन-जायदाद सरदार दादा के नाम कर दे। वही उसका ख्याल भी रखेगा। जमीन खाते-कमाते उसका सज भी आता है। उसके लिए तो लोग कहेंगे कि ससुराल में पेट नहीं भरा और मैके आकर भी जम गई। तरह-तरह की बातें उसने सामने रखीं लेकिन माँ ने एक नहीं सुनी। बुजुर्गों की जिद अटल होती है। कहने लगी– " मरने से पहले वह सारी जमीन-जायदाद उसके नाम लिख गई।"

माँ की नसीहत व उसके जीवन संवरण की चिन्ता से अजूदी ज्यादा दिन तक बँध न सकी। एक दिन कोर्ट-कचहरी जाकर वह सारी जमीन-जायदाद अपनी इच्छा से सरदार दादा के नाम कर आई। उसके इस कदम से ससुराल वाले बेहद नाराज हुए थे। उनके पास की जमीन-जायदाद तो सात भाइयों में बँट गई और एक-एक के हिस्से ज्यादा कुछ नहीं आया, ससुराल की जमीन-जायदाद से जरूर उनका दलिद्दर दूर हो जाता लेकिन इस औरत ने अपने हाथ काटकर उन्हें बेदखल कर डाला। लेकिन अजूदी अपने किए पर मन-ही-मन सन्तुष्ट थी।

आज अजूदी का मन सचमुच ठंडा पड़ गया था। इंसान का त्याग ज्यादा दिन दूसरे इंसान के मन को बदलकर नहीं रख सकता, उसका ठंडा पड़ा मन स्वीकारने लगा। उसका मन न दोफारी खाने को हुआ और न ब्याली, खाने

के कुछ कौर-कौर मुँह में डालने के बाद वह जैसे जुगाली करती रही। खाने का कौर उसे कड़वाहट देने लगा था। रात्रि को बिस्तर पर टूटे मन से निढाल हो गई और रात-भर खुली आँखों में अपने ही सपनों का दोहन करती रही।

सुबह उठकर उसे लगा, उसका जोड़-जोड़ दुख रहा है फिर भी वह संयत होकर भाभी से बोली, ''बौ, मुझे ससुराल पहुँचा दो।''

''इतनी जल्दी? '' भाभी जैसे हतप्रभ थी।

''हाँ, रमिता रो रही होगी....मवेशी न्यार-पात वगैर भूखी होगी... सकी अकेली बच्चों के साथ परेशान होगी, जरूर मुझे कोस रही होगी। रमिता के बाबा के घुटनों का दर्द कहीं बढ़ न जाए इस ठंड में...'' उसने एक साथ कई बहाने भाभी के सामने दमदार ढंग से रख दिए। भाभी कुछ न कह सकी। वह उसके मन की थाह भर ले रही थी। अजूदी अपने जाने की तैयारी करने लगी। आकाश में बादलों के झुंड आपस में गुत्थमगुत्था करते हुए सूरज को मुक्त करने की मनोस्थिति में नहीं लग रहे थे।

●●

डिस्पेंसरी

''यहाँ तो कोई ना है'' डिस्पेंसरी के अहाते की सीढ़ी पर पैर रखते ही किसी कर्कश स्वर ने मेरा पीछा किया तो वही स्थिति आ पड़ी जैसे चढ़ाई चढ़ते रास्ते में अचानक कोई बड़ा-सा पत्थर आ गिरे। मैंने कुंडली खोलते साँप की तरह अपने पैर धीरे-धीरे डिस्पेंसरी के दोतरफा आगे की ओर खुलने वाले बरामदे की ओर बढ़ाए और सामने के दरवाजे को अनदेखा करता हुआ सीध हाथ की ओर मुड़कर एक नजर सामने के कमरे की ओर फेंकी फिर सब ठीक-ठाक होने की आश्वस्तता के बाद बाएँ हाथ की ओर पड़ने वाले स्टोर में घुस गया। कमरे की स्थिति पर सरसरी निगाह दौड़ाने के बाद अपनी कुर्सी की ओर बढ़ा जिसके सामने मेकेनटोस सीट बिछी बड़ी-सी मेज है। मेज पर पड़े रिकाड्र्स कल के बासीपन के साथ ताजगी का अहसास भी कराते हैं। मेज से लगी दीवार के सहारे रैकनुमा मेज है जिस पर दवा के डिब्बे रखे जाते हैं। कुर्सी की पीठ का रुख बरामदे की ओर खुलने वाली खिड़की 'डिस्पेंसिंग' से है। नियमानुसार इसी खिड़की पर दवा लेने वाले मरीजों की कतार जुड़नी चाहिए। कुर्सी की पीठ कभी मेज की ओर होती है कभी डिस्पेंसिंग की ओर, सूरज की धूप-छाँव की तरह। कुर्सी के बगल में लकड़ी की अलमारी है जिसमें दैनन्दिन उपयोग के रिकॉड्र्स तथा आपात्कालीन दवाएँ उपलब्ध रहती हैं। कुर्सी पर बैठने पर सामने स्टोर का दरवाजा होता है

दो किवाड़ों में बँटा हुआ। वहीं तमाम गोलियाँ, इंजेक्शन, कॉटन, बेन्डेज, औजार रहते हैं। डिस्पेंसरी में नित्योपचार के यश-अपयश को बटोरने का यों कहिए सारा तामझाम यहीं भरा पड़ा है, जीवन-मरण से जुड़ी तमाम व्याख्याएँ।

सुबह से लेकर दोपहर तक की ड्यटी के दौरान मरीजों के बीच से अनुभव का समुन्दर मैं अपनी मुट्ठी में लेता हुआ घर लौटता हूँ। डिस्पेंसरी खुलने के बाद उपस्थिति पंजिका पर अपने घुमावदार हस्ताक्षर बनाने के बाद यूँ समझिए, पूरे दोपहर तक जैसे कागज पर उतरी लकीरों के बीच ही दौड़ता-खपता रहता हूँ। 'टिपिकल सिगनेचर'-लकीरें एक के ऊपर एक आरूढ़ हो जाती हैं फिर अपने आपको मुक्त नहीं कर पातीं, उलझकर रह जाती हैं जिन्दगी की विसंगतियों की तरह।

डिस्पेंसरी खुलने पर स्वीपर रामफल झाडू-पोंछा लगाकर उसे ऐसे सजाता है जैसे कोई रेड़ी वाला सुबह-सुबह अपने घोड़े को टीप-टाप करता है। उसे सहलाता है, दाना डालता है। उसके बाद वार्ड ब्वॉय अतवीर अपनी पदचापों से फर्श पर जूतों की आकृतियाँ बनाता है, तब रामफल का चेहरा देखने लायक होता है। बहुत कुढ़न होती है। मन-ही-मन 'सत्यानाश कर डाला करे कराए पर!' वह भीतर-ही-भीतर शब्दों को पकाता है। जूते के तले की बारीक-बारीक लकीरें, उसे लगता है उसी के चेहरे पर पड़ रही हैं बिल्कुल झुर्रियों की तरह। उम्र के साथ पड़ने वाली झुर्रियाँ। उसके हाथ अपने खुरदुरे चेचक से भरे चेहरे पर फिरने लगता है। चेहरा ही सपाट, बेदाग नहीं रहा तो फर्श!.....'रहने दे, साले को कौन-सा अपने बाप का है' वह अपने अन्तर्मन से पके शब्दों का उबाल फेंक देता और दो-तीन आढ़ी-तिरछी रेखाओं को उपस्थिति पंजिका के अपने कॉलम में बनाकर नौकरी पक्की होने का दावा ठोकता-'ससुरी दिन ब दिन पक्की हो रही है।, अतवीर के आने पर फिर वही आढ़ी-तिरछी रेखाएँ! कमरों में झाड़ा-पोंछी, स्टरलाइजर का पानी बदलना, सिरिंज, नीडिल, कॉटन-बेन्डेज, इंस्टूमेंट को उबालना। अपने-अपने काम के पहले चरण के समापन पर वे एक बेंच के दोनों छोरों पर झूला झूलने की स्थिति में बैठकर बीड़ी की सुट्टियों के साथ-साथ

दो-चार किस्से छेड़कर मन का गुबार बाहर उँड़ेलते हैं। अखाड़े में पारंगत पहलवानों की तरह बातों के अपने-अपने दाँव लगाते हैं। अनुभव की लम्बी-लम्बी छड़ियाँ दोनों के पास हैं और बारी-बारी से एक-दूसरे पर चलाना नहीं भूलते।

"ऐसी कम तैसी या नौकरी की, अब तो रामफल कछु ना रहा। पहले ससुरी मजे में कट गई अब तो एक-एक दिन भारी पड़े" अपनी नौकरी के बीते छब्बीस सालों का पुलिंदा बनाने के बाद अतवीर अपने गंजे सिर पर हाथ फेरते हुए बोला था। मूँछें बिल्कुल सफेद, सफेद रंग का कुर्ता और उसी रंग का पाजामा। नीचे से ऊपर तक सफेदी। रंग भी गोरा, दूर से देखने पर बर्फ की सिल्ली की तरह लगता है।

"अब कौन सी आफत आ रही, जैसे कटी आगे भी कट जाएगी" रामफल ने अपनी जेब से बीड़ी-माचिस निकाली। बंडल को दोनों हाथों के बीच घुमाकर, ऊपर का कागज खोलकर दो बीड़ी इकट्ठी सुलगाईं फिर एक अतवीर की ओर बढ़ा दी। दोनों बीड़ी के कश लेते हुए अपने-अपने विचारों के समुन्दर बनाते गए फिर उम्र की ढलान पर चढ़ने के बाद की सारी स्थिति दोनों के चेहरों पर मकड़ी के जाले की तरह फैलती गई। धुएँ के छिछले बादल उनके बीच से उठने के बाद कहीं गायब हो गए थे।

"चलो देखा जाएगा, चार साल भी कट जावेंगे जैसे तैसे" अतवीर ने लम्बी साँस छोड़ते हुए बात को खत्म करने की कोशिश की थी।

ओ.पी.डी. व डेली कंजप्सन रजिस्टर का कल बन्द करने के बाद मैं उपस्थिति पंजिका के ऊपर भ्रमण पंजिका को सटाता हुआ बाहर की ओर निकलकर कुछ देर अपने बॉलपेन के ढक्कन के साथ बच्चों की तरह छेड़छाड़ करता हुआ उस ओर बढ़ा जहाँ अतवीर व रामफल बार-बार एक व दो बनने की प्रतिबद्धता से गुजरते हैं। जमीन की ओर हत्थे की झुकी गर्दन वाला हैंडपम्प उनके बीच वार्तालाप का मूक साक्षी होता है। कर्कश स्वर का स्मरण होते ही कुर्सी पर जा बैठता हूँ। तब और भी मरीज जुटने लगते हैं।

"डागडर साब हैंगे?" शाब्दिक कर्कशता कानों पर पड़ती है तो सारे शरीर में चींटियाँ रेंगने लगती हैं।

''अभी ना हैं।'' रामफल तीखा व सपाट जवाब देता है।

''कब आवेंगे?'' अपनी शीघ्रता की ललक को शब्द देते हुए पीड़ित मरीज पूछ बैठता है लेकिन पूछने में कोई दारिद्र्य नहीं, अधिकार का दंभ होता है। सुनने वाला न चाहते हुए भी कुछ तर्रा जाता है।

''अफसर के आने-जाने का क्या पता, कब आवें कब जावें।'' अतवीर रौब से सना जवाब देता है।

''तो दवा ना मिलेगी?'' अब की बार बूढ़े चेहरे पर दीनहीनता, बीमारी की ग्रसता और विवशता आ पड़ी।

''क्यों ना मिलेगी, बाबूजी देंगे'' वे मेरी ओर बढ़ने की सलाह बूढ़े के हवाले करते हुए फिर से बीड़ी सुलगाने की जुगत में लग जाते हैं और मरीजों के नन्हें रेले के बीच अपनी-अपनी जगह बैठ जाते हैं। जेब में रखा मुड़ा-तुड़ा पर्चा लेकर या फिर नया बनवाकर कुछ देर तक ओ.पी.डी. रूम के बाहर इधर-उधर चक्कर काटते हैं, ताक-झाँक करते हैं, बाहर आए स्टाफ से पूछताछ करते हैं फिर डिस्पेंसिंग की ओर मुड़ते हैं। कुछ-कुछ डॉक्टर साहब की मेज तक पहुँचकर अच्छी तरह देखकर जाँच-पड़ताल कर लेते हैं। ''और बाबा, सब ठीक-ठाक?'' मैं बूढ़े बाबा के लिए सहानुभूति उसकी ओर बढ़ाता हूँ। तब उसका जवाब होता है-''ठीक होता तो यहाँ आता!'' सहानुभूति के विपरीत का उत्तर पाकर मैं झुलसने लगता हूँ-मन-ही-मन।

''का परेशानी है रही?'' पर्चे पर दृष्टि टिकाता हुआ मरीज को टटोलने का परिचित ढंग इस्तेमाल करता हुआ मैं कार्य को अंजाम देने लगता हूँ।

''परेशानी का डागडर साब, सगरी देह में हड़कल है रही, गरेंटुवा में आग-सी बहरा रही'' बीमारी बताते हुए उसकी मुख मुद्रा बदलती जा रही थी।

''कितने दिनन से?''

''यही तीन-चार दिन से।''

मैं पर्चे पर कलम फेरकर रजिस्टर में दवा के कालम पूरे करता हुआ फिर सफेद छोटे-छोटे डिब्बों से दवा निकालकर उन्हें कागज में रखने लगता हूँ। ''सफेद गोली सुबह, दुपहर; रात को पीली। सुबह, शाम छोटी वाली। रात को

सोते समय....'' मैं समझाने लगा।

''या तो मत देउ डागडर साब, या से कछु नहीं होने वाला, वा लाल वाली दो जो पिछली वेर....''

सुनकर मुझे गुस्सा आने लगा। उसकी बेहतरी के लिए अच्छा ट्रीटमेन्ट दे रहा हूँ यह है कि....आँख की संतुष्टि इंसान के मन के लिए बेहद प्रांजल होती है, सोचने लगता हूँ। पिछली बार उसे 'लिवोजन' की गोली दी गई थी तब उसके लीवर में गड़बड़ी थी।

''कोई पीने की शीशी-वुशी ....'' उसकी टकटकी मुझ पर गढ़ी थी और मन न जाने कहाँ।

''शीशी ना है बाबा, अब शीशी न आवें'' मरीजों का जमघट देखकर मैं उससे निजात पाना चाहता था। सोच रहा था यदि एक-एक मरीज के साथ ऐसे ही माथा-पच्ची करनी पड़ी तो सारा दिन ही निकल जाएगा। मरीज रह जाएँगे। कमरे में खड़े व बेंच पर बैठे मरीज भी जैसे बाबा के बाहर निकलने की प्रतीक्षा में थे। महिलाएँ बाबा को कोस रही थीं–'अब जाओगे भी या ....'

दवा की पुड़िया बेमन से लेकर बाबा दरवाजे की ओर मुड़ गया था। ''सब कुछ आवे पर देवें ना'' बरामदे से गुजरता हुआ वह इन शब्दों पर खूब जोर देता रहा। शब्दों की विषाक्त भिनभिनाहट मेरे कानों तक पहुँचती रही। खाली हुई जगह पर बाकी मरीज सिमट गए थे। ''दवा तो बेच खाएँ कछु देवे ना'' कहते हुए वह और आगे निकल चुका था और मैं विगलित मन से उसकी बात सुन रहा था। वह आ-जा रहे लोगों से अपना दुखड़ा रो रहा था। मैं मरीजों के जमघट को तोड़ने लगा। एक-डेढ़ घंटे में माहौल सुबह की तरह सुनसान होने लगा। फील्ड की ड्यूटी करने वाले सारे कर्मचारी घोंसले से उड़े पक्षियों की तरह गायब थे।

''रोज या ही बुखार में, या ही खाँसी में, दे देवें खड़िया-सी गोली को'' बूढ़े की शिकायत मेरे दिल पर, पेड़ पर, आरा चलने की चर्र-चर्र से कम नहीं थी। उसका पिछला चेहरा मेरे सामने उभरने लगा।

तब मैं नया-नया यहाँ आया था। उल्टी-दस्त से पीड़ित जीने की आस

तोड़े इसी बूढ़े को किसी लाश की तरह बुग्गी पर रखकर लाया गया था! निस्तेज चेहरा, आँखें भीतर की ओर धँसी और जीर्ण काया। तब हाथ जोड़ते हुए उसके पोपले मुँह से सिर्फ यही प्रार्थना निकली थी–''डागडर साब,

मोको बचा लो'' और मेरा आर्द्र मन बर्फ की तरह पिघलने लगा। मेट्रोजिल, मल्टी विटामिन, नार्मल सलाइन की बोतलें चढ़ाते समय उसकी नसें किसी धागे की तरह मेरे हाथ में आ गई थीं। उसके साथ आए तीमारदार शंकित मन से कभी उसकी हालत देखते कभी आशान्वित मन से मुझे। उसकी दशा को देखते हुए मैंने सारी दवा यहीं ऐरेन्ज कीं। बोतलें उसे बराबर चढ़ती रहीं। आखिर मेरी कोशिश और ईश्वर की अनुकंपा से दूसरे दिन वह घर लौट गया, बीमारी से विमुक्त होकर। दवा की बड़ी-सी पुड़िया मैंने उसे घर खाने को भी दी थी।

यही बूढ़ा अब खाँसी से पीड़ित था। शरीर इमारत की तरह हिलता हुआ। अब उसकी टोह जीवन बचाने की नहीं, खाँसी, दर्द की प्रताड़ना से बचना भर थी। समुन्दर से बचना चाहता है और नदी पार कर लेने से पहले ही हाय तौबा। उसके मन में मेरे लिए इतनी जल्दी कंटकों की बाड़ उग आई थी। इंसान शारीरिक रूप से बिल्कुल क्षीण होने पर ही अपने मन व वाणी के अस्त्र का त्याग करता है और अर्ध क्षीण होने पर अपनी तरह की पैनी कूढ़न। बूढ़ा चला गया फिर दो-चार दिन तक डिस्पेंसरी में मैंने उसे नहीं देखा।

उस दिन मैं जोड़े की झुरझुरी को अपने भीतर ही दबाता हुआ कुर्सी से चिपका इक्के-दुक्के मरीजों को दवा बाँट रहा था।

''डागडर साब हैंगे?'' एक कर्कश स्वर मेरे कानों से टकराया, दिमाग की घंटियाँ बजने लगीं। यह स्वर बूढ़े का था। नजर उठाकर देखा वही चेहरा और कुछ-कुछ बढ़ी, बिगड़ी हुई खिचड़ी दाढ़ी। न कोई दुआ न सलाम, न राम राम।

''बाबा राम राम'' मैंने कहा तब वह आग्नेय नजरों से भीतर तक मुझे घूरता रहा। उसके चेहरे पर प्रतिशोध था। ''डागडर साहब हैंगे अपने कमरे में'' मैंने बात को सहजता देने की कोशिश में ऊबड़-खाबड़ शब्द उँड़ेले। वह कुछ नहीं बोला। हाथ में मुड़ा-तुड़ा पर्चा पकड़कर कमरे से निकला। दो-चार

बार खर्र-खर्र गला साफ किया। खौं-खौं खाँसा फिर ओ.पी.डी. रूम में घुस गया। वहाँ कुछ देर तक शिकायत ठोकता रहा। अब दवा लेने वाला कोई मरीज बाकी नहीं था और मैं अपनी कुर्सी पर बार-बार पीठ मारता हुआ उसका झूलना बना रहा था। सोच रहा था बाबा जल्दी आए, उसे दवा दूँ फिर कुछ देर के लिए जाड़े से निजात पाकर नरम-गरम धूप का आनन्द लूँ लेकिन उससे पहले उसकी कुत्सितता से भी....वह न जाने क्या-क्या अनाप-शनाप बकेगा, खरी-खोटी सुनाएगा। बड़े-बूढ़ों का लिहाज! नौकरी में कहाँ होता है यह सब। नौकरी के संस्कार घर की तरह नहीं होते। नौकरी करने के लिए संस्कार नहीं डाले जाते। सोच की झाड़ियों में मैं फँसता ही गया।

बूढ़ा आया। उसके चेहरे की ताजगी एकाएक बासी हो गई। वह अपनी चोरी पकड़ी जाने वाली शर्मिन्दगी में मुझसे नजरें बचाने लगा था। मैंने पर्चा पढ़ा। सफेद, पीली गोलियों की पुड़िया बाँधकर उसके हाथ में थमाई और वह उसे पर्चे के बीचों-बीच रखकर जेब में डालता हुआ फिर बाहर की ओर चलने को हुआ। मेरी कल्पना ढहने लगी थी। उसके मन में न जाने कैसी सुगबुगाहट हुई कि वापस लौटकर बेंच पर बैठ गया। उसके मुँह से निकली एक-एक बात काँटों की तरह मेरे दिल को बींधने लगी थी। मैं उससे बात नहीं करना चाहता था।

''डागडर साब, अब तो ससुर कछु ना रही, न काया न माया'' उसके चेहरे पर व्यथा की सलवटें थीं और मेरे चेहरे पर उससे खिन्न तटस्थता का भाव। ''माँ-बाप औलाद को पालें लेकिन वो वक्त पर साथ न दे'' वह कहता गया।

''कितने बच्चे हैं तुम्हारे?'' मैंने यूँ ही अनमने ढंग से पूछा।

''दो हैं, दोनों ही दिल्ली में रहें लेकिन देखभाल को न आ सकें।''

''फिर खर्चा?'' मैं गंभीर होने लगा।

''खेती कर लें, घास खोद-खोद कर....'' कहते-कहते बूढ़े ने अपना खुरपी पकड़ा हाथ मुझे दिखाया। वह बंजर जमीन की तरह सख्त था। हड्डी के बाहर लगे पतले मांस के बीच लम्बी शिराएँ नीले धागों की तरह नजर आ रही थीं। उसके लिए मेरा मन आत्मीय होने लगा था। बूढ़ा रो पड़ा।

''बाबा, रोते क्यों हो, यहाँ कोई किसी का नहीं, सब अपने-अपने स्वार्थ में लिप्त मिट्टी के पुलते हैं।'' मैं समझाने लगा।

''ठीक कहा डागडर साब, जैसी वा की माया।'' कहते-कहते उसने अनन्त की ओर देखना चाहा लेकिन बीच में छत थी, उससे झूलता पंखा। उसने अपने आपको ही जैसे अदृश्य विश्वास के सुपुर्द कर दिया था। थोड़ी देर छत को ताकने के बाद बूढ़ा चला गया और उदासीनता से सहानुभूति में बदला मेरा दृष्टिकोण आखेटक की तरह उसका पीछा करने लगा। बाद में पता चला, बाबा के दोनों बेटे अपने बच्चों को लेकर दिल्ली में रह रहे हैं, अच्छी नौकरी, ठाट-बाट के साथ। साल-दो साल में एकाध बार सैर-पाटे पर गाँव आते हैं। घरवाली थी तो बाबा और वह एक-दूसरे की लाठी बनते रहे। अब वह भी नहीं रही तो अकेले-अकेले....रोटी-पानी सब करना पड़ता है या फिर भूखे पसर जाओ, बेटों ने कभी साथ चलने को नहीं कहा।

डिस्पेंसरी से बाबा जा चुका है लेकिन मेरे भीतर से नहीं गया है। उसकी बूढ़ी काया मेरे लिए डिस्पेंसरी बनने लगती है। जहाँ कभी गोली नहीं मिलती, कभी कैप्सूल खत्म होती है कभी सीरप, इंजेक्शन। कभी कॉटन, बेन्डेज का अभाव तो कभी डॉक्टर का ही। तब मुझे लगा सचमुच डिस्पेंसरी बाबा हो गई है। उसकी एक-एक ईंट बाबा के बूढ़े शरीर की तरह हिल रही है।

●●

अपने लिए सपने

कार्तिक का महीना जा ही चुका है। बस, किसी लम्बी रस्सी के छोर की तरह दो-चार दिन ही बाकी रह गए हैं। ठंड का बढ़ना तय है। कुछ ही दिनों में ठंड-ही-ठंड होगी। तब सरसराती ठंडी हवा शरीर को कँपकँपाने लगती है। गाँव के लोग ठंड से बचने के लिए ऊनी कपड़े सिलवा रहे हैं। जिनके पास पहले से ही हैं वे उन्हें ढूँढ़ रहे हैं। यूँ तो इस सुदूर गाँव में थोड़ी बहुत ठंड हमेशा रहती है लेकिन मंगसिर में कड़ाके की ठंड की यूँ समझिए पक्की शुरुआत हो जाती है और पौष-माघ तक बर्फ भी गिर पड़ती है, तब जीवन-यापन के सभी तौर-तरीके प्रभावित हुए बिना नहीं रहते।

लुत्क्या लुहार काफी देर से अपने घर के बाहर-भीतर चहलकदमी कर रहा है। वह कभी अपने बगटों से ढंके मकान को देखता है और कभी मकान के कोने में खड़े चुल्लू के पेड़ को। दुबली-पतली काया, चेहरे पर दाढ़ी-मूँछें। गाल भीतर की ओर पिचक गए हैं और आँखें भी अन्दर की ओर धँस रही हैं। बाल छोटे हैं लेकिन बिल्कुल खिचड़ी काले-सफेद। साल-दो साल पुराने कुर्ते-पाजामे पर मैल-सी परत जमने से वह तैलीय हो गया है। ठंड से बचने के लिए उसने मैली-कुचली पंखी शरीर पर लपेट रखी है।

अँधेरा बढ़ चुका है। बच्चे गाँव में खेल-कूदकर वापस लौट चुके हैं। बड़ी लड़की ऐलासी फटी-पुरानी झगुली में मुश्किल से अपने तन को ढाँपती

है। वह बड़ी होने लगी है और उसे अंग-प्रत्यंग ढकने की समझ आने लगी है वरना पहले तो वह नंग-धड़ंग गाँव के बच्चों के साथ खेलती-कूदती। अब अपनी झगुली देखकर उसे शर्म लगती है। उसके साथ की लड़कियाँ सलवार-कमीज पहनती हैं और उसे-लुत्क्या भी समझता है लेकिन अपनी लाचारी के कारण उसके हाथ-पैर ढीले पड़ने लगते हैं। इज्जत का सवाल तो तब है जब सामर्थ्य अपने हाथ हो। अपनी लाचारी के कारण वह ऐलासी की उम्र दो-चार साल घटाकर यूँ ही तसल्ली कर लेता है। बीच की लड़की बैशाखी ऐलासी की छोटी पड़ी झगुली पहनती है। उसकी अवस्था के अनुरूप वह उस पर खूब फबती है। छोटा लड़का अज्जू पुरानी कमीज के ऊपर बा की स्वेटर पहनकर इधर-उधर घूमता रहता है नंगे पैर। नेकर पहनने तक की चिन्ता उसे नहीं रहती। तीसरा लड़का कल्लू भी फटे-पुराने कपड़े पहनकर घूमता-फिरता है। बाल्यावस्था सचमुच जीवन की चिन्ताविहीन अवस्था होती है जिसमें सिवा क्रीड़ा संवरण के इधर-उधर की बातों से कोई सरोकार नहीं रहता।

चार बच्चों और घरवाली के भरण-पोषण की बहुत बड़ी जिम्मेदारी उसके सिर पर है। लेकिन वह तो अपने माँ-बाप की नौवीं संतान था, पाँच भाई और तीन बहनों के बाद की। उन्होंने भी तो जैसे-तैसे इतने बड़े परिवार का गुजारा किया। कैसे किया होगा, अनुत्तरित मन अपने आप में ही जाले बुनने लगता है। पहले परिस्थिति भिन्न थी। खेती-बाड़ी में लोगों का मन था। घर व खेत में काम आने वाला एक-एक हथियार लोग सहेजकर रखते थे। लुहार को काम-ही-काम रहता। आज काफी बदलाव आ गया है।

उनकी खेती-बाड़ी कुछ भी नहीं थी। बा अपनी अणसाल में बैठकर चर्खा, धौंकनी चलाते। बा ओट पर आग में लाल गर्म लोहे को चिमटे से पकड़कर हथौड़ा लेकर पीटते और जरूरत होने पर वे भी घन उठाकर गर्म लोहे को पीटने लगते-खट-खट-खट। उनकी भुजाओं का बल लोहे पर पड़ने लगता। वह ठंडा होता तब उसे मनचाही शक्ल देते हुए वे अपने हुनर का इस्तेमाल करते। गर्म लोहे को पकड़कर वे पानी से भरे बर्तन में डालते तो 'छस-छस' के साथ ढेर सारी भाप ऊपर की ओर उठने लगती। उन्हें तपते हुए

लोहे को पीटकर उसे मनचाहा आकार देने की प्रक्रिया बड़ी अच्छी लगती। ''क्या जादू है खीमा ल्वार के हाथों में, उसके बनाए हत्यार सालों चलते हैं'' गाइख उसकी बा की प्रशंसा करते तो बा के साथ वह भी भीतर तक गद्‌गद हो जाता। उसके मन में इच्छा जागती कि वह भी बा के इस हुनर को सीखेगा। अणसाल का चर्खा घुमाने के लिए भाइयों में होड़-सी लगती तब बा सभी को एक-एक मौका देते।

बा के शरीर में जान थी तब काम करते हुए उनमें तत्परता व स्फूर्ति होती थी। लेकिन बढ़ती उम्र के साथ शरीर की नसें ढीली पड़ने लगीं। उसे लगा, सचमुच बा की शक्ति क्षीण हो गई है। उनके हथौड़ा चलाने, लोहे को मनचाहा आकार देने की हुनर के बावजूद सामरथ में जरूर गिरावट आ गई है। शाम को अणसाल से उठते समय 'ऐ बाई' चिल्लाते हुए शरीर की अकड़न को दूर करने में उन्हें समय लग जाता। तब वह बा को बड़ी एकाग्रता से देखता और उनके हुनर को अपने जीवन में उतारने का मन बनाने लगता।

अपने जीवन में लुहारी के हुनर को उतारकर लोहा पीटना, उसे आकार देना, हथौड़ा चलाना, लोहे को तपाना, चर्खा चलाना उसे सब कुछ अच्छा लगने लगा। सोचता है—अच्छा है काम सीख लिया, और भाइयों ने तो इसमें कोई दिलचस्पी नहीं ली, इसलिए मारे-मारे फिर रहे हैं। एक भाई मजूरी करता है। जहाँ भी सड़कें बनती हैं, सरकारी ठेके होते हैं, वह दिहाड़ी पर चला जाता है। बाकी भाई भी मेहनत, मजूरी करके पेट भर लेते हैं। एक दिल्ली की ओर निकल गया है, वहाँ किसी होटल में बर्तन माँजता है।

लुहारी की अपनी हुनरबन्दी के कारण वह गाँव के लोगों के बीच उठ-बैठ रहा है। अब अकेला है तो उसकी धाक भी है। सारा गाँव क्या आसपास के लोग भी अपने 'हत्यार' (हथियार) उसके पास पतरियाने (तेज कराने) लाते हैं। तब वह कारीगरी अन्दाज में उनसे कहता है—''ठीक है, पतरिया दूँगा—बहुत बढ़िया'' और यह उनके हथियारों को व्यस्तता भरे अन्दाज में गिनता हुआ एक ओर रखने लगता है ''एक—दो-तीन-पाँच-सात हत्यार'' लेकिन हुनर के बदले मिलने वाले मेहनताने के बारे में सोचता है तब वह किसी भँवर में फँसता हुआ नजर आता है। बदले में क्या मिलता है दो

फसलों का तय 'खलतू', प्रत्येक परिवार से। लेकिन अब तो बस औपचारिकता भर रह गई है, गाइखों की नीयत में संकीर्णता आ गई है, सोचते हुए उसका मन विदीर्ण होने लगता।

अपनी जिन्दगी के कई साल लुहारी के काम में लगाने के बाद उसे लगा कि वह सिर्फ किसी खोखले पेड़ पर बाहर से आरा चलाता रहा। वह धड़ाम से गिरेगा फिर बाकी कुछ नहीं बचना। इससे अच्छे तो बिरादरी के वो लोग रहे जो बाहर जाकर बस गए। उनके बच्चे सरकारी नौकरी पर हैं। शहरों में ठाट-बाट से रहते हैं। कभी-कभार घूम-फिरने गाँव चले आते हैं। उन्हें देखकर लुत्क्या के दिल में चुभन होती है। वे लोग उसकी हालत पर थूक के आँसू बहा जाते हैं और वह सोचता ही रह जाता है। शहर से लाई पक्की दारू उसको पिलाते हैं और वह झूमझूम कर 'झोड़े' सुनाने लगता है।

कितने बदल गए हैं ये लोग–कहते हैं, क्या रखा है अपने इस गाँव में, पानी लेने पहुँचो तो 'नाले' में घंटों खड़ा रहना पड़ता है; राजपूत, ब्राह्मणों के बर्तन भर जाएँ तब नम्बर आएगा। ब्याह-बरात, कथा, पाट में एक ओर पड़े देखते रहो खाने की बाट कि कब कोई आकर पूछेगा, किसी पर 'छूँ' नहीं लगना चाहिए। कितना भी बड़ा काम करो लेकिन राजपूत, बामणों की ओर से डूम के अलावा कोई दूसरा संबोधन नहीं निकलता। सच और बढ़ी-चढ़ी बात मुँह से निकल गई तो 'चड़कटियूँ डूम' की झिड़की सुनने को मिलती है। शहर में जाकर देखो न, राजपूत का पता है न बामण, न डूम का न लुहार न जुमरिया का। सब अपने-अपने ढंग से जीते हैं। पानी के लिए घरों में नल लगे हैं, उजाले के लिए बिजली। बटन दबाओ और झट से उजाला। गर्मी से बचने के लिए कूलर, पंखे और रोज देखने के लिए टेलीविजन। आस-पड़ोस के लोग 'जी' कहकर पुकारते हैं। बच्चों के नाम प्रकाश, सिंह, लाल से सजे हुए हैं। तब उसे बेहद खीझ होती। हलिया बैल की तरह उसका बाकी का जीवन भी खत्म हो जाएगा, उसके अन्तर्मन से आवाज निकलती।

इस दुनिया में हर दुःख का इलाज है फिर वह अपने आपको पंगु क्यों समझता है। बगटों से ढँकी उसके मकान की छत से 'छप-छपकर' पानी की बूँदें भीतर मेड पर गिरती हैं तब वह सोचता है कि अभी भी वह अपने जीवन

की राह बदल सकता है। कल्लू को छोड़ सभी बच्चे स्कूल चले जाते हैं और उन्हें स्कूल की फीस भी नहीं भरनी पड़ती। अम्बेडकर जिन्दाबाद! उसने अपनी बिरादरी के शहरी नेतानुमा लोगों के बीच अम्बेडकर के नाम की चर्चा सुनी लेकिन वह अम्बेडकर को नहीं जानता। गाँव में कोई भी समय की मार से बचा नहीं है। साल-दो साल में किसी की जवान बहू बच्चा जनती हुई मर जाती हैं, किसी का बच्चा मर जाता है, कोई घास काटती हुई गिर पड़ती है, कोई पेड़ से गिर पड़ता है। कोई बेटा-बहू के व्यवहार से दुखी है और कोई माँ-बाप के। वह छोटी जाति का जरूर है लेकिन जाति-पाँति को लेकर किसी ने उससे बुरा बर्ताव नहीं किया।

''लुत्क्या, हमारा डांडे का एक खेत बाँझा पड़ा है क्यों नहीं तू उसमें आलू लगा देता।'' एक दिन चतरिया मालदार उससे बोला। उस समय वह अनुत्तरित भाव से उसका चेहरा ताकता रहा था। घर पहुँचकर सोचने लगा, कुछ बुरा भी तो नहीं कहा मालदार ने, यह डांडे आलू लगा दे। ज्यादा मेहनत तो करनी नहीं। एक बार पूरने जाना पड़ेगा दूसरी बार खोदने। कुछ पैसा हाथ आएगा और नहीं तो कम-से-कम ठंडियों के लिए सभी के कपड़े खरीद लेगा। लुहारी में अब कोई बात नहीं रह गई है। गाँव के लोग अब शहर से बने-बनाए हथियार खरीदकर लाने लगे हैं। साल में एकाध बार पतरियाने उसके पास लाते हैं। गाँव का ध्यान ठंडियों के ब्याह पर उसे रिवाज के अनुसार कुटली, दाथुड़ी अपनी ओर से बनाकर देनी पड़ी है। देना बुरा नहीं लगता लेकिन इसके लिए लोहा खरीदना उसकी अपनी समस्या बन जाती है।

घरवाली उसकी बात पर राजी थी। समस्या आलू के बीज, खाद, गोबर, हल-बैल की थी। उसके लिए रंज्या प्रधान ने मदद देने को कह दिया था और साथ ही यह भी कहा था कि वह चाहे तो एक खेत उनका भी लगा ले। फसल ठीक हुई तो आगे के लिए भी देख ले। लुत्क्या को उसकी बात जँच गई थी। अंधे को क्या चाहिए था, बस दो आँखें।

घरवाली और बच्चों को साथ ले जाकर वह डांडे आलू लगा आया। पाँचेक दिन लग गए। बचपन में एकाध बार सयाणे के खेत पर काम करने लगा था तभी हल चलाया था। अब बर्षों बाद हल चलाते हुए उसे रोमांच हुआ

था। एक आलू को लगाने से पहले कई टुकड़ों में बाँटते हुए उन्हें लगा था जैसे उनके मन में जमा सपने कई गुना हो रहे हैं। वह आगे-आगे हल चलाता रहा और घरवाली हल की 'स्याँ' में आलू के टुकड़े रोपती रही।

डांडे की ठंड व थकान के बाद घर लौटने के बाद उसका अंग-अंग दुःख रहा था लेकिन कुछ पाने की उम्मीद के आगे उसका दुःख हिरन हो गया था। अगली सुबह ही अणसाल में बैठना शुरू कर दिया लेकिन उसका मन न लोहा गर्म करने में लगता न उसे पीटकर मनचाहा आकार देने में। गाइख आकर बैठते तो खुशी-खुशी वह अपने हाल सुनाने लग जाता-"अबकी बार डांडे दो टुकड़े (खेत) आलू लगाए" कई गाइख उसकी बात को अनसुना कर देते और कई मन-ही-मन कह पड़ते कि मति मारी गई लुत्क्या लुहार की, घर की रखवाली होती नहीं अब डांडे के खेत की रखवाली कैसे करेगा।

"ओ लुत्क्या!"

"हाँ परधानजी!"

"इधर तो आ।"

"क्या बात है परधानजी?" रंज्या प्रधान के बुलाने पर लुत्क्या नंगे पाँव ही दौड़ता हुआ उसके पास पहुँचा था।

"बात क्या, आलू की फिकर नहीं है तुझे, सौले (साही) ने खोदना चालू कर दिया है।"

"हैं!"

"कुछ दिन डांडे जाकर आलू की जगवाली कर ले तभी कुछ हाथ लगेगा वरना भैंस का गोबर भैंस पर ही-"

"अच्छा" लुत्क्या ने इतना-भर कहा। चाय आने पर वे दोनों सुड़क-सुड़क चाय के घूँट गले से उतारने लगे। चाय पीने के बाद उसने थोड़ा-सा पानी माँगा और अपना झूठा कप अखेलकर एक ओर रखा और प्रधान से विदा लेकर घर की ओर चल पड़ा। रात को घरवाली से सलाह-मशविरा किया।

सुबह उसने अपने पुराने बिस्तर, राशन, बर्तन-भाँडों का बोझ बनाया और पीठ से लगाकर चलने लगा। "मेरा खेत भी देख लेना" रात ही प्रधान उससे

कह चुका था। डांडे पहुँचकर 'छानी' में डेरा डाला, आसपास की छनियों में तीन-चार गोरखे डेरा डाले हुए थे। रात खेत बचाने की चिन्ता में आँखों की नींद ही उड़ चुकी थी। 'ये भी कोई जिन्दगी है' वह रोटी पकाते हुए बड़बड़ाया था। उसे अपने कदम पर पछतावा होने लगता। कुछ दिन बाद घर लौटा और थका-माँदा घर लेटा रहा।

आलू खोदने के दिन आए तब वह कुछ खाली बोरियाँ, राशन, बर्तन व दो-चार टोकरियाँ, गिल्टे लेकर घरवाली व बच्चों के साथ उत्साही मन से डांडे पहुँच गया। किसी का हल, किसी के बैल। पहले दिन आलू निकाले तब बच्चे खेत में आलू टिपते हुए बहुत खुश हो रहे थे-'ऐ बड़ा आलू-ये बहुत बड़ा'-वे टिपते हुए आपस में खेल-सा खेलने लगते। घरवाली ने बड़ी-सी पतीली में आलू उबालने रख दिए। उबले हुए आलुओं को आराम के वक्त नमक-मिर्च लगाकर खाते बहुत मजा आया। पहली बार अपनी फसल के आलू सचमुच बहुत स्वादिष्ट लगे। पेट-भर आलू खाकर पानी पिया।

कुछ ही दिन में आलू खुद गए। बीज के लिए आलू उन्होंने एक गड्ढा खोदकर दबा दिए। प्रधान से बीज के लिए माँगे आलू लौटाए। बाकी बोरियों में भरकर एजेण्ट के हाथ कर दिए। कह रहा था, अच्छा भाव देगा। एक बोरी अपने खाने के लिए बचाकर रख दी। हल, बैल, बिस्तर, बर्तन-भाँडे, आलू के छोटे-छोटे बोझ, गिल्टे पीठ से लादे वे खुशी-खुशी घर लौटे।

काफी दिन बाद उसे कमल्या एजेण्ट अपने घर की ओर आता दिखा। दिल में धक्-सी हुई और वह भीतर जाकर बैठ गया। कमल्या उसके आलू का भुगतान करने आया था। तीस मन साठ के भाव। साठ तीसांकी अठारह सौ रुपए। इसमें से दूकान का राशन का पिछले कई महीनों का उधार बारह सौ हो चुका है। वह उसने पहले ही काट लिया। बाकी के छह सौ रुपए रह गए।

"ये ले छै सौ रुपया" कमल्या उसे नोट पकड़ाते हुए बोला।

"अच्छा" नोट पकड़ते हुए उसकी आँखों में गहरी चमक उतरने लगी। उसने रुपए हाथ में लेकर फिर से गिने फिर घरवाली को आवाज देने लगा-"ले, सन्दूक में रख दे आलू का पैसा।"

''कितने हैं?'' घरवाली ने उत्सुकता से पूछा।

'छै सौ।'' घरवाली कुछ न बोली। रुपया सन्दूक में रख आई। कमल्या लौट गया।

उस रात वे सब काफी देर तक बतियाते रहे। बच्चे अपने लिए नए कपड़े आने की योजना पर खुश थे। पति-पत्नी अपने श्रम के फल मिलने पर।

''सबेरे जाकर रजनू काका से भी एक खेत माँग लूँगा, कई साल से बाँझा पड़ा है। अब के डांडे ज्यादा फसल बोएँगे।'' लुत्क्या ने अपनी योजना घरवाली को बताई, वह सहमत थी। बच्चे सो चुके थे। कुछ देर बातें करने के बाद वे भी सो गए। डांडे में नई फसल बोने का सपना अब भी लुत्क्या की आँखों में बन्द था।

सुबह उठा। अणसाल की ओर गया। बगट जलाए और उनके बीच हथियार रखकर चरखा चलाते हुए गर्म करने लगा फिर एक-एक हथियार को चिमटे से पकड़कर पतरियाने लगा, लेकिन इस बार के हथियार गाइखों के नहीं, उसके अपने ही थे।

●●

दर्द

बड़े से घने बसे गाँव के बाहर दो-चार खेत पार करने के बाद अपनी बाउंड्री से घिरा प्राथमिक स्वास्थ्य केन्द्र है। पक्की सड़क से लगा हुआ। लिखा-पढ़ी में। बोलचाल व गाँव वालों के लिए वह सिर्फ अस्पताल है। अस्पताल का इकलौता फाटक स्याह रंगी सड़क पर खुलता है जो गाँव को जी.टी. रोड से जोड़ता है। फाटक लोहे के दो फाटों में विभक्त। फाटक से घुसते ही दाईं ओर अस्पताल है। किसी पुस्तक के आवरण की तरह आकर्षक। बाकी का पता काम करने वालों के रंग-ढंग व लोगों की प्रतिक्रिया पर निर्भर करता है। फाटक से सीधे सामने की ओर चलते रहने पर सरकारी आवास हैं–लाल-पीले रंग से पुते। दो रंगी परिधान पहनी यौवनाओं की तरह। क्वार्टर रैंक के अनुसार अलग-अलग। इनमें फार्मेसिस्ट, ए.एन.एम., स्वास्थ्य सहायक, स्वास्थ्य निरीक्षक, नेत्र सहायक, कम्प्यूटर, स्वास्थ्य निरीक्षिका, वार्ड ब्वॉय, चपरासी, चौकीदार सभी रहते हैं। डॉक्टर साल-दो साल में बदलते रहते हैं इसलिए उनके आवास मधुमक्खियों के छत्ते की तरह खाली दिखते हैं। सभी घरों में हैंडपम्प लगे हैं, परन्तु ठीक-ठाक तो दो-तीन हैं। बाकी बीमार पड़े जैसे अन्तिम साँस गिन रहे हैं। पीने का पानी लेने के लिए सारे कैम्पस को कैम्पस के बीच लगे बड़े से हैंडपम्प की शरण लेनी पड़ती है। सारे कपड़ों की गन्दगी यही हैंडपम्प धोता है। रहने वाले भीतर हों या

बाहर, बाथरूम में हों या बालकनी में, हैंडपम्प चलाने का 'खटांग-खटांग' का स्वर वहीं तक पीछा करता है। प्रात: पाँच बजे से लेकर देर रात तक यह अनगिनत बार कैम्पस के निर्मम हाथों प्रताड़ित होता रहता है।

कैम्पस के बीच की खाली जगह पर अपने-अपने सामर्थ्य की चादर फैलाकर सभी ने क्यारियाँ बना रखी हैं जिनमें मूली, पालक, गोभी, शलजम, गाजर, टमाटर, प्याज, आलू, लहसुन, सहित सारी सब्जियाँ उगती हैं। मसूर, चना, अरहर जो जिसके मन में आता है, बो देता है। तब सींचने के लिए हैंडपम्प की भूमिका अहम होती है। तीन और छोटे-छोटे हैंडपम्प कैम्पस में अपनी जगह प्रहरियों की तरह खड़े हैं। अस्पताल और फाटक तक रास्ते-भर बिछी ईंटों के कारण बीचों-बीच बादामी रंग का कोई गलीचा बिछा लगता है। कैम्पस में खड़े आम, अमरूद, नीम, केले के पेड़ अपने-अपने ढंग से उपकार बाँटते हैं। गर्मियों में शीतल छाँव, खाने को फल, दातून इन्हीं पेड़ों से मिलते हैं।

सतही मंजिल पर रहने वाले सभी लोगों की चारपाइयाँ अक्सर बाहर ही पड़ी रहती हैं—आँगन में। 'खट-खट', 'धम्म' से उठती-बिछती खाटें। आवाज कान में दस्तक दिए बिना नहीं रहती। ऊपरी मंजिल पर रहने वाले परिवारों को छत पर चढ़ना पड़ता है। छत की मुँडेर का खुला सहारा टेककर कैम्पस की एक-एक गतिविधि का खुलापन देखा जा सकता है। दूर तक खुला आकाश—एक ओर गाँव, फाटक के सामने दूर-दूर तक नजर आते खेत, पेड़-पौधे, आम के बड़े-बड़े बाग। खेतों की किनारी की तरह लम्बी काली सड़क भागती हुई। एक जगह रेलवे लाइन से कटी पड़ी। तय समय पर रेलगाड़ियों के गुजरने की 'छुक छुक' से कोई अनभिज्ञ नहीं बल्कि अभ्यस्त हैं। कई-कई बार समय का निर्धारण लोग रेलों के आवागमन से करते हैं।

सड़क पर रेड़ी-बुग्गी का आना-जाना करीब-करीब लगा रहता है। कभी लदी हुई कभी खाली। साइकिल से चलने वालों की संख्या ज्यादा रहती है। सुबह-शाम काम पर जाते व वहाँ से लौटते हुए यह तादाद काफी बढ़ जाती है। आवागमन का कस्बाई माहौल बन पड़ता है।

सुबह के पाँच बजते ही गाँव के मन्दिर में आरती-भजन बजने के साथ

सबकी निद्रावस्था में जैसे दस्तक पड़ती है और लोग आँखें मलना शुरू कर देते हैं। लाउडस्पीकर का स्वर मद्धिम नहीं होता न ही सामान्य। यह काफी हद तक कनफोड़ू होता है। कभी-कभी पाँच-सात लाउडस्पीकर एक साथ बजना शुरू हो जाते हैं। तब उनके स्वर आपस में ही जैसे एक-दूसरे को दबोचते हैं। यदा-कदा चटकीले, भड़कीले फिल्मी गीतों के बोझ की असह्यता से भी कैम्पस को जूझना पड़ता है, फलत: आपसी मनमुटाव की स्थिति आ पड़ती है।

प्रभात के आगमन के साथ ही चारों ओर छाए धुंध में आसपास खड़े पेड़ धुंध से घिरे दैत्याकार लगते हैं। 'खटाग खटाग' हैंडपम्प पर कोई-न-कोई पानी भरने लग जाता है। अनवरत यह क्रम चलता रहता है देर रात तक। समय का पल-पल आगे बढ़ता जाता है और एक कोने से सूरज अपनी लालिमा को बिखेरता हुआ गगनांचल में अपनी असीम आभा का प्रदर्शन करने लगता है। अस्पताल खुलता है। कर्मचारी अपने दैनन्दिन कार्यों को निष्पादित करने लगते हैं और गृहणियाँ अपने गृहस्थ के छोटे-मोटे कामों को।

जाड़ों की सुबह घरों के बाहर निकलकर सूरज की किरणों की तपन से तन-मन आह्लादित होने लगता है। सभी अपनी-अपनी सुविधा को लेकर बाहर बैठते हैं। जाड़े की एक ऐसी सुबह खुले फाटक को पार करता हुआ साइकिल पर बैठा एक युवक कैम्पस में धँसा पक्की ईंटें रौंदता हुआ।

"शीला बैनजी हैंगी?" उसका एक पैर साइकिल की पैडल पर था दूसरा ईंट बिछी जमीन पर।

"यहीं रहती हैं, काम?" कम्प्यूटर बालकनी से बैठे-बैठे बोल पड़े।

"यहीं कहाँ?" युवक को शीघ्रता थी।

"यहीं नीचे।" उन्होंने मेरे क्वार्टर की ओर इशारा किया। युवक दरवाजे पर खड़ा होकर दस्तक देने लगा-खट-खट-खट! और कैम्पस के लोगों का ध्यान उसकी ओर होने लगा। उनका पूर्वानुमान था-जरूर यह शीला बहिन को लेने आया होगा, कहीं डिलीवरी केस होगा। आए दिन-रात आसपास के गाँवों में डिलीवरी केस होते रहते हैं तब टाइम-बेटाइम लोग आ धमकते हैं। उस समय वह उनके साथ जाने में मना नहीं करती। उन्हें यहाँ रहते करीब

पन्द्रह साल बीत गए इसलिए ज्यादातर लोगों के बीच घुल-मिल-सी गई हैं।

''कौन से गाँव के हो, भइया?'' युवक की बातें सुनने के बाद मैंने अपने अस्फुटित स्वर में पूछा।

''किर्रा को।''

''साइकिल वगैरह।'' मैंने जाने के साधन को लेकर सवाल किया था।

''हैगी।''

''तब तुम बैठो, मैं अभी आई।'' वह दरवाजे के करीब रखे स्टूल पर बैठ गया और मैं तैयार होने लगी। जरूरी सामान अपने पास रखा।

''दर्द कब से उठा?''

''कल रात से।''

''और तुम अब आकर बता रहे हो!'' मुझे मन-मन झुंझलाहट होने लगी थी। गाँव में यही रोना है, लोग समय पर ख्याल नहीं करते। जब पानी सर से ऊपर निकलने लगता है तब हाथ-पाँव मारते हैं। हमें आकर परेशान करते हैं। यह कोई पहला मामला नहीं। इससे पहले भी.....तब भी बुरी घटनाओं से सबक नहीं लेते। बस, अपने ही गँवारूपन में....कब बदलेगा अपने गाँवों का ढंचर-पंचर का माहौल! विचारों की उठक-पटक मेरे मन को स्पंदित करने लगी थी। मैं साइकिल के कैरियर पर बैठ गई और वह चलाने लगा। धीरे-धीरे अस्पताल हमसे पीछे छूटता जा रहा था।

महिलाओं से घिरी प्रेमवती एक खाट पर पड़ी दर्द से बुरी तरह छटपटा रही थी। उसके चेहरे पर उभरती प्रत्येक लकीर के साथ जैसे दर्द की लहरें हिलौरें मारतीं। मेरे पहुँचते ही महिलाएँ एक ओर हो गईं। दाईं ने एक आशान्वित नजर मेरे चेहरे पर डाली थी। मैंने खाट पर ही एक ओर बैठकर उसके पेट को अच्छे ढंग से टटोला। कमरे में इकट्ठी महिलाओं की दृष्टि मुझ पर टिकने लगी थी। मेरे चेहरे पर शनैः-शनैः उभरती परेशानी को देखकर वे भी जैसे परेशान होने लगी थीं।

''बच्चा कम महीनों का है।'' मैंने अपने तजुर्बे के अनुसार आशंका सामने रखी।

''फिर?'' उनमें से एक महिला पूछने लगी।

''बड़े अस्पताल ले जाना पड़ेगा।'' मैंने सुझाव देने में देर नहीं की। प्रेमवती असह्य पीड़ा में अब भी पागलों की तरह हाथ-पैर पटक रही थी। प्रसव पीड़ा से मैं भी अनभिज्ञ नहीं हूँ। एक नारी दूसरी नारी की पीड़ा को भला कैसे नहीं समझ सकती। मेरे निर्णय को किसी का खुलकर समर्थन नहीं मिला। शायद उन्हें लगा था कि आते ही मैंने उसके पेट पर हाथ फेरकर अपने सिर की बला को टाला है।

''अच्छा चलूँ, कहो तो मैं भी साथ चलूँ।'' मैंने एक नारी की पीड़ा में सहभागी बनने की इच्छावश अपना दृष्टिकोण सामने रखा था। वे निरुत्तर थे, जैसे असमंजस की स्थिति में। माँ बेटे का चेहरा ताक रही थी, बड़ी बहू सास का और सास अपने पति का। मेरी समझ से परे थी आँखों की यह टकटकी। मुझे उनकी निर्णयविहीनता पर अंदेशा होने लगा। गाँव में निर्णयविहीनता के कुछ किस्से मैंने भी देखे थे। मेरे दिमाग में अपने ही निर्णय की दस्तक हुई और मैं कमरे से बाहर एक ओर खड़ी हो गई।

''डॉक्टरनी ऐसे ही देख गई ऊपर-ही-ऊपर, ठीक से न देखे!'' एक महिला प्रेमवती की सास से फुसफुसाने लगी।

''देखा, कैसी छटपटा रही है मछरी-सी।'' दूसरी महिला प्रेमवती की दशा देखकर बोली।

''ताई मोको तो कोई ऊपरी चक्कर दीखे, इतनी देर है गई।''

''हैई सके।'' उनके बीच की किसी महिला ने समर्थन किया था।

''तो फिर बाबा के पास लेई चलो, तनिक देर में ठीक है जाएगी।'' सास ने निर्णयात्मक स्वर में कहा। बहू की छटपटाहट, दर्दनाक कराहट उसके ऊपरी विश्वास में अनसुनी हो रही थी। प्रेमवती उन्हें भूत-प्रेत के शिकंजे में जकड़ी लगी। अंधविश्वास में उनका तन-मन जकड़ चुका था।

''....जा रे रज्जू, बुग्गी ले आ।'' वह बुग्गी लेने जाता तब तक ओंकार बोल पड़ा-''बुग्गी के चक्कर में पड़ रह्यो, अपना ट्रैक्टर कब काम आवेगो, ले आ'' रज्जू जाकर ट्रैक्टर ट्रॉली ले आया। उन्होंने मुझे नहीं पूछा। लत्तों सहित उसे ट्रॉली पर लिटा दिया और इधर-उधर सास-बहू बैठ गईं।

''बैठो बैनजी।'' ओंकार ट्रैक्टर चलाते हुए बोले। मैं प्रेमवती के बिछौने

से सटकर बैठ गई। धड़धड़ाता हुआ ट्रैक्टर आगे बढ़ने लगा, गाँव के गली-कूचों को बेदर्दी से रौंदता हुआ। ट्रैक्टर ट्रॉली में लग रहे झटकों से मेरे शरीर का जोड़-जोड़ हिलने लगा था। असह्य झटकों से कभी-कभी कलेजा मुँह को आने लगता।

अपने से ज्यादा चिन्ता मुझे प्रेमवती की थी। रास्ते-भर मैं उसकी जेठानी व सास को जी-भर कोसती रही और वे अनजान होने का ढोंग रचती रहीं। ऐसे झटकों से भगवान न करें प्रेमवती का बुरा हो।, मैं उनकी दुस्साहसिक सूझ-बूझ पर उन्हें भला-बुरा कहने से अपने आपको न रोक सकी। कम-से-कम एक बार चलने से पहले मुझसे तो सलाह ले ली होती। लेकिन ये लोग समय रहते जाँच-पूछ करना जरूरी नहीं समझते और बात बीत जाने पर तरह-तरह की...चिन्तन के विषधर मुझे लपेटते गए और मैं मन-ही-मन उत्तेजित अपने भीतर के उफान को भीतर-ही-भीतर पचाती रही। अब किया भी क्या जा सकता था। मैं ईश्वर से प्रेमवती व गर्भस्थ शिशु के जीवन के लिए मन-ही-मन प्रार्थना करने लगी।

कच्ची सड़क से उठ रहे धूल के बादल हमारे चेहरों व कपड़ों पर जमने लगे थे। पक्की सड़क दिखते ही मुझे राहत मिलने लगी थी। धूल के बादल अब भी हमारा पीछा कर रहे थे अपनी पंक्ति बनाते हुए। अब अस्पताल ज्यादा दूर नहीं, मैं सोचने लगी थी। कुछ देर पक्की सड़क पर चलने के बाद उन्होंने ट्रैक्टर का रुख दूसरी ओर कर लिया था फिर से कच्ची सड़क पर। अब ध ूल के बादल फिर से पीछा करेंगे....फिर....''इधर कहाँ को चल रही हो चौध राइन?'' मैं प्रेमवती की सास से पूछने लगी।

''खत्तो बाबा के पास।'' सास ने स्पष्ट व विश्वास भरा उत्तर दिया था।

''बाबा के पास जाकर क्या करेंगे?'' मेरा कुढ़ा स्वर स्फुटित हुआ।

''ऊपरी चक्कर होगा, वा को तो बाबा ही दूर कर सकें।''

''कोई चक्कर-वक्कर ना है चौधराइन, कम दिन का बच्चा जनते हुए ये सब तो...'' मैं शब्दों को मुँह में ही चबाते-चबाते बोली थी।

''तोको का पत्तो डॉक्टरनी, पिछले साल इन्दर की बहू की क्या दशा हुई थी। बाबा के पास लाए तो भभूति लगाते ही ठीक हो गई।''

''हाँ डॉक्टरनी, बाबा के देखते ही ठीक है जावैगी।'' बड़ी बहू सास की बात में बात मिलाने की कोशिश में बोली। उनके विश्वास ने मेरे भीतर की औरत को परास्त कर डाला था। मेरा उनके साथ चलना बेकार है। इतनी उमर बीत गई डिलीवरी करते-करते।

दवा, इंजेक्शन, ऑपरेशन और डॉक्टरी देख-रेख में डिलीवरी होती है भला भभूति से....मैं मन-ही-मन शब्दों की खिचड़ी पकाने लगी।

''अरी चलो भी ना डॉक्टरनी, तुम भी चलकर दर्शन कर लेऊ।'' सास ने मुझ पर जोर डाला था। तब मेरे मन में आया, क्यों न मैं भी जाकर बाबा का चक्कर देख आऊँ फिर मुझे पैदल थोड़े चलना है, ट्राली पर बैठे दो-चार धक्के और सही। तेज दौड़ते ट्रैक्टर के पीछे धूल उठती रही, भागती रही, हम सबके चेहरे पर जमती रही। आखिर पहुँच ही गए।

बाबा अपना आसन जमाए बैठे थे—कहीं खोए हुए, अपने आप में ही या फिर सांसारिकता की ऊहापोह में। भरा चेहरा, बड़ी-बड़ी आँखें, बढ़ी हुई सफेद दाढ़ी और उसी से मेल खाते खिचड़ी बाल। चेहरे पर अपनी तरह की चमक। रज्जू व ओंकार बाबा के सम्मुख जाते ही नतमस्तक हो गए। बाबा का हुलिया देखकर मैं प्रभावित हुए बिना न रह सकी। जरूर कोई शक्ति या सिद्धि होगी बाबा के पास। मेरे भीतर स्पंदन होने लगा।

''कैसे आए ओंकार?'' बाबा ने ओंकार की ओर पैनी दृष्टि फेंकते हुए पूछा था। मुझे समझते देर न लगी कि ओंकार बाबा को पहले से ही जानता है।

''बाबा कल से या रज्जू की बहू को....''

''अच्छा-अच्छा।'' बाबा ने उसकी बात पूरी सुनने से पहले हामी भरी थी।....''अभी देखता हूँ'' बाबा ने अपनी मुख मुद्रा ऐसी बनाई जैसे कुछ ही क्षणों में प्रेमवती के कष्ट का अन्त हो जाएगा। सुख की कल्पना में रज्जू का मन हर्ष का समुन्दर होने लगा। तीन बेटियों के बाद अबकी बेटा ही होगा, अल्ट्रासाउंड में छ: सौ रुपए खर्च करने के बाद उसका विश्वास भट्टे में पकी ईंट की तरह पक्का हो गया था, बाबा ने कुछ देर आँखें बन्द कीं फिर खोलते

हुए प्रेमवती के चेहरे पर दृष्टि टिकाते हुए चिल्लाए–''क्यों बे, तू इस बहू पर क्यों आया?'' वातावरण में मौन था। ''...तू क्या चाहता है? छोड़ दे इस बहू को।'' बाबा सिहरे और हवनकुंड से भभूति निकालकर उसके माथे पर मल दी। ''...जा ओंकार, इसे रात को इसके माथे पर लगाना, कमरे में जोत जलाना'' बाबा ने एक कागज में दो–तीन चुटकी राख रख दी। वे मन–मन बाबा के औपचारिक कृत्य पर गद्‌गद थे। प्रेमवती की स्थिति पहले जैसी थी। ''अब सवा पाँच के बतासे लाकर बाँट दो'' बाबा ने कहा तो रज्जू दौड़कर पास की दूकान से बतासे ले आया और सब लोगों में बाँट दिए। बाबा के चरणों में कुछ रुपए चढ़ाने के बाद वे बहू को लेकर गाँव को लौटने लगे तो मेरा हताश मन अपनी जगह न लौट सका। मैंने सिर्फ चमत्कार से प्रसव पीड़ा को भागते नहीं देखा था न ही बच्चा जनते हुए। गाँव की ओर लौटने का निर्णय मुझे रेगिस्तान में दौड़ लगाने जैसा लगा था, जहाँ सिवा फँसने, बाधा पाने के कुछ नहीं था। कैम्पस में कदम रखते हुए भी मुझे बार–बार प्रेमवती का पीड़ाग्रस्त चेहरा याद आता रहा।

रात को करवट बदलते–बदलते मुश्किल से नींद की झपकी आने लगी तभी किवाड़ पर दस्तक हुई–खट–खट–खट! ''बीनू, देख तो कौन है?'' मैंने आवाज दी तो उसने उठकर किवाड़ खोल दी।

''बैनजी, बैनजी!'' बुलाने वाला अपनी ही रट लगाए जा रहा था। आखिर मुझे उठना पड़ा।

''भइया रे, क्या बात है!'' मैंने बोझिल आँखों से उसे देखे बिना पूछ डाला।

''बैनजी, वो मेरी घरवाली की तबियत ठीक ना है।'' वह रज्जू था। मुझे उस पर ही क्या उसके पूरे कुनबे पर गुस्सा आने लगा। समय रहते तो इध र–उधर के चक्कर में पड़ते हैं और अन्त में बात नहीं सँभलती तो अस्पताल वालों के जिम्मे आ पड़ते हैं। औरत को जान का खतरा और ये लोग हैं कि. ..सब कुछ जानते हुए भी बहू को मौत के मुँह में धकेल रहे हैं। बाबा को पोते देखने की ललक है, बहू के ख्याल के नाम पर उल्टे–सीधे चक्कर। अपने आप में ही ढेरों बार उन्हें कोसती हुई मैं तैयार होकर रज्जू के साथ चल दी।

वहाँ जाकर बिल्कुल पहले की-सी स्थिति। ''इसे बड़े अस्पताल ले चलना पड़ेगा।'' मैंने अपने सामर्थ्य से बाहर की बात जानकर पहुँचते ही कहा। फिर से ट्रैक्टर ट्रॉली!

''अरे, कोई बुग्गी मँगवा लेते।'' मैंने प्रेमवती की नाजुक स्थिति देखकर अपनी सलाह दी थी।

''इतनी रात गए कहाँ मिलेगी बुग्गी?'' ओंकार ने बस इतना कहकर मेरी बात टाल दी बिल्कुल मँजे ढंग से। तब कौन कहेगा, गाँव में रहने वाले लोग सीधे, सरल होते हैं। पहले की तरह उसे ट्रॉली पर लिटाया। अँधेरे में धूल के बादल उठे भी या नहीं, हमें पता नहीं चला। मन गंतव्य की ओर था।

अस्पताल पहुँचकर उसे भर्ती कराया। बोतलें चढ़ीं, इंजेक्शन लगे और साथ में दवाइयों का लम्बा पर्चा। मुश्किल से ऑपरेशन द्वारा बच्चे को निकाला गया–मृत बच्चा। करीब डेढ़ घंटे तक प्रेमवती जीवन–मृत्यु के बीच झूलती रही।

''तुम लोग टाइम पर केस को नहीं ला सकते, भगवान की कृपा जो जच्चा बच गई वरना....शीला तुम भी....'' लेडी डॉक्टर उन्हें बुरी तरह डाँटने लगी और मुझे इस बात का इशारा किया था कि कम–से–कम मेरी उपस्थिति में ऐसी स्थिति नहीं आनी थी। लेकिन मेरी विवशता वे भी क्या समझतीं कि कैसे मैं अपनी इच्छा के जाले में घूमती रही थी।

चेहरे पर क्षोभ, थकान और पीड़ा से मुक्ति के बाद सास–ससुर, जेठ और पति प्रेमवती को लेकर मेरे साथ–साथ गाँव लौटे। अनिद्रा से सबके चेहरे थके–बुझे लग रहे थे। मुझे प्रेमवती के मन में बच्चे के आने को लेकर बलवती हुई इच्छा के चटकने पर बेहद दुःख हो रहा था। जब वह टीके लगवाने सेन्टर आई थी तब आने वाले बच्चे को लेकर उसके दिल में जो उत्साह मैंने देखा था, वह ढेर हो चुका था।

''अभी कौन–सी उमर निकर गई, अब न सही फिर अगारे....'' सास ने जैसे सहेजकर रखी तसल्ली की पोटली बहू की ओर बढ़ाई। बहू अब पूरी तरह होश में थी।

''बैनजी, इनके कारन.....'' आगे के शब्द उसके गले में ही घुटकर रह

गए। मैंने उसके सिर पर हाथ रखकर दिलासा दी। उसकी आँखों से लुढ़के आँसुओं ने मेरे भीतर की औरत को विचलित कर दिया था। उनसे विदा लेकर मैं थके कदमों से घर की ओर बढ़ी। चारों ओर घिरे धुंध में कैम्पस उजाले की प्रतीक्षा में था। मन्दिर में आरती बज रही थी और हैंडपम्प पर कोई पानी भर रहा था।

●●

चाचा बहादुर

गज्जू का जन्म हुआ तभी उसके बाबा मौत का ग्रास हो गए। विजुला की खुशियों का संसार वीरान हो गया। न भाई-बहिन न चाचा-ताऊ। घर का अकेला मर्द चला गया। गाँव के भले-बुरे लोगों ने अपनी सहानुभूति और सांत्वना में उसे जीने की बाट बताई। मुसीबतों का पाठ पढ़ाया। इस दुःख की घड़ी में भी किसी ने उसे 'डायन' कहा किसी ने 'तापुड़िया' कहा। लेकिन इतने ताने सुनने के बावजूद वह विचलित नहीं हुई। अपने दुःखों को अपना ही बोझ बनाने के लिए तैयार होने लगी।

उसके मायके वालों ने उसे सलाह दी थी कि वह दूसरे आदमी के साथ अपना घर बसा ले, अभी जीवन में देखा ही क्या है उसने। बिना मर्द के अकेली औरत की जिन्दगी अंगारों पर चलना होता है। लेकिन उसके मन में बसे संकल्प के हट ने उसे टस से मस नहीं होने दिया, कहती-'भगवान भरोसे वह अपनी जिन्दगी काट लेगी। जिसने इतनी छोटी उम्र में उसका आदमी छीन लिया वही उसकी जिन्दगी को भी राह देगा। अपने बच्चे के लालन-पालन की जुगत में वह आड़े आने वाली एक-एक मुसीबत को झेल लेगी। वैसे जीवन है ही क्या, एक ठहराव सा-कभी दुःख का कभी सुख का। भाग का लिखा नहीं मिट सकता।' तरह-तरह के ख्याल उसके मन को मथने लगते।

उसके अपने हल-बैल, खेत-खलिहान, अच्छा मकान है। गाँव के किसी भी मवासे के साथ मेल-मिलाप कर लेगी और बदले में वे भी खेती के कामकाज में हाथ बँटा देंगे। वह जनाने काम के लिए चली जाया करेगी। वह मानती थी, बुरा वक्त कहीं भी रहकर पीछा नहीं छोड़ता।

वह बच्चे को कभी-कभार गाँव की किसी बड़ी-बूढ़ी के पास छोड़ जाती और कभी खेतों में ही ले जाती। हल या बैलों की जोड़ी को गाँव वाले माँग कर ले जाते और वापसी पर खुले मन से कह जाते कि जब जरूरत पड़े वे उसके खेत जोतने आ जाएँगे। विजुला दिनचर्या की जोड़-तोड़ के साथ अपने काम को अंजाम देती। बहुत बड़ा सच है कि 'एक बुद्धि मर्द सौ बुद्धि जनानी।' अकेला मर्द औरत के अभाव में सारथिविहीन रथ की तरह हो जाता है लेकिन अकेली औरत मर्द के बिना दूरदर्शी तक बन जाती है। समय अपने पहिये पर शनैः-शनैः आगे बढ़ता रहा। घटनाओं की आवाजाही के साथ गाँव का तन्त्र फैलता-सिकुड़ता रहा।

खेती व घर का कामकाज उसके लिए उतनी कठिन चुनौती नहीं थी जितनी कि औरत होने की नियति। गोरा कांतिमान चेहरा, छरहरा शरीर। उसे देखने वाला ईश्वर को उसकी करनी के लिए जरूर कोसता। समाज में न केवल आत्मीय दुःख-सुख के सहचर लोग बसते हैं बल्कि कुत्सित विचारों के लोग भी समाज को कुलषित करने के लिए मौजूद होते हैं। विजुला की असहाय अवस्था पर सहानुभूति की आड़ में उसके जीवन में दखल पाने के लिए कई विकृत चेहरे आगे आए लेकिन उसकी दृढ़ता के आगे न टिक सके। जीवन के बोझ को उठाने, उसके बच्चे के भविष्य को सँवारने का प्रलोभन भी उसे दिया गया मगर वह थी कि टस से मस नहीं हुई।

प्रेम सचमुच मन के भीतर से उपजता है, वह सिर्फ बाहरी छलावा नहीं हो सकता। लिपा-पुता शब्द नहीं हो सकता, मिथ्याचरण नहीं हो सकता। बच्चे के साथ होने पर भी एकाकीपन विजुला का करीबी रहा। उसने अपनी निकटस्थता किसी को सौंपी तब सारे गाँव में खलबली मचे वगैर न रह सकी। सूखे जंगल में आग लग गई। सबकी शंकाओं का खात्मा-। कल्पित सच का विपरीत सबको काँटों की चुभन देने वाला था। आसमान सदा मेघविहीन नहीं

रहता। चाँद बादलों के झुण्ड से मुक्त नहीं रह सकता। स्त्री हो या पुरुष, संसर्ग के बिना जीने की कल्पना कहीं-कहीं आत्मघाती हो पड़ती है।

वह भी कब तक निरीह जीवन काटती। जीवन की पथरीली बाट पर मनबहादुर से उसकी मुलाकात साधारण थी—गाँव आए किसी गोरखा बहादुर की तरह। गाँव में किसी मवासे के साथ गोरखा काम करने जाता तो वहाँ ताल में पत्थर पड़ने की-सी हलचल हो जाती।

''गोरख्या बादुर'' गाँव के बच्चे गोरखा के इर्द-गिर्द जमा होकर उसे बड़ी जिज्ञासा से टटोलते, छेड़ते और वह मुस्कराकर रह जाता। कभी-कभी वह उन्हें पुचकारता।

मनबहादुर पहले चतरिया ठेकेदार के साथ काम पर लगा था। गेहुँआ रंग, गठीला शरीर, नन्ही सी आँखें। मजाक-मजाक में गाँव की औरतें उसे छेड़तीं, ''बादुर, तेरी स्वासनी घरवाली है?''

''नेई है'' वह सादगी से जबाब देता। विजुला चतरिया के साथ पढ़ेली गई तो अपने काम में जुटा मनबहादुर उसे न जाने क्यों निकटस्थ लगने लगा। चेहरे पर निश्च्छलता, स्वभाव में सादगी। चेहरा कुछ-कुछ उसके आदमी जैसा। हँसता तो उसके दाड़िम के से- दाँतों में सल्या हूबहू उतरता था।

''देख सल्या बेना (जीजा) जैसा लगता है।'' भावुक राजेन्द्री ने उससे कहा था। क्या संयोग है, एक इंसान से दूसरे इंसान की शारीरिक समानता। दूसरे का पूरक हो पड़ना। उसे मनबहादुर के बारे में कुछ जानने की इच्छा होने लगी। सामाजिक सरोकार से एक बड़ी पराकाष्ठा तोड़ देने का विद्रोह। अपने सुहाग के उजड़ जाने पर-पुरुष के जीवन में ताक-झाँक पराकाष्ठा तोड़ देना ही है।

पता चला, मनबहादुर छोटा था तभी नौकरी करने नेपाल से इधर आकर जंगल के एक ठेकेदार के साथ रहने लगा। उसका खाना पकाना, बर्तन माँजना, कपड़े धोना, सब उसे करना पड़ता। कुछ दिन बाद गाँव से चिट्ठी आई कि उसकी शादी होनी है, वह जल्दी आ जाए। माँ की चिट्ठी मिलने पर इनकार की गुंजाइश नहीं थी। ठेकेदार से थोड़े-बहुत रुपए लेकर माँ और भाई-बहिनों के लिए कपड़े-लत्ते लेकर घर पहुँचा। शादी हो गई। कुछ दिन

बाद वापस लौटना पड़ा। यहाँ रहकर खर्चा बराबर घर भेजता रहा। दो साल बाद दुबारा घर पहुँचा तो पता चला कि उसकी घरवाली किसी मर्द के साथ भाग गई थी। तब उसका मन बुरी तरह टूटा था। विश्वास की मजबूत दीवार ही टूट गई थी। माँ और भाई-बहनों को खर्चा भेजने का आश्वासन देकर वह घर से विदा हुआ और अब तक यहीं है। महीने-दो महीने में मनीऑर्डर से पैसा भेज देता है साथ ही अपनी राजी-खुशी।

"च-च-च बेचारा" उसकी कहानी सुनकर विजुला के मुँह से अनायास ही निकल पड़ा। वह अधीर हो पड़ी थी। अपने भीतर लोग बड़े-बड़े दुःख समेटकर रखते हैं। कपड़े की थान की तरह अपना एकाकी जीवन काटने की विवशता उसे याद आने लगी। मनबहादुर की बेचारगी उससे मेल खा रही थी। सल्या को मौत के मोह ने उससे छीन लिया और मनबहादुर की घरवाली को पर-पुरुष के मोह ने। वह काफी देर तक विचारों के घड़े भरती-उँड़ेलती रही।

"माँ!" गज्जू के पहुँचते ही नीड़ से उड़े पंछी की तरह उसका खोया मन लौट आया।

एक दिन मनबहादुर उसका हल जोतने आया तो बात-ही-बात में ठेकेदारनी की शिकायत करने लगा कि वह भरपेट खाना नहीं देती। पेट की भूख मारनी पड़ती है। मँडवे की मोटी-मोटी रोटियाँ सामने ऐसे डाल देती है जैसे वह कुत्ता हो। तब उसका मन मर जाता है। विजुला को सुनकर बहुत दुःख हुआ। उसपर हो रहा अत्याचार उसे वेदना देने लगा।

"तू हमारे साथ नहीं लग सकता!" विजुला ने सात-आठ रोटियों की तह के ऊपर सब्जी रखकर उसकी ओर बढ़ाते हुए पूछा। मनबहादुर के चेहरे पर खुशी की पर्त चढ़ने लगी। मन हर्षित था।

"लग सकता!" वह खुशी-खुशी इतना ही बोला। उसने देखा, मनबहादुर की आँखों की किनारियों से पानी निकलकर आँखों को भिगोने लगा था।

"महीना कितना लोगे?"

"दे देना खर्चा-पानी, घर भेजने को और पेट को अच्छा रोटी।"

''ठीक, जब मन हो, आ जाना।''

''ठेकेदार से हिसाब करके आऊँगा।'' रोटी खा चुकने के बाद वह कमीज की बाँह से मुँह पोछने लगा फिर लोटा उठाकर गट-गट पानी गले से उतार रहा था। बाकी हलियों की तरह वह दिनभर खेत जोतता रहा।

अपनी छोटी-सी संदूकड़ी में दो-चार कपड़े, थाली, गिलास, बाँसुरी, ताश की गड्डी, शीशा-कंघी लेकर मनबहादुर उसके घर आकर रहने लगा। विजुला प्रसन्न थी। वह दिन-भर खेतों में काम करता। गाय-बैलों को न्यार-पात डालता। घास-लकड़ी सोतर लेने जाता और रात को खा-पीकर बरांडे में भीत का सहारा लेकर बिस्तर फैलाकर लेट जाता। मन करता तो घंटों बाँसुरी बजता रहता। रात्रि के सन्नाटे में उसकी बाँसुरी का स्वर गाँव को तरंगित करने लगता। कभी वह नेपाली गाने गुनगुनाने लगता। बाँसुरी व उसके गीतों में विजुला को लगता उसका दर्द बोल रहा है।

समय का समुन्दर अपनी लहरों के साथ आगे बढ़ता रहा। वह विजुला का निकटस्थ हो गया। अबला को संरक्षण मिल गया। एक असहाय स्त्री को पुरुष का सान्निध्य मिलने लगा। किसी परदेसी को निकटस्थता सौंप देने वाली स्थिति गाँव वालों के लिए सिरदर्द थी। उनका कहना था कि यदि वह जीवन के सूनी बाट पर अकेली नहीं चल सकती तो गाँव या आसपास के किसी लायक मर्द को अपने घर रख लेती और उसका बाकी का जीवन सुखोराम से कट जाता। एक नेपाली को साथ रखकर वह पर-पुरुष के आकर्षण में बँध गई। यथार्थ की तपती जमीन पर चलते हुए तानों के फफोले उसके मन पर पड़ते रहे लेकिन उसके भीतर की शक्ति ने डटकर मुकाबला किया। ये लोग कौन होते हैं उसकी जिन्दगी में दखल देने वाले? काम-धाम व दुःख-सुख के लिए कब तक वह दूसरों का मुँह ताकती। उसकी खेतों में तैयार कटी फसल तक उन लोगों के मवेशी चटकर जाती है। छोटे-मोटे काम के बदले 'औताली' चाहती है। लेकिन गज्जू के रहते हुए वह उन्हें एक बिलात जमीन भी नहीं देगी।

गज्जू के माँ के विरोधी सही लेकिन गाँव वाले बताते हैं कि मनबहादुर चाचा ने उसके लिए क्या नहीं किया। एक बार बीमार पड़ा तो दस मील दूर

पीठ पर लाद कर उसे ले जाते और दवा लेकर लौटते। माँ व उसके लिए चाचा ने अपना जीवन अर्पित कर दिया। उन्हीं की मेहनत का फल था कि गज्जू दसवीं पास कर पाया। नौकरी की दौड़-भाग में पटवारीगिरी हाथ लगी। चाचा सारे गाँव में बच्चों-सी चहलकदमी करते हुए गए थे कि उनका बेटा पटवारी हो गया। सरकारी नौकरी पाने वाला गज्जू गाँव का तीसरा जना था।

नौकरी की पहली तनख्वाह लाकर उसने चाचा के हाथ में थमाई तब विस्मित चाचा ने पूछा–''ये क्या है?''

''मेरी तनख्वाह!'' तब चाचा ने विजुला को बुलाया और उसकी हथेली पर रुपए रखते हुए बोले–''ले, तेरे बेटे की कमाई।'' खुशी में विह्वल माँ के मुँह से कुछ नहीं निकला बस भगवान को याद करने लगी फिर वह रुपए देवदार की संदूकड़ी में रख आई।

सुबह चाचा खाले की ओर गए उस समय माँ ने गज्जू को बुलाकर पूछा–''वो कितने रुपए होंगे?''

''वो कौन से?''

''तेरी तनखा वाले।''

''बारह सौ।'' वह बताने लगा।

''बारह सौ!'' वह आश्चर्य मिश्रित हैरानी के साथ बोली।

''हाँ।'' गज्जू ने जोर देकर कहा। तब उसने बेटे की पीठ थपथपाई।

''उनमें से रुपए ले जाना और अपने चाचा के लिए बढ़िया सुलार खिलका खरीद लाना और देख, उनकी सदरी-कोट भी सिलवा दे, ऊन की बिंडी पड़ी-पड़ी किरा में खराब हो रही है।'' माँ ने गज्जू को याद दिलाई थी। चराई में पड़ी ऊन की बिंडी सचमुच धुएँ के कारण काली पड़ती जा रही थी।

माँ की बात मानकर गज्जू चाचा के लिए पाजामा-कमीज और कोट-सदरी का अस्तर खरीद लाया। हफ्ते-भर में चाचा के कपड़े सिल कर तैयार हो गए। उन्हें पहनाकर गज्जू ने कई बार चाचा को इधर-उधर घुमा-फिराकर देखा और संतुष्टि तक देखता रहा। घर के सयाणे की खुशी परिवार की खुशी की नींव होती है। चाचा उनकी खुशी की नींव बनते रहे और वे चाचा की खुशी।

अच्छी-सी लड़की देखकर गज्जू का ब्याह कर दिया गया। सास को बहू मिल गई तो उसका तन-मन चार होने लगा। एक स्त्री की निकटस्थता दूसरे के लिए सुखमय होती है। घर, खेत, जंगल के कामकाज करते हुए उसने जीवन की लम्बी अवस्था काट दी। लेकिन जैसे-जैसे उम्र बढ़ने लगी घर के चूल्हे-चौके का उठता धुआँ उसकी आँखों को चुभन देने लगा-पैनी-सी चुभन। शरीर का जोड़-जोड़ दर्द करने लगा। बहू को काम करते देखती है तो उसे सचमुच आनन्द की अनुभूति होती है। रात को गर्म पानी कुंडेली में उँड़ेलकर जब बहू उसके हाथ-पाँव धुलाती है तब उसके मन में ठंडक होने लगती है। कुंडेली से उठती भाप उसके नथुनों में घुसकर उसे आत्मविभोर कर देती। उम्र बीतने का अहसास होने लगता है। सास या माँ बन जाना स्त्री का चरमसुख है। कभी-कभी यह अवस्था नारकीय बन पड़ती है जब औलाद बड़े-बूढ़ों के लोभ व जीवन का संवरण करना भूल जाती है।

उसके सिर मुसीबतों का अंबार पड़ा था, तब मनबहादुर ने सहगामी बनकर उसके दु:खों को अपने सिर पर उठा लिया था। उसका सूना जीवन वृक्षादित हो गया था। मन की आसक्ति जीवन का सहज आकर्षण बन सकती है। उसके जीवन के बोझिल दिन सहज होते गए। मनबहादुर ने गृहस्थी के पचड़े में पड़कर सारे काम किए। कई-कई दिन छानी में मवेशी के साथ अकेला रहा। जंगल में चिरान्तियों के साथ लकड़ी की चिरान की। खेत गोड़े वह विजुला के साथ छाया की तरह रहा और अब भी उसकी उपस्थिति विजुला के मन के किसी कोने को खाली नहीं रहने देती।

पहले गाँव वालों के मुँह कड़वे होते रहे फिर उनके कलुषित मन ढालान पकड़ते गए। वे चुप हो गए। मनबहादुर के व्यवहार ने उन्हें पराजित कर डाला था। इंसान के सद्गुण दूसरे इंसान को बस में करने के लिए बहुत बड़ी ताकत होते हैं वरना पहले गाँव वाले उसे 'गोरख्या', 'परदेसी' कहकर बुलाते थे।

बेटा-बहू को देखकर चाचा का बूढ़ा मन हरा होने लगता। हाड़-मांस का शरीर आत्मा को ज्यादा दिन तक कैद नहीं रख सकता। विजुला अपने हरे-भरे संसार को ज्यादा न देख सकी। मौत के क्रूर पंजे ने उसे जकड़ लिया। घर वीरान हो गया। चाचा ने विजुला की अच्छी गति, मुक्ति करवाई। श्मशान घाट

में ही अपना सिर घुटवाया, क्रिया-कर्म पर बैठे। गज्जू सोचता, जरूर माँ की आत्मा प्रसन्न हो रही होगी। स्वर्ग में बैठी वह उन्हें जरूर आशीर्वाद दे रही होगी। 'वाह, क्या साथ निभाया मनबहादुर ने?' सबके मुँह से चाचा के लिए प्रशंसा फूट रही थी। सल्या होता तो भी शायद इतना सब कुछ न कर पाता।

काफी दिनों तक शोकाकुल चाचा घर से बाहर नहीं निकले। कामकाज करने का उनका मन नहीं हुआ। वास्तव में उनका मन उचाट होने लगा था। पहले विजुला उनके दु:ख-सुख की थाह लेती थी, अब कौन सुध लेगा। गज्जू में इतनी समझ नहीं कि वह आप ही उनकी दु:ख-सुख की पूछता रहे। रही बहू की बात, वह पराए घर से आई है। फिर उसने अभी समझा ही कितना है इस घर को।

घर पड़े-पड़े उनका शरीर दु:खने लगता। कभी-कभी उनका मन इतना व्याकुल हो उठता कि वे गहन वेदना से त्रस्त अखरोट के पेड़ के नीचे बैठकर अपनी बाँसुरी बजाने लगते। दिन-रात, अबेर-सबेर। सारा गाँव उसका विरही स्वर सुनकर द्रवित हो उठता।

"चाचा, थोड़ा-सा घूमघाम लो।" गज्जू ने चाचा से कहा था। चाचा का इस तरह गुपचुप बैठना उसके दिल पर आरी चलना होता-कर्र-कर्र। रात-दिन कामकाज की फिक्र में लगे रहने वाले चाचा कितने उखड़ गए हैं अपने आप से।

"अब क्या घूमना बेटा, मन नहीं करता।" टूटे शब्दों में चाचा कह पड़े थे।

"फिर भी चाचा जीवन तो काटना ही है, कम-से-कम हमारे लिए ही-"

"हाँ, तुमारे लिए ही तो जिंदा पड़ा हूँ वरना मैं तो विजुला के साथ ही मर गया था।" कहते-कहते उनकी आँखें भर आईं। माथे पर बल पड़ने लगे। चेहरे की झुर्रियाँ गहरी पड़ने लगीं।

"ऐसा नहीं बोलते चाचा।" भरे गले से गज्जू बोला। चाचा अपनी खुरदुरी उँगलियों से आँखों की किनारियों पर बहते पानी को साफ करने की कोशिश करने लगे।

''ससुर जी कुछ कामधाम नहीं करते, बैठे-बैठे कब तक-'' एक दिन चौके में बैठी सकमा गज्जू से कहने लगी। चूल्हे में जल रही लकड़ियों की उठती लपटों में उसका चेहरा लाल हो रहा था। आँखें धुएँ के कारण छलछला रही थीं।

''बस भी कर, अभी आए चार दिन नहीं हुए और-''

''अब नहीं तो तब ये बात तो कहनी पड़ती, अभी से हाथ-पैर पसार कर बैठ गए तो फिर इनका गू-मुतर हमें ही उठाना पड़ेगा।''

''चुप कर।'' उसका गेहुँआ चेहरा गुस्से में तमतमा उठा था। चाचा कमरे में घुसे तब वहाँ मौत की-सी चुपी छा गई। थोड़ी देर चूल्हे की अगैठी में चिमटी से जलते अंगार खींचकर तापने लगे। तब उनका चेहरा भी रक्तिम हो गया था। चेहरे की झुर्रियाँ उसे विभाजित कर रही थीं। सापी में तम्बाकू भरकर उन्होंने एक जलता अंगार उस पर रखा फिर लम्बे कंश लेकर धुआँ ऊपर की ओर छोड़ने लगे। कमरा तम्बाकू की गंध से भर गया। वह उनके बीच उभरे मौन में रुकावट नहीं बने। बरांडे में आकर तम्बाकू के कश खींचते रहे। अपने आप में विचारों की उठक-पटक करते रहे।

सबको खाना परोसने के साथ ही उनके बीच का मौन टूटा। माँ के मरने के काफी दिनों बाद भी गज्जू का मन खाने का नहीं हुआ। खाने का एक-एक कौर उसके गले में अटककर रह जाता। रोटी के तीन-चार कौर मुँह में ठूँसने के बाद वह तीन गिलास पानी पी गया। कनखियों से चाचा को देखा। चेहरे की झुर्रियाँ गहरी होने लगी थीं। खा-पीकर किनारे हुए चाचा बिस्तर पर लेटे रातभर सोचते रहे। अन्ततः किसी कठोर निर्णय के साथ ही उनके विचारों का पटाक्षेप हुआ।

तड़के सुबह सकमा उठी। कमर में गातर कसी, गरम कोट पहना। कमरे से बाहर निकली और गागर लेकर खट-खट घर की सीढ़ियाँ उतरने लगी। वापस लौटकर चूल्हे पर गोंत का कुचला फेरा फिर लकड़ियाँ ठूँस कर आग जला दी। चूल्हे की लकड़ियाँ जलने-चटकने लगीं। चाय के लिए पानी रखा। 'उफ्, चा भी बिछोने पर माँगते हैं' मन-मन कोसती हुई वह पहले गज्जू को चाय दे आई फिर ससुर की गुंघटी की ओर बढ़ी। भिड़े किवाड़ देखकर वह

मन-ही-मन झुँझलाने लगी थी, 'लाट साहब अब तक नहीं उठे' किवाड़ पर हाथ रखते ही वह भीतर की ओर धँस गई। सामने देखकर स्तब्ध रह गई। बिस्तर गोल बँधा पड़ा था। खूँटियों पर कपड़े जहाँ-के-तहाँ टँगे थे। संदूकड़ी के ऊपर तह किये कुछ कपड़े रखे थे।

"सुनो-सुनो!" वह गज्जू को पुकारने लगी। और गज्जू बिस्तर छोड़कर बाहर आ गया था।

"क्या है?"

"ससुरजी नहीं हैं।" वह उदास मन से बोली।

"बाहर गए होंगे!" कहते-कहते वह कमरा देखकर हैरान तो हुआ ही, शंकित भी होने लगा-

"देखूँ तो-" कमरे में घुसकर उसने चाचा की संदूकड़ी खोलकर देखी-सबसे ऊपर एक पुरानी डायरी, उसके बीच पाँच, दस, बीस, पचास के नोट कागज में लिपटे रखे थे। कागज पर मुड़ी-तुड़ी लिखावट में लिखा था-'मे जा रा नाती के ले पैसा दे देणा, विजुला के फोटू को ले जा रा' पढ़ते-पढ़ते उसके आँसू छलकने लगे, बाकी सामान उलटने लगा-वही पुरानी बाँसुरी, कपड़े-लत्ते, बीड़ी-माचिस के खोल।

"चाचा चले गए।"

"कहाँ?"

"पता नहीं, यह पैसा अपने नाती के लिए छोड़ गए हैं, माँ की फोटू ले गए अपने साथ" सुनते ही वह काठ की हो गई थी। कँपकँपाते हाथ से चाय का गिलास छूट गया और गर्म चाय लकड़ी के मेड़ पर फैल गई। पति-पत्नी बाहर निकले। माँ की फोटू की जगह खाली थी। दोनों को लगा कि घर का अनुचर माँ की फोटू के साथ घर की अस्मिता भी ले गया। आँखों में गुस्सा भरकर उतप्त मन से गज्जू ने सकमा को देखा तो उसने नजर झुका ली। मेड़ पर गिरी चाय से सने उनके पैरों के निशान मेड़ पर पड़ चुके थे। गाँव में 'बादुर भाग गया' की चर्चा जोर पकड़ने लगी थी।

●●

दब्बू

घर में कदम रखते ही ब्रजेश के शरीर में सिहरन-सी होने लगती है। दूसरे क्षण उसे लगता है उसका समूचा शरीर ही बेजान हो गया है। सामने पापा को देखता है और झुकता हुआ पैर छू लेता है उनके। उस समय उसका तन-मन जैसे एक हो जाता है। अगाध श्रद्धा उमड़ पड़ती है। लेकिन उनके मुँह से 'जीते रहो' शब्द फूटते हैं तो लगता है किसी गहरी गुफा से स्वर फूट रहा है। यही स्वर है जो उसके मन को डाँवाडोल-सा कर देता है। वह संज्ञा ही खो देता है अपनी। पैर छूने के बाद सीधा खड़ा होता है तब लगता है जैसे दो पेड़ खड़े हों आमने-सामने। अच्छा होता वह भी पेड़ हो गया होता और वे भी....लेकिन इससे क्या होता। सीधा पेड़....तो उसे नहीं होना चाहिए। वरना पहले उसे ही कटना पड़ेगा। सीधे की परिभाषा एक-सी होती है, इंसान हो अथवा पेड़। वह आगे बढ़ता है तो नन्ही कल्लो पापा कहती हुई उसकी गोद में चढ़ने के लिए अपने हाथ ऊपर की ओर फैला लेती है और पैरों से उचकने की कोशिश करती है। नन्ही उसे देखती है, कुछ प्रसन्न-सी होती है और अपना घूँघट और लम्बा खींच लेती है।

कल्लो को देखने के बाद रास्ते की सारी थकान दूर हो जाती है। वह बैठता है तो वह उसकी टाँगों का कुर्सी की तरह इस्तेमाल करती हुई अपनी छोटी-छोटी टाँगें जमीन की ओर छोड़ती हुई उन्हें हिलाती जाती है। वह

चुपचाप अपनी पैंट की जेब में पड़ी दो-चार टॉफियाँ उसे देता है और वह उन्हें खोलकर खाने की जुगत में लग जाती है। वह छुपी नजरों से उधर देखता है जहाँ सुमेरा खाट पर बैठा बीड़ी के लंबे कश खींच रहा है। बीड़ी का धुआँ मुँह से बाहर की ओर छोड़ता हुआ वह कुछ देर तक धुएँ के उठने की दिशा में ही नजरें टिका देता है। एक ओर बाप दूसरी ओर बेटा....जैसे रस्सी के दो छोर हों। माँ-बेटी उन्हें जोड़ती हैं जैसे रस्सी पर ही दो गेड़ें हों।

सुमेरा पिछले दस सालों से विधुर का जीवन काट रहा है। पहले पत्नी थी तो घर घर लगता था। अब तो केवल ईंटं, लकड़ी का ढाँचा-भर रह गया है। पत्नी बेटों को लाड़-प्यार से रखती थी और सुमेरा को भी वरना....वह तो बचपन से ही बिगड़ैल सोहबत में पड़कर बिल्कुल अलग तरह का जीवन काट रहा था। रोज दफ्तर जाकर देर रात को वापसी, वह भी लड़खड़ाते कदमों से। फिर बहुत देर तक गाली-गलौज करते।...हो हल्ला...मारपीट तक की नौबत आ जाती। पत्नी बहुत समझाती, ''घर में तीन-तीन बच्चे हैं जो बेल की तरह बढ़ते जा रहे हैं और तुम हो कि...''

''चुप!'' वह अपनी घुड़की से प्रेमा को चुप करना चाहता लेकिन उस पर क्या असर होता। वह तो उसकी नस-नस जानती थी इसलिए वह उसकी हरकतों से क्यों भयभीत होने लगी। वह समझा-बुझाकर, डरा-धमकाकर उसे चुप करा देती और तब तीनों बच्चों का पीछा छूट जाता। बहुत दिनों तक यह सिलसिला चलता रहा। बीमारी के आने का कोई तय समय नहीं होता। उसने बिस्तर पकड़ लिया तो धीरे-धीरे तिमारदारी में ही समय निकलने लगा। अब लगता था रोज-रोज की तू-तड़ाक, हो-हल्ला, लड़ाई-झगड़े से निजात मिल जाएगी उन्हें। घर में सुख-शान्ति होगी। हँसी-खुशी बच्चों के साथ सुमेरा का भी जीवन कट जाएगा। कौन जाने सदा के लिए ही उसका पीना भी छूट जाए। जिन्दगी ही सँवर जाएगी उसकी। अपने जीते जी उसने बहुत सहा। उसके बाद....बहू-बेटे तो रिश्ते-भर के रह जाते हैं। वैसे भी मन का जुड़ाव कम ही देखने को मिलता है आजकल के बेटे-बहुओं में।

बड़े बेटे ब्रजेश का घर बस गया तो प्रेमा ने राहत की साँस ली थी। फूल-सा हल्का हो रहा था उसका मन। सोचती-घर में बहू आ गई है कुछ तो बदलना पड़ेगा सुमेरा को। बहू का कुछ तो मुलाजा करना होगा उसे, पर ऐसा कुछ ही दिन चला।

संयम की लगाम अधिक दिन तक व्यसन के मुँह को न बाँध सकी। एक रात लड़खड़ाता, बड़बड़ाता सुमेरा घर आया था तो सारे घर की सुख-शान्ति में उथल-पुथल मच गई थी। मुहल्ले में नींद की तरह खामोश खुसर-पुसर फिर से होने लगी थी। बहू तो सुनकर....अनायास के इस बर्ताव को देखकर मन उचाट-सा होने लगा था उसका इस घर से। लेकिन जड़ों की तरह गहरे संस्कारों के दंभ के चलते उसे समझौता ही अकेला हल लगा था। सुबह समेरा उठा था तो उसका चेहरा ही जैसे विकृत हो रहा था। किसी से कुछ कहा-सुना नहीं था उसने। चुपचाप चाय पी फिर दंत मंजन, नहाना। खाना खाने के बाद वह उखड़े मन से दफ्तर चला गया था। खाट पर पड़े-पड़े न जाने कितनी खरी-खोटी सुनाई थी प्रेमा ने उसे-"औलाद जूते बरसाएगी तब जाकर तुम्हारा दिमाग ठिकाने आएगा, तुमने नहीं देखी अबकी औलादें..." सुनकर उसने सिर नीचा कर लिया था किसी अपराधी की तरह और वह कुछ देर हल्की हँसी हँसता रहा था। तब उसके छोटे-बड़े दाँत बाहर की ओर खुल पड़े थे।

प्रेमा ने आँख मूँद लीं। घर वीरान होकर रह गया। नीड़ छोड़कर पंछी उड़ जाए तो वह भी उजड़ जाता है और बच्चे फिर से अपने-अपने नीड़ के निर्माण में लग जाते हैं।

सुमेरा कुछ दिन संयत रहा फिर अपने पुराने ढर्रे पर आ गया। सायं घिरते ही अँधेरे के धुँधलके के साथ ही अशान्ति की आशंका में सारा घर ही जैसे भयाक्रान्त हो जाता। सुमेरा न जाने किसको क्या-क्या बकेगा फिर तो उसी के पीछे पड़ा रहता है। बड़ी मुश्किल से पीछा छूटता है, वह भी तब जब नींद का दानव उसे अपने चंगुल में ले लेता है।

ब्रजेश शान्त स्वभाव का है। कितनी भी कहा-सुनी हो उसका मुंह नहीं खुलता। मौन रहता है जैसे मुँह में जुबान ही न हो। नन्ही कुछ कहने को होती है तो वह उसे मना कर देता है। उस समय वह बेचारी मन-ही-मन बहुत घुटकर रह जाती है। दोनों देवर जितने पढ़े-लिखे हैं उतने ही तेज-तर्रार भी हैं। सुमेरा कुछ बकता है तो एक की दो सुना देते हैं, इसलिए वह उनके मुँह नहीं लगता। ब्रजेश और नन्ही चुप रहते हैं, सुनते हैं तो उनका पीछा चलता रहता है। रोज के हो-हल्ला से बचने के लिए उसने किनारा ही कर लिया है

अपना। गाँव जाकर रहता है। चाची जो बनाकर खिला देती हैं उसी से पेट भर लेता है और खेती-बाड़ी के सारे काम भी करवा लेता है। अकेला ही गाँव में पड़ा रहता है तब भी उसे सन्तुष्टि होती है कि कम-से-कम मानसिक क्लेश तो नहीं होगा। अपनी जान तो छूट जाती है लेकिन नन्ही को तो वह वहाँ ऐसे छोड़ जाता है जैसे गाय किसी कसाई के यहाँ बाँध दी जाए। खाना-पीना, घर का चौका-बर्तन, बच्चे का साथ और रात-विरात को ससुर का हो-हल्ला। मुहल्ले-भर में चर्चा होती है उनके घर की। महिलाओं में खुसर-पुसर होती है। पड़ोस की राजवती ने तो नन्ही के कानों में यहाँ तक फूँक मारी थी कि उसके लिए क्या धरा है यहाँ, अपने खसम के साथ क्यों नहीं रहती, रूखा-सूखा खा ले पर....छी...छी...ऐसा तो खसम भी अपनी लुगाई को नहीं कहता और तू है कि...सुनकर नन्ही ने बहुत गहरा मौन ओढ़ लिया था किन्तु वह भीतर-ही-भीतर बिन जल की मछली-सी छटपटाहट से गुजरती। मन में ब्रजेश के स्वभाव पर आक्रोश पनपने लगता। ऐसे दब्बूपन में क्या रखा है, रोज-रोज के जूते खाने अपने ही भाग में हैं....देवरों को तो कुछ नहीं कहते और हमें....पीहर जाकर रह लूँगी। ऐसे खाने से तो गू खाना....टप-टपकर आँसू बहने लगते हैं उसकी आँखों से, जिन्हें वह अकेलेपन के साथ पी जाती।

ब्रजेश तो बिल्कुल बेजान-सा पड़ जाता है। आखिर दु:ख हमें ही ढोना है? अनुत्तरित-सा वह उसका चेहरा ताकता रह जाता है, कभी एकाएक झुंझला पड़ता है या फिर मौन ही ओढ़ लेता है वह। बाहर से तो वह कुछ-न-कुछ कह भी देता है लेकिन भीतर-ही-भीतर की अपनी टूटन की विवशता को वह अच्छी तरह जानता है। कोई भय है जो उसे विवशता की खूँटी से बाँधकर रख देता है। पापा के सामने होते ही वह संज्ञाविहीन-सा हो जाता है। बिल्कुल दब्बू है वह, मन से स्वीकारते हुए वह नहीं हिचकिचाता।

बड़े से छोटे यानि मँझले बेटे उमेश का विवाह भी हो गया है। उसकी बहू और वह भी नन्ही के साथ रहते हैं। सुमेरा उनके लिए तो कुछ नहीं कहता। उसके पीने के बाद गाली-गलौज की प्रताड़ना से वे मुक्त रहते हैं। सबसे छोटा अतेश तो आराम से खा-पीकर मौज करता है। कॉलेज चला जाता है और देर-सबेर तक दोस्तों के साथ मौज-मस्ती करता है। उमेश और उसकी बहू

जब भी सुमेरा कुछ बकता है, आराम से अपने कमरे में लेट जाते हैं।

....वह बैठा चाय की चुस्कियाँ लेता हुआ कल्लो से भी बतियाता रहा। खाना-पीना होगा फिर...पापा पीकर आ गए तो...गाली-गलौज....वे अपने कमरे में सो रहे होंगे और सुमेरा नशे में धुत कमरे की किवाड़ पीट रहा होगा–''साला धँस गया लुगाई के पास, कमीन बच्चे पैदा करेगा....'' और न जाने कितनी गन्दी बातें बकता कि...सुनकर उनके कान पकने लगते। ब्रजेश को वह कितनी ही बार हाथ पकड़कर घर से बाहर निकाल चुका है। तब वह बेचारा बाहर निकलकर इधर-उधर कहीं भी पूरी रात काट लेता और नन्ही उसकी चिन्ता में सारी रात करवट बदलती हुई काट देती। ऐसा ही हुआ! सुमेरा पीकर आया था। वह कमरे में रजाई ओढ़कर ठंड को जैसे बुरी तरह दबोच रहा था। सुमेरा ने आते ही उसकी रजाई एक ओर फेंकी और उसे कमरे से बाहर कर दिया। कड़ाके की ठंड में शरीर पर केवल कमीज-पतलून में वह बुरी तरह कँपकँपा रहा था। दाँत किटकिटा रहे थे। जीने की थोड़ी-सी खाली जगह पर वह पसर गया था। ठंड के निर्मम चाबुक रात-भर उसके शरीर पर पड़ते रहे लेकिन वह था कि जैसे सहनशीलता की परीक्षा दे रहा हो। यह कोई नई बात नहीं थी उसके लिए, ऐसा तो कई बार हो चुका है। वे पति-पत्नी बिस्तर उठाए फिरते हैं और देवर-देवरानी आराम से सोते हैं। ''अपने-अपने भाग हैं'' नन्ही लम्बी साँस छोड़ती।

'कब तक चलेगा ये सब?' वह अपने आप ही जैसे किसी ब्यूह में फँसने लगती। ब्रजेश को कितना कहती है लेकिन वह तो बाहर-भीतर से कुछ भी बदलाव नहीं लाता अपने आप में, और नन्ही है कि....रात-रात जागकर दुर्बल हो गई है, आँखें भीतर की ओर धँस रही हैं, शरीर में दुखन होती है। अभी उम्र ही क्या है उसकी, मुश्किल से बीस-इक्कीस के आसपास होगी। गाँव से ब्रजेश उसकी राजी-खुशी लेने आता है तो उसके चेहरे पर एक पल को खुशी तैरने लगती है लेकिन दूसरे ही पल उसका चेहरा बिल्कुल फीका पड़ने लगता है। रात्रि का घटनाक्रम काँटों-सी चुभन देने लगता है और वह अपना दिल मसोसकर रह जाती है। आज वे कल्लो को लेकर ही खुली छत में बिस्तर डालकर लेट गए थे। ठंड में शरीर की अकड़न उस समय बढ़ जाती जब रजाई

के किसी छोर को भेदती हुई हवा भीतर को घुसती। ठंड की कँपकँपी में नींद वैसे भी आने का नाम नहीं ले रही थी। रात-भर वे बिस्तर में लेटे-लेटे करवट बदलते रहे। कल्लो रोने लगी तो नन्ही ने उसे अपने सीने से चिपका लिया था। ठंड लग रही होगी बेचारी कही, रो न पड़े। आँगन में नशे में धुत्त सुमेरा अब भी बराबर बड़बड़ाता जा रहा था-''भाग गए खसम-लुगाई, सबेरे बताऊँगा।'' उसके शब्द पति-पत्नी दोनों के कानों में पड़ रहे थे।

रह-रहकर उनके कानों में सुमेरा के शब्द जैसे विष घोलने लगते। भय और संशय से त्रस्त मन सुबह की प्रतीक्षा करने लगे थे। ''कुछ-न-कुछ तो कदम उठाना ही पड़ेगा, ऐसा कब तक चलता रहेगा, कब तक हम अपना घर छोड़कर इधर-उधर भागेंगे। बाप ने जन्मा है तो हक देना भी सीखे....जिसने जन्म दिया उससे भला डर कैसा? सुबह खुलकर बात क्यों नहीं कर लेते।'' नन्ही आवेग में बहुत कुछ कह गई थी जो उसके मन में पक रहा था, बहुत दिनों से। ''हाँ, कर लूँगा सबेरे बात'' उसने मन्द स्वर में कहा फिर वह अपने आप में ही गुत्थगुत्था करने लगा-'हाँ, सबेरे बात कर लेगा वह पापा से, साफ-साफ बोल देगा कि...' आगे वह अपने ही भीतर के स्याह भय से त्रस्त होने लगता। 'ऐसा दब्बूपन उसके किस काम का? कब तक दब्बू बना रहेगा वह? समय पल-पल निकलता जाएगा और उसका जीवन....पिता के आगे नतमस्तक होना दब्बूपन नहीं लेकिन वे तो अतिक्रमण करते हैं उसकी सीमाओं का। वह दब्बू नहीं तो क्या है? दब्बू! दब्बू!! दब्बू!!!' उसके मुँह से फूटने लगा और वह अपना चेहरा दोनों हाथों के बीच छुपाकर बहुत देर तक गुमसुम बैठा रहा। ठंड लगातार बढ़ती जा रही थी। आसमान में चन्द्रमा अपना सफर तय करता हुआ उसके एक छोर में पहुँच चुका था।

●●

विदा, माँ !

गाँव के लिए यह समय विपत्तियों का था। वे काले बादलों के झुण्ड की तरह मँडरा रही थीं। लोगों के चेहरे भय व परेशानी से फीके पड़े थे। पहले जब भी गाँव में कोई बीमार होता, सबकी निद्रा में ढेले पड़ जाते लेकिन इस बार की बीमारी ने तो जैसे सबके होश ही उड़ा दिए थे।

सबसे पहले कंचनू के घर बीमारी ने द्वार खटखटाया तब सारे लोगों ने बारी-बारी से पूछताछ की, बैठे। हुक्का, चाय-पानी पिया। दो दिन के उल्टी-दस्त ने कंचनू की जान ले ली। उसकी घरवाली व बच्चों ने भी खाट पकड़ ली। बिगड़ती दशा देख उन्हें दिखाने डॉक्टर को बुला लाए। दवा गोली के साथ-साथ उन्हें कई बोतलें चढ़ीं तब कहीं उनकी हालत सुधरी।

बात यहीं खत्म हो जाती तो स्थिति पर कोई फर्क नहीं पड़ता लेकिन अगले ही दिन दो-चार और लोग उल्टी-दस्त की चपेट में आ गए। फिर वही डॉक्टर, दवा, गोली, इंजेक्शन, सलाइन की बोतलें। डॉक्टर ने कुछ लोगों को एक कोने में ले जाकर धीमे स्वर में इस बात का खुलासा कर डाला कि हैजे के लक्षण हैं, सावधानी व उपचार की जरूरत है। आपसी खुसर-पुसर के बाद बात साफ हो चुकी थी कि कंचनू को हैजा ही हुआ था।

हैजे की बात सुनकर घर-घर में आतंक की-सी स्थिति बनने लगी। 'हे भगवान! यह क्या हुआ?' कोई कहता 'नागराजा रुष्ट हुआ' कोई बोलता

'पेड़ों की थात नहीं उपड़ी' कोई अपने इष्ट देवता की कुदृष्टि बताता कोई वणकियों की। कितने ही सालों से नाम नहीं सुना था इस महामारी का। रह-रहकर लोगों के मन में घर किया हुआ भय उन्हें बुरी तरह खाने लगता।

आरम्भ में आपसी पूछताछ चलती रही किन्तु शनैः-शनैः हैजे के भय ने सबके अन्तर्मन को जैसे संकुचित कर दिया। परिवारों के बीच दूरियाँ बढ़ने लगीं। सबका सोचना बस यही था कि बीमारी की पकड़ में जो आ पड़ा, सो आ पड़ा, बाकी जो बच सके तो अच्छा है। चर्चाएँ गर्म होने लगीं। आस-पास के गाँवों तक खबर पहुँच गई। दस्त से बेहाल लोग बाहर खाले की ओर दौड़-भाग करने लगे लेकिन जब हालत बिगड़ती गई तो घर के गली-गुज्यारों में ही बैठने लगे और स्थिति यहाँ तक आ पड़ी कि बरांडे भी टट्टीखाने होने लगे। शर्म की सीमा स्वयं ही लाँघने लगी। जब जान ही जोखिम में हो, शरीर जीर्ण हो रहा हो तब कैसी शर्म! उल्टी की उक्-उक् होती रही।

कई जनों के बड़े परिवार की मुश्किलें इस समय कुछ आसान थीं लेकिन इकलासे परिवारों की स्थिति पानी हो रही थी। बड़ा परिवार दुःख की घड़ी में सौभाग्य की राह बनता है और छोटे परिवार की दशा दयनीय हो जाती है, कौन दवा-दारू लेने जाए, कौन मवेशी को न्यार-पानी दे।

दुर्गंध की तरह फैली अफवाहों ने लोगों के तन-मन पर विवशताओं कड़े पहरे लगा दिए। 'जान है तो जहान है' 'जान बची तो लाखों पाए' जैसी बातें उनकी जुबान पर थीं। परन्तु अपनों से मोह की डोर दूर भी तो नहीं भागने देती। कई बीमारों ने बिस्तर पर पड़े-पड़े जीवन की आस छोड़ दी थी, स्वस्थ काया मलिन हो रही थीं।

दुःख की घड़ी में आसपास के गाँवों के लोग व रिश्तेदार आकर अपनत्व व सहानुभूति की पूँजी को बाँट जाते, परन्तु इस बार हैजे में हुई मौतों के कारण किसी का भी रुख गाँव की ओर नहीं हुआ। निकटस्थों ने अपनों की सुध लेने की जहमत नहीं उठाई। मन में उपजा भय और भय से उपजी विवशता इसमें बाधक बनी। वैसे एक गाँव दूसरे गाँव के घटनाक्रम से अनभिज्ञ नहीं था, बातों के विकिरण का यह रहस्यमय-माध्यम गहन है। गाँव, कस्बे की छोटी-बड़ी दूकानें, अस्पताल, चाय के खोखे इसमें अहम् भूमिका अदा करते हैं।

'रोपणी' से निबटते ही झुमका जितनी थकान महसूस कर रही थी उससे कहीं अधिक उत्साहित भी थी भीतर-ही-भीतर, उम्र के पचास बसन्त पार कर लेने के बाद वह चेहरे से पैंतीस-चालीस की लगती। सुन्दर नैन नक्श, खिचड़ी काले-सफेद बाल। कुरती, घाघरा ऊपर से काली सदरी और सिर पर रंग-बिरंगा साफा उसपर खूब फबता। उसके चेहरे पर तैरती मुस्कान में वह सम्मोहन था जो किसी भी मन की थकान को हवा कर देता।

झुमका के सिर पति की आकस्मिक मौत का जो जिम्मेदारी का बोझ पड़ा था उसने वह बखूबी निभाया। ढेर सारे दु:ख झेलती हुई वह अपने नीड़ का संवरण करती रही। पितृ-विहीन बच्चों के लिए बरगद का पेड़ बनी। आज उसके तीनों बेटों का विवाह हो चुका है। सबसे छोटे को छोड़कर दोनों के बच्चे भी हैं, बड़ी बेटी दुलारी का घर बसे भी कई साल बीत गए हैं। उसके भी दो बच्चे हैं यानि झुमका नानी भी बन चुकी है और दादी भी। बड़ी-बूढ़ी बनने के साथ ही उसका मन अन्तर्गर्व से आकाश होने लगता। पिछले जाड़ों में छोटी बेटी का विवाह हो जाने पर वह अपने आपको और भी हल्का महसूस कर रही थी। वह घर में 'सयाणी' बनी हँसी-खुशी समय बिताती बेचिन्त-सी। जो मिला खा लिया जो सिला पहन लिया, जीवन की कोई बड़ी इच्छा बाकी नहीं रह गई थी।

''ले सँभाल घर की ताली-कुंजी!'' एक दिन वह चाबियों का गुच्छा बड़ी बहू के सामने फेंकती हुई बोली। बहू ना-नुकूर करने लगी किन्तु सास के दबदबे के सामने उसे हथियार डालने पड़े। चाबियों का गुच्छा उसी के जिम्मे आ गया।

'' कोई 'धाण' न मिले तो पूछ लेना।'' झुमका ने साथ-ही-साथ अपना स्नेह भी बहू पर बरसाया। तब बहू को लगा जैसे सास ने काफ़ी जिम्मेदारी अपने कन्धों पर वापस ले ली है।

बेटे-बहुओं की श्रम-साधना और झुमका की सूझ-बूझ से जहाजरूपी घर बेउलझन चलने लगा। कहीं कुछ रोड़ा अटका तो लगन ने उसे भी दूर कर दिया। एकाध बार बड़ी व बीच की बहू के बीच कुछ खट-पट भी हुई किन्तु झुमका के अनुभव के आगे उन्हें एका करनी ही पड़ी। बहुएँ जानती थीं, सास

उनके मन की थाह आसानी से ले लेती है फिर वे सास के दिल को कोई ठेस नहीं पहुँचान चाहती थीं, समय का पंछी उड़ता जाता।

झुमका अब या तो नाती-नातिनों को लेकर बैठ जाती, उन्हें सुलाने की चेष्टा में लोरियों गाने लगती–

"सुती जा सुती दूध्या का पौना ...." या फिर उनके दोनों हाथ पकड़कर उन्हें पैरों पर खड़ा कर लोकगीत गाना शुरू कर देती–"घुर घुघुते घुघुते रांडा घुघती घुर घुघुते रांडा ..." मन होता तो खेती-बॉड़ी के काम में ही लग जाती। घास, सोतर, लकड़ी लेने जंगल को चली जाती, घर से बाहर काम करते हुए भी उसका मन खूब लगता। रात को वह योजना बनाती और सुबह उसे अंजाम दिया जाता।

जेठ की धूप की तपन से वातावरण में बदलाव आया। हरे-भरे पेड़ों की छाँव व स्रोत का ठंडा पानी कलेजे को ठंडक देने लगा। गेहूँ की फसल को काटकर उसके फूलों का बोझ बनाकर घर पहुँचाने की होड़ लग गई। कड़कती धूप, पीठ पर भारी-भरकम बोझ! चेहरे पर पसीने की बूँदें मोतियों की तरह उभरतीं और उन्हीं में शरीर ही जैसे नहाने लगता। आँगनों में गेहूँ की दाईं निकलती, औरतें गेहूँ की इकट्ठी 'रास' को सूपों से पूनकर साफ करतीं और उसे सुखाने के बाद कोठार में रख दिया जाता।

आषाढ़ के पैर रखते ही सबकी इच्छा होती कि समय से रोपणी की शुरुआत हो, बाकी ईश्वर की कृपा! इन्द्रदेव की कृपा करने पर बारिश हो और बगैर परेशानी के रोपणी लग जाए वरना एक-एक खेत को पानी से लबालब करने के लिए पानी को लेकर भगीरथ प्रयास करने पड़ते हैं तब कहीं 'बिजाड़' उपड़ेगी, हल-मौ चलेगा और रोपने के लिए खेत तैयार होगा।

आषाढ़ का महीना आया। इन्द्रदेव की कृपा हुई। कुछ लोगों की आपसी जुगत भी रही कि रोपणी उत्साह से होने लगी, दुपहरी में रोपे खेतों में सूरज की किरणें पड़तीं तो वे दर्पण हो जाते। उनकी चौंध से आँखें चौंधियाने लगतीं। लगता, सूर्यदेव अपना चेहरा ही देख रहे हैं दर्पण में।

रोपणी निबटी और वह सारे परिवार के साथ अपने आपको बेहद तनावमुक्त व हल्का महसूसने लगी। कुछ लोग अब भी रोपणी में लगे थे। एक-एक दो-दो कर लोगों को रोपणी से निजात मिलने लगी थी तभी

एकाएक बीमारी के कुचक्र ने गाँव को घेर लिया।

झुमका के पेट में उस दिन हल्का-सा दर्द उठा, एकाध बार दिशा मैदान गई और यही स्थिति अगली सुबह तक लगातार बिगड़ती गई। आभामय चेहरा फीका व निस्तेज पड़ता गया। रात को ही जयसिंह डॉक्टर को लेने गया लेकिन दुर्भाग्य! वह नहीं मिला। पास के ही गाँव गया था किसी मरीज को देखने, उसे थोड़ी-बहुत गोलियाँ लेकर लौटना पड़ा। तब तक घर के लोग उसकी राह देखते रहे थे। दरवाजे की ओर बार-बार निहारती झुमका को कुछ आशा थी कि डॉक्टर के आने पर उसमें जीवन बसेगा वरना वह तो बिल्कुल निर्जीव होकर जीवन की आस तोड़ चुकी थी।

''डॉक्टर न आया ?'' मँझला बेटा संशय उगलता हुआ पूछने लगा। बाकी उसका चेहरा ताक रहे थे।

''न, वह रोली गया है किसी मरीज को देखने।'' रुँधे गले से मंगल्या का जबाव था। माँ को जैसे उसी की प्रतीक्षा थी। धीरे-धीरे उनकी पुतलियाँ भारी पड़ने लगीं।

''तू घबरा मत माँ, धीरज धर, सबेरे तक डॉक्टर आ जाएगा, मैं बाट चलाई भी दे आया।'' माँ की बिगड़ती दशा का जायजा लेते-लेते जयसिंह कँपकँपाते स्वर में उन्हें ढाढ़स देने लगा।

''अब न बचूँगी...जयसिंह! देख, घर की जुमेवारी तेरे पर है।'' झुमका के स्वर में इस समय तेज था और शक्ति भी। मरन्रे से पहले इंसान के साथ कोई-न-कोई शक्ति अवश्य हो लेती है तभी वह निर्भय होकर अपने जाने की बात कह जाता है या यूँ भी होता होगा कि यह शक्ति भय से ही उपजती होगी। कुछ ही देर में उसका सर एक ओर लुढ़क गया। घर की सयाणी की मौत हो गई, सभी के चेहरों पर करुणा-विषाद तैरने लगा। मौत की आशंका की धुएँ की तरह छाई पर्त सामने थी। रात-भर घर में रोना-धोना रहा लेकिन अपना कोई सगा-सम्बन्धी उनकी सुध लेने वाला नहीं आया।

सुबह लोग उनके घर में जमा होने लगे परन्तु बरांडे में आकर किसी ने झुमका के शरीर का स्पर्श नहीं किया, उसे गले नहीं लगाया न उसके पैर छुए। बस, घर के 'चौक' में बैठकर सांत्वना बाँटने का प्रपंच करते रहे। हैजे में

झुमका की मौत उनके लिए अपशकुन जैसा था। घर के आसपास अजीब तरह की चुप्पी थी।

''बौत बुरा हुआ।'' चौक में जमा पुरुषों की टोली के बीच से कभी गाँव के सरपंच रहे नौनिहाल बोल पड़े। सिर झुकाकर गालों पर हाथ धरे तीनों बेटे वहीं बैठे थे।

''जो हुआ सो हुआ, अब बाड़ाई (बढ़ई) बुलाकर डोली बना लो, गति आज करोगे या कल,'' जगतसिंह उनकी ओर रुख करता हुआ बोला, वे तीनों अब भी निरुत्तर थे, जैसे जड़ हो गई थी उनकी बुद्धि।

''कैसी डोली ? इस महामारी में गति (अन्तिम संस्कार) कहाँ होगी ? पचगाँव वाले अपने गाँव के बीच से 'मुरदा' (शव) कहाँ ले जाने देंगे ?'' पंडित महानन्द ने प्रश्नों की ही जैसी बौछार कर दी थी। वे क्या कहना चाहते हैं, सबका दिमाग अपनी-अपनी ढंग से सोच को दिशा दे रहा था। गाँव की व्यवस्था के ठेकेदार अपनी-अपनी बात व तर्कों के द्वारा एक दबाव पैदा कर रहे थे।

बहुओं के कानों पर भी ऐसी फूँक पड़ी कि उन्होंने न सास के शरीर को नहलाया, न नए कपड़े-गहने पहनाए और न ही सजाया-सँवारा। उसके लिए डोली नहीं बनवाई गई। जुमरिया नहीं आए। बस, लकड़ी का खटोला बनाकर गाँव के पीछे की ओर बहने वाले खाले में ले गए। महिलाओं ने उससे लिपटकर रोना-चिल्लाना नहीं किया। एक बड़े पत्थर की ओट में उसका शरीर दबा दिया गया, हिन्दू संस्कार के विपरीत! नम आँखों से बेटों ने अपनी माँ को विदाई दी। खामोश विदाई।

खोखली व बेढंग बातों और सामाजिक दबाव में सारा घर ही जैसे गूँगा-बहरा हो गया था, लगता था जैसे उनका अपनत्व झुमका के साथ ही मर गया। माँ की मौत के साथ ही महामारी के भय से भीरु बने उसके बेटों का मानान्त हो चुका था। अफसोस, जिस माँ की कोख ने उन्हें नौ-नौ महीने तक ढोया, जन्म दिया, अभावग्रस्तता के बीच पाला-पोषा, अपना दूध पिलाया वही पराई हो गई। उन्हें बात कचोटती कि उनकी आत्मा पर कोई-न-कोई बोझ जरूर है।

किसी के मरने पर उसकी चिता को एक लकड़ी देना गाँव के लोग अपना धर्म समझते हैं लेकिन गाँव के इन्हीं लोगों ने कुरीति ग्रस्त होकर बेटों को उनकी माँ को चिताग्नि देने से रोका। अब उन्हीं की उँगलियाँ उन पर उठने लगीं।

सरकारी इंतजाम की लोगों व अथक कोशिशों के बाद हैजे पर काबू पा लिया गया परन्तु कुछेक अभागों को जीवन गँवाना ही पड़ा। सरकारी व गैर-सरकारी तन्त्र के समझाने-बुझाने पर गाँव में बात साफ हो गई कि हैजा कोई प्रकोप नहीं है, बस, बीमारी है जो कुछ असावधानियों की वजह से फैल सकती है।

शोक संतप्त परिवार में माँ नहीं है लेकिन उनके कानों में लगता है वह आज भी वही बात कह रही है-'जीते जी जो बने सेवा कर लो, प्राण निकलने पर रोने-चिल्लाने, सर फोड़ने से कुछ नहीं होता; तेरवीं, बर्सेंडी हरिद्वार सब ढोंग है' उनका कहा सच हुआ। वे अपने साथ ही सारे लोगों के बदले के दु:ख-दर्द भी ले गईं।

''उनका आशीर्वाद रहा।'' रोती-सिसकती छोटी बहू बोली थी तभी सारे लोगों की आँखें भरने लगीं मगर कोई भी उस स्थिति में एक-दूसरे से नजर नहीं मिला पा रहा था।

काश! लोकभय व आत्मरक्षा की चिन्ता को दर-किनार करके उन्होंने स्वयं ही निर्णय ले लिया होता तो उनकी आत्मा पर आज यह बोझ न होता। और न ही समाज की कुत्सित मनोवृत्ति का शिकार उन्हें होना पड़ता।

''भगवान, माँ की आत्मा को शान्ति दे और हमारे बुरे के वास्ते हमें माफ करे।'' बड़े बेटे ने सबके बदले ईश्वर से क्षमा-याचना की। तभी गाँव के किसी घर से रोने-चिल्लाने की आवाज उनके कानों में पड़ी।

''अतरी चाची बीमार थी शायद वही चल बसी।'' कँपकँपाती आवाज में वह बोला और माँ के अन्तिम दर्शन का चित्र उनकी आँखों के सामने घूमने लगा। रात पहले से अधिक स्याह होती जा रही थी।

●●

बंधन

करीब एक साल बीत गया है उसे गाँव न गए हुए। उसका सभी कुछ गाँव में है। जमीन-जायदाद, घर-बार, बीवी-बच्चे और बाप। तब भी उसे लगता है कि वहाँ कोई भी तो नहीं है उसका। हर महीने अपनी तनख्वाह का ज्यादा हिस्सा गाँव को मनीऑर्डर कर देता है। वहाँ से तुड़ी-मुड़ी लिखावट में बच्चों की चिट्ठियाँ आती है, जिन्हें पढ़कर उसके मन का वीरान कोना आबाद होने लगता है। लेकिन सारी मानसिकता समय आने पर धरी-की-धरी रह जाती है।

बा का जिक्र आते ही यादों की केंचुली मन से जुड़ने लगती है। सारे शरीर में जैसे छिपकलियाँ दौड़ लगाना आरम्भ कर देती हैं। बा ने ही तो खानदान की नाक को पत्थर कर डाला। 'पच्च' थूक की पिचकारी पान की पीक की तरह उसके मुँह से जमीन पर गिरती है। बा की वजह से अपना घर उसके लिए परदेश बन गया और अपने बाल-बच्चे बिराने हो गए हैं, कसूरवार कौन है। आज भी चेहरे पानी में उठी तरंगों की तरह बनते-बिगड़ते हैं।

ब्याह के बाद अपनी ब्याहता को वह बा की सेवा के लिए घर ही छोड़ गया। माँ नहीं रही। उसे नौकरी करनी है और बा अकेले रह गए तो उनकी उम्र का पल-पल अकेले में उन्हें काटने दौड़ेगा। अपने अकेलेपन के साथ बा की पीड़ा व अन्त उसके लिए असह्य था, यही सब सोचकर वह गायत्री

को गाँव छोड़ आया था।

शारीरिक संसर्ग की परिणति हो या सुफल, पाँच-सात साल में ही तीन बच्चों के जन्म की खबरों ने उसके मन में बलबती हुई आकांक्षाओं पर विराम लगा दिया था। दो लड़के, सबसे छोटी लड़की। गायत्री खेत जाती, जंगल जाती। खेत गोड़ती, फसल काटती। जंगल जाकर लकड़ी, सोतर लाती। गाँव की औरतों के साथ काम करने जाती। बदले में उनके घर के मर्दों से मर्दाना काम करवा लेती। ''हयाद'' हरी लकड़ी बनाने तक के लिए उसे दूसरों का मुँह ताकना पड़ता।

बच्चे 'बूढ़ा' दादा की गोद में बैठकर धमाचौकड़ी मचाते। बाण पर लगी ककड़ियों की तरह उनके सिर, कन्धे पर झूलते। तब बूढ़ा का मन नाती-नातिन को देखकर बाँज का घना पेड़ होने लगता। छज्जे पर बैठकर फाल्गुन के 'घाम' (धूप) का आनन्द अपने ही ढंग का होता। हरी पालक, धनिया, बुराँस कटा-घुटा नमक-मिर्च मिला मोथ्यार। मुँह में पहले ही पानी आने लगता। बच्चे डांडे से हयूँ (बर्फ) लाकर गायत्री को देते तो वह बड़े मन से स्टील की कुंडेली (परात) में उसमें नमक-मिर्च मिलाकर चूलड़ी के साथ ऐसा चटपटा बनाती कि बच्चे चटखारे लेकर खाते। एक करछी...दो करछी...तीन करछी...। बुराँस के सूखे पत्तों से मोथे यूँ खाने का मजा ही कुछ और होता। बूढ़ा अपने पोपले मुँह में ह्यूँ धँसाते हुए दसियों बार बहू की तारीफ किए बिना न रहते।

बच्चों और बूढ़ों की मनोवृत्ति कहीं-कहीं एक-सी होती है। वह जब भी ड्यूटी से गाँव लौटता, बच्चों के लिए बिस्कुट, लमनचूस रखना न भूलता और बा के लिए एक अद्धा पक्की शराब साथ में नमकीन जैसी कुछ 'ठुंगार'। रह जाते वे पति-पत्नी। घरवाली के लिए कभी वह धोती, सदरी, कभी सिर पर ओढ़ने का साफा, गले की माला, कान के टॉप्स लाता। उन्हें पहनकर वह चपलता से पनघट, खेत, जंगल जाती और जब तक वह चार-छः औरतें देख पूछ न लेतीं, उसे चैन न पड़ता। महिलाओं का एक गुण यह भी है कि अपने लिए प्यार से जुटी एक-एक चीज दूसरों को दिखाते हुए असीम सुख मिलता है।

माँ के मरने के बाद बा की शराब पीने की आदत धीरे-धीरे बूँद का घड़ा बनती गई। गाँव के दरवालों (शराबियों) के साथ सुबह, दोपहर, शाम, जब भी मौका मिलता, जमकर पीना होता। रात अबेर लड़खड़ाते कदमों के साथ उनकी वापसी होती। बच्चे बूढ़े को टोकते लेकिन उनके कान पर जूँ तक न रेंगती। एक दिन गायत्री ने उन्हें समझाया तो चुपचाप सुनते रहे। तीन दिन तक नहीं पी, न ही घर से बाहर गए। अपने छज्जे से लगे बरांडे में बैठकर तकली पर ऊन कातते रहे।

अभ्यस्तता किसी बंधन को आसानी से नहीं स्वीकारती। वे अधिक दिन घर पर नहीं रुक सके। दरवालों के साथ शराब पी आए। ''खोल द्वार।'' उन्होंने किवाड़ पीटे। गायत्री के मन में आया कि वह किवाड़ न खोले। रहने दे सारी रात बाहर ठिठुरते जाड़े में। नशा खुद उतर जाएगा। सबेरे तक पता चलेगा जब ठंड के मारे सिकुड़ जाएँगे। फिर उसे उनकी अवस्था और नारी के सेवापरायण होने का ख्याल आया। उसने उठकर कुंडी खोली तो वे उसी पर आ गिरे, ''हे भगवान! ये कैसा अनर्थ हुआ, ससुर पर ब्वारी (बहू) का छूँ'' उसके मुँह से बुदबुदाहट फूटी और वह उन्हें खड़ा करने की कोशिश में छोड़कर एक ओर हो गई।

''चल, खाना खिला।'' वे हठी बच्चे की तरह जिद करके बोले थे। अपने सिर का साफा व कमर की गातर सँभालती हुई वह चूल्हे की ओर बढ़ी। लकड़ी जलाई और चूल्हे पर रखा खाना गर्म करने लगी। बच्चे सो रहे थे।

''ससुरजी, इतनी रात तक कहाँ रहते हैं। घर अकेली औरत हूँ ...''

''मैं कहीं बाहर थोड़े गया था, यहीं तो था गाँव में।'' ससुर ने ब्वारी के सामने तर्क रखा।

थाली में परोसे खाने को बेदर्दी से वे मुँह में ठोंसते जा रहे थे!

''आधी रात घर आना ठीक नहीं'' वह दबाव बनाने लगी तो ससुर की त्यौरियाँ चढ़ने लगीं। मारे गुस्से के उनका शरीर काँपने लगा।

''आधी रात घर आऊँ या सवेरे, मेरी मरजी, मेरा घर है किसी के बाप का नहीं है।'' वे अपनी पराकाष्ठा को स्वयं ही तोड़ते जा रहे थे। उनके शब्द शराब से कहीं अधिक कड़वे थे।

"किसी के बाप की नहीं पीता, अपने बेटे की कमाई की पीता हूँ।" वे यह सब इस गरज से कह रहे थे कि गायत्री उनके जीवन में कोई दखल न दे सके।

"पीते अपने बेटे की कमाई की हैं। पर ..."

"पर क्या, सब जानता हूँ तेरे करतब भी..." उन्होंने उसके चरित्र को ही लांक्षित करना शुरू कर दिया। सुनते ही गायत्री का शरीर ही टूटने लगा था। उसे लगा कि नीड़ का निरीह पंछी निर्मम शिकारी के पिंजरे में फँसा फड़फड़ा रहा है। उसके पंख कुतरे जा रहे हैं।

गाँव में ससुर-बहू के चाल-चलन को लेकर कुचर्चाएँ गर्म होने लगीं। शब्द भाप बनते गए। शराब के नशे में धुत्त ससुर रात को किवाड़ पीटते हुए गाली-गलौज करते। किवाड़ खुलते और फिर उसके साथ बन्द होने के साथ ही बाहर की ओर छिटका हुआ अँधेरा भीतर की ओर ही सिमट जाता।

माघ के महीने की एक ठिठुरती रात को ससुर नशे की हालत में घर पहुँचे और गाली-गलौज करने लगे। ससुर-बहू की खूब तू-तड़ाक हुई। आक्रोशित गायत्री ने दाथुड़ी (दराँती) से खपाखप उनके सिर पर वार किए। रक्त बहने लगा। फिर वह बेहोश ससुर को गाँव के बीचोंबीच रास्ते में फेंक आई।

सुबह रक्त में नहाया ससुर का शरीर गाँव वालों ने देखा। खूब हो-हल्ला हुआ। कुछ देर में सारा गाँव एक हो गया। शरीर में प्राण बाकी थे। लोगों ने उसे जैसे-तैसे अस्पताल पहुँचाया। सच को झूठ का चेहरा पहनाया गया। बिरादरी में आपसी झगड़े का अच्छा-खासा नाटक खेलकर राजीनामा हुआ। पटवारी के डंडे, हवालात, कोर्ट-कचहरी के चक्कर और जेल की लंबी सजा से गायत्री बच गई। स्वस्थ होकर ससुर घर लौटे।

बा पर घरवाली के वार को लेकर उसका खून तपने लगा। उसका चेहरा लाल था। आँखें बाहर को निकलने लगीं, मुट्ठियाँ कसने लगीं। 'मैं इस डायन को मार डालूँगा!' उसने आवेश में निर्णय किया। गायत्री ने अपने चेहरे पर आँसू लुढ़काकर अपनी कथा-व्यथा सुनाई जो सच का ही पोस्टमार्टम थी। तब उसका आवेशित मन बा के लिए जहर का इंजेक्शन अथवा सल्फाश़ की गोली ढूँढ़ने लगा था। लेकिन मन के भीतर गाँव में सच्चाई पाने का संशय

उसके लिए बाधा होने लगा।

एक ओर जनक दूसरी ओर सहचरी। उसके दिल पर रिश्तों का बंधन कसता चला गया। जनक की परीक्षा नहीं ली जा सकती, वह धृष्टता है। सहचरी की अग्नि-परीक्षा में वट-वृक्ष के झुलसने का भय है। तब वह छाँव और सहचर के अभाव में पंगु हो जाएगा, तन-मन से। बाड़ खेत को खा गई या खेत बाड़ को, बात एक ही है।

बा के मरने तक गायत्री को गाँव रहना ही होगा, मुश्किल से तीन-चार साल। वरना गाँव के लोग क्या सोचेंगे। सोचते हुए अपने बच्चों की तस्वीरें खुली आँखों में बारी-बारी से उतारने लगता है, फिर गायत्री...बा... तब वह आँखें बन्द करता हुआ गहरी निद्रा में खोना चाहता है लेकिन नींद कोसों दूर भागती है।

●●

ठहराव के बाद

ससुराल से आज तीसरी बार फिर उसे लेने आए हैं इसलिए उसके चेहरे की चमक गायब हो गई है। इससे करीब एक महीने पहले...उससे पहले...उसे लेने आए थे लेकिन वह जाने को तैयार नहीं हुई। छः महीने पहले वह मायके आई थी और तब से अपने जाने का जिक्र उसने किसी से नहीं किया। जब बुलाने आए तो कह दिया कि वह नहीं जाना चाहती ससुराल, क्यों? इसका उत्तर आज तक नहीं दिया। माँ-बाबा उसकी मनोदशा को देखकर परेशान हो उठते हैं। वह उन्हें भी तो कुछ नहीं बताती कि वे कुछ सोचें, किसी नतीजे पर पहुँचे। माँ-बाबा ने उसके देवर से रात को ही कह दिया था कि बेटा, सबेरे अनु को लेकर चले जाना, यहाँ क्या रखा है। खाना खाने के बाद देवर सोने चला गया तो माँ के पास बैठकर वह जोर-जोर से रोने लगी थी। बाबा ने देखा तो पूछ बैठे–''अनु! तू क्यों रोने लगी?''

''मैं ससुराल नहीं जाऊँगी बाबा।'' उसने रोते-रोते कहा।

''लेकिन क्यों?'' बाबा को उसकी बात सुनकर हैरत भी हुई थी और दुःख भी। अभी ब्याह हुए कितने दिन हुए हैं और बेटी ससुराल जाने में कतरा रही है। बेटी बाप पर बहुत बड़ी बोझ होती है। वह उसे डोली में बिठाकर विदा करता है तो बहुत बड़ी तसल्ली उसके साथ होती है, साथ ही पुण्य पा जाने का-सा अहसास। इसके बाद बेटी मायके में रहे तो उससे दुःखद बात उसके

लिए और क्या हो सकती है। वे मन-ही-मन उलझन में पड़ गए थे।

''मैं ससुराल नहीं जाऊँगी।'' उनके कुछ कहने से पहले अनु ने रोते-रोते कहना शुरू कर दिया। उन्हें समझ नहीं आ रहा था क्या करें।

''लड़की का असली घर ससुराल ही होता है, बेटी। बाप का घर तो डोली में बैठते ही उसके लिए पराया हो जाता है, बाप के लिए बेटी उसी दिन मर जाती है।'' कहते-कहते उनका गला रुँध गया था।

''लेकिन मैं तो मरी नहीं, जिन्दा हूँ।''

''ऐसा न बोल बेटी, लेकिन बात तो बता तू क्यों नहीं जाना चाहती ?''

''कह दिया। नहीं जाना चाहती,'' उसका रोना जारी था। बाबा असमंजस में पड़ गए थे। उन्होंने चौके में बैठी पार्वती की ओर इशारा किया कि वही उसके हालचाल पूछे।

''बता न बेटी, तुझे वहाँ क्या कमी है ?'' माँ ने पूछा।

''कुछ नहीं।''

''तो फिर तू क्यों नहीं जाना चाहती ?''

''इसलिए कि ...'' वह जोर-जोर से सुबकने लगी थी।

''हाँ-हाँ, बोल न ...'' माँ आशान्वित स्वर में बोली। उसे विश्वास था कि अनु अपनी सारी व्यथा एक ही साँस में कह डालेगी लेकिन वह कुछ न बोली। बस, सुबकती रही और सुबकते-सुबकते थकी-सी मुद्रा में दीवार का सहारा लेकर बैठ गई। माँ बाबा का चेहरा ताक रहे थे और बाबा माँ का। दोनों हैरान थे, परेशान भी।

''अब जाकर सो जा, जैसी तेरी मर्जी।'' बाबा आगे कुछ नहीं बोले। वे जरूरत से ज्यादा सख्त हैं लेकिन जानते हैं कि मिट्टी के कच्चे बर्तन की तरह अपनी अनु से इस वक्त सख्ती बरतने में कोई फायदा नहीं। उनकी बात उसके मन में प्रतिकूल असर भी कर सकती है। बालमन जरूरत से ज्यादा वेगवान होता है और उच्छृंखल भी। कल्पना से परे की बात भी भयावह सच बन जाती है, जिसका दाग पीढ़ियों तक नहीं धुल पाता। अनु को उठती देख बाबा ने माँ की ओर इशारा किया।, ''क्यों, कहाँ जा रही हो अनु ?'' माँ ने पूछा।

''सोने।''

''आज यहीं सोएगी मेरे पास।'' वह कुछ नहीं बोली, उसके कदम ठहर गए। वह बिल्कुल लाटी लग रही थी। बाबा जाकर बिस्तर पर लेट गए। नींद नहीं आ रही थी। बेटी के भविष्य की चिन्ता उन्हें खाए जा रही थी। ससुराल ही बेटी का स्वर्ग होता है, उसे फलते-फूलते देखकर ही माँ-बाबा की आत्मा सुखी होती है। वह नर्क बनने लगे तो...कहते हैं आप घर या बाप घर। बेटी के लिए ससुराल बुरी हो तो मायके रहना ही है। वे बराबर सोच रहे थे लेकिन कुछ कारण भी तो होना चाहिए, उन्होंने अन्तिम बार सोचा।

इधर माँ सोच रही थी कि उसने अच्छा किया जो अनु को अकेले नहीं सोने दिया। आजकल की लड़कियाँ जरूरत से ज्यादा भावुक हैं। वे कल्पना की लहरों के साथ इस कदर बह जाती हैं कि अपना कीमती जीवन तक गँवाने में देर नहीं करतीं। अनु भी सोचते-सोचते कहीं गलत कदम न उठा ले। मुन्नी के फाँसी लगाकर मरने का किस्सा गाँव में अभी पुराना नहीं हुआ था। अनु तो उनके बुढ़ापे की एकमात्र लाठी है, उसके बिना तो...कल्पना करते ही एक सिंहरन उसके मन में उठती। अनु बस एक ही करवट लेती रही। नींद उसे भी नहीं आ रही थी।

अनु माँ-बाबा की दूसरी संतान है। बड़ा भाई दलवीर पढ़-लिखकर नौकरी करने पहाड़ छोड़कर दिल्ली गया तो वहीं का होकर रह गया। शादी की, घर बनाया और फिर गाँव की ओर अपना रुख आज तक नहीं किया। बस, कागज के टुकड़े चिट्ठी और मनीऑर्डर की शक्ल में उनके पास आते रहे। वह पराया हो गया। अनु उनके पास थी तो सारा स्नेह उसी पर चला गया।

सुबह होने के साथ ही चिड़ियों की चहचहाहट वातावरण में मृदुता घोलने लगी थी। ठंडी हवा तन को कँपकँपा देती। वे उठे और अपनी दिनचर्या को अन्जाम देने लगे। माँ ने उठकर चूल्हा-चौका साफ किया और अनु नाले से पानी भर लाई। चाय बनाकर माँ ने मंगल के सिरहाने पहुँचाई तो वह जाग गया। चाय पी फिर तरोताजा होकर घर चलने की तैयारी करने लगा।

''क्या विचार है बौ?'' उसने चौके में रोटी पकाती अनु से एकाएक पूछा।

''कुछ नहीं देवरजी, तुम चले जाओ, मैं नहीं आऊँगी।'' उसने सिर

झुकाकर कहा।

"तुम नहीं आओगी।" उसे जैसे झटका लगा था, "लेकिन क्यों ?" उसने अपनत्व के दबाव भरे स्वर में पूछा।

"ऐसे ही, कह देना अपने भैया से..."

"क्या कहूँ?"

"यही कि मैं नहीं आई।"

"भैया से! ये तुम क्या कह रही हो बौ, तुम्हें मालूम है वे कहाँ हैं ?" उसने भावुक होकर कहा।

"...हाँ, ड्यूटी पर होंगे।" .

"तो फिर उनसे क्या कहना, वे हमसे मीलों दूर हमारी खुशियों के लिए जीवन की आहुति दे रहे हैं और हम...वे सुनेंगे तो बेहद दुःख होगा।"

"जानती हूँ।"

"फिर..."

"मैं नहीं आऊँगी, मैं लाचार हूँ।"

"वो कौन-सी लाचारी है जिस कारण तुम अपने घर नहीं आ सकतीं?"

"नहीं बता सकती।" उसने कठोर होकर कहा।

"आखिर भैया, हमसे या माँ-पिताजी से ऐसी कौन-सी भूल हुई कि तुम... "

"भूल किसी से नहीं हुई, मैं ही कसूरवार... "

"लेकिन कौन-सा कसूर किया तुमने जो इतना कठोर निर्णय ले रही हो!" वह खीझकर बोला था।

"अपने भैया से पूछना।"

"वो तो कुछ भी कहकर नहीं गए बस बोले थे–अपना...अनु...सबका ख्याल करना।"

"कुछ भी हो, मैं नहीं आ सकती।" उसने जैसे अपना निर्णय सुना दिया था। मंगल को लगा जैसे भाभी ने उसका अनादर किया है।

"जैसी तुम्हारी इच्छा! चलता हूँ।" कहता हुआ वह भीतर से बरांडे में आया और वहाँ एक कोने में पड़े अपने जुराब-जूते पहनकर फीते बाँधने

लगा। अनु पीछे-पीछे आई और उसे देखकर बोली-- ''मंगल, तुम कहाँ?''

''घर जा रहा हूँ।'' उसने गुस्से में उत्तर दिया।

''खाना तो ...''

''भूख नहीं है'' कहकर उसने नमस्ते की मुद्रा में हाथ जोड़े और चलता बना। उसने देखा, वह बहुत दूर निकल गया है। 'देवी! मुझे माफ करना' उसने न जाने किस भवावेश में मन-ही-मन प्रार्थना की।

आज पूरे छ: महीने बाद... छ: महीने का समय कम नहीं होता, उसने सोचा और उदास होने लगी। एक मामूली से झगड़े के कारण उसने अपने पति से इतना बड़ा हठ करके अच्छा नहीं किया। उसके न जाने पर घर, बिरादरी, गाँव में कितना कुनाम हुआ। उसकी एक छोट-सी भूल ने अपना ही घर उजाड़ डाला। उसने सोचा था, सरदार उसे लेने आएगा, क्षमा-याचना करेगा फिर वह खुशी-खुशी साथ जाएगी। उसके भीतर इतने विषाक्त हठ ने कैसे जन्म ले लिया जो उसकी गृहस्थी की खुशी को ही निगलना चाहता है। राई का पहाड़ बन गया।

उस लाटी को इतना भी ख्याल नहीं रहा कि उसका पति एकाकीपन के थपेड़े खाकर उनके जीवन के लिए अपने पल-पल की बलि दे रहा है। आदमी के मन में हर समय स्त्री की इच्छा-अनिच्छाओं का ख्याल भी तो नहीं रह पाता। रोजी-रोटी और जीवन-संघर्ष के बीच उसे अपने आप तक की सुध नहीं रहती। नौकरी भी किसी सौत से कम नहीं होती, अनु को समझ आने लगी थी। वह अपने आप में शर्मिन्दा थी।

इस बीच वह बोझिल जीवन जीती रही। सब कुछ ठीक-ठाक होते हुए भी...सास, ससुर, जेठ, देवर, ननद...पति का प्यार होने पर भी वह अतृप्त जीवन काटती रही। वह जानती है कि उसने अकारण ही अपने जीवन को ठहराव दिया था। अब कभी ऐसा नहीं होगा, उसने मन-ही-मन अडिग फैसला कर लिया।

इसी बीच सरदार का पत्र आया—

अनु! तुम जो ठीक समझो, करो। परिवारजनों का अनादर करके तुमने अपना ही अनादर किया है। न आने का कारण समझ नहीं आया। परेशानी और

संघर्ष के थपेड़े खाकर मेरा जीवन भी जैसे पत्थर हो गया है। तुमने और भी बेजान कर दिया। मेरी भावनाओं को तुम समझ नहीं सकीं, खेद है।

बस, सुखी रहना।

सरदार

उसके हाथ काँपने लगे और वह अपनी सिसकियाँ न रोक सकी। पत्र उसके हाथ से जमीन पर गिर पड़ा। ''बाबा! अब मैं क्या करूँ?'' वह हतोत्साहित कातर स्वर में पूछने लगी।

''करना क्या, चलने की तैयारी कर लाटी। तुम्हारा असली घर सरदार है, उसकी इच्छा है।''

''माँ!'' कहती हुई वह माँ से लिपटकर रोने लगी।

अगले दिन वह माँ से विदा होकर चल पड़ी। उसकी आँखों में अनगिनत आँसू थे और मन में आने वाले कल के अनगिनत सपने। आप घर की महत्ता की बात उसके मन में घर कर गई थी। गाँव की महिलाएँ आज तक उसके ससुराल न जाने और फिर एकाएक चले जाने का कारण ढूँढ रही थीं। लेकिन वह तो जैसे उनकी समझ से परे था। सूरज की किरणें खुले आसमान से निकलकर धरती पर अपना प्रभाव बिखेरती जा रही थीं।

●●

गन्ध

ओबरे में मवेशी को न्यार-पात डालने के बाद वह बरांडे में आई। चूल्हे में लगी लकड़ियों को एक दूसरे से झाड़-ठोंक कर ठीक किया और आग की लौ व्यवस्थित होने लगी। उसकी रोशनी में उसका चेहरा रक्तिम होने लगा था। कुछ याद आने पर उसने भीत पर लगे तख्ते से लैम्प उठाकर उसे जलती लकड़ी से जलाया फिर वहीं रख दिया। इधर-उधर अपने पाँव पसारता अँधेरा सिमटने लगा था।

पतीली में पक रही दाल करछी में निकलकर उसने एक दाना हाथ से मसला, थोड़ा-सा पानी हथेली में लेकर चखने लगी। नमक ठीक था। तब उसने करछी के दूसरे छोर से लकड़ियों के बीच से अंगार पीछे की ओर निकालकर करछी में थोड़ा-सा तेल डाला फिर जीरा डालकर उसे भुनता हुआ देखने लगी। 'छस्स छस्स!' पतीली में करछी डूबी और कमरा भीनी गंध से घिर गया। फिर उसने पतीली सबसे अलग रखी। पानी का पतीला उसकी जगह। दाल-भात यानि खाना तैयार था। किसी बोझ के उतर जाने जैसा कोई एहसास उसे नहीं हो रहा था लेकिन नियतकर्म के निवृत्ति की संतुष्टि उसके साथ थी।

सब कुछ ठीक होने पर भी सरूली को लगा कि जैसे उसके भीतर कहीं-न-कहीं कुछ है जो उसे मथना चाहता है और अपने भीतर कुछ पकने

की स्थिति उसके सामने तब आती है जब वह बिल्कुल अकेली होती है। ये पल होते ही हैं इंसान के मन की भीतरी पर्त को मथने के लिए ही। वह अकेली ज्यादा नहीं रहती लेकिन थोड़ी-बहुत देर के लिए रहना तो पड़ता ही है। थोड़ी देर का अकेलापन केवल उसके साथ नहीं। सभी लोग हैं कहीं-न-कहीं अकेलेपन से जूझते हुए। और कई बदकिस्मत लोग उसके सहगामी बन गए हैं। वह थोड़ी देर अकेली है। बाहर का कोलाहल, अँधेरा बढ़ने के बाद मद्धिम पड़ता जाएगा और बच्चे घर में आ घुसेंगे फिर आपस में लड़ाई-झगड़ा, नोक-झोंक, तू-तड़ाक, अपने-अपने किस्से सुनाते हैं, एक दूसरे की बात की टाँग घसीटते हैं, हँसते-हँसाते हैं और वह बड़ी तन्मयता से उनकी बात सुनती है। उन्हें समझाती है। इसके बाद सायबू भी घर आएगा। आते ही खाना माँगेगा या फिर पीने के लिए 'फसाकू' का 'कोसड़ा'। खेत से लौटने के बाद चा का एक बड़ा गिलास पीकर गाँव में अपने हमउम्र लोगों के बीच चला जाता है अपना मन हल्का करने। अपनी सुनाने उसकी सुनने।

गाँव के बाकी लोगों की तरह दिन-भर की थकान वह भी बोलचाल से कम कर लेता है। 'फसाकू' का 'कोसड़ा' हाथ लग गया तो फसाकू हथेली में लेकर उसे मलता रहेगा। सापी में भरेगा, अंगार उस पर रखेगा फिर दोनों हाथों से सापी पकड़कर लम्बा कश खींचते हुए ढेर सारे धुएँ के बादल उड़ाता हुआ कमरे को तम्बाकू की गंध से पाट डालेगा।... "छिः धुआँ ... तुम छोड़ नहीं सकते ये तमाखू!" सरूपी कई बार उसे टोक चुकी है। लेकिन वह हँसता हुआ सारी बात को बड़ी सरलता से टाल देता। बच्चों की-सी मुस्कान तैर जाती है उसके चेहरे पर और वैसी ही मासूमियत।

"अरे फसाकू तो पी लेने दे, लोग तो...." आगे वह कुछ नहीं बोलता। चेहरे को या तो आसमान की ओर कर लेता है या फिर सापी से उड़ते हुए धुएँ की ओर। लेकिन सरूपी समझती है कि वह क्या कहना चाहता है। आखिर इतने वर्ष हो गए हैं उन्हें एक छत के नीचे रहते हुए। बैलों की जोड़ी बने एक जुए से लगकर गृहस्थी की गाड़ी चलाते हुए।

"तो तुम भी जाकर क्यों नही पी लेतीं, कलेजा ठण्डा हो जाएगा और गौं में सुनाम भी होगा।" सरूपी फटे-पुराने कपड़े की तरह बेरहमी से बात

को काटती। तब वह अनुत्तरित चेहरे से बस उसी को देखता है। क्या सोचती है ये लाटी। गरीब को पीने को कहती है। अपना और बच्चों का पेट भरने के लिए दिन-भर काम से सिर उठाने की फुर्सत नहीं मिलती और ये पीने की बात करती है। चार बच्चों के साथ लुण-तेल के गुजारे के मोल-तोल की उधेड़-बुन में उसका समय निकल जाता है और इसे पीने की सूझती है। फिर पीकर क्या हाथ आना है उसके। वो लोग पीते हैं तो उनकी सामर्थ्य है खर्चा उठाने की, दारू खरीदने की—कच्ची-पक्की। और तो और गाँव के आसपास के मुर्गों और भेड़-बकरियों का उन्होंने दारू के साथ 'ठुंगार' के लिए सफाया कर डाला। ऐसे लोगों में मेठ, ठेकेदार, मालदार, गलेदार हैं या फिर सरकारी महकमे के नौकर। सभी के हाथ कुछ-न-कुछ साध न हैं पैसे उगाने के। इन्हीं लोगों ने गाँव को ही चरागाह बना डाला है। सरकारी नौकर किसी-न-किसी बहाने आते हैं और जेबें भर लेते हैं, साथ में खूब खाना-पीना। गाँव के चापलूस व मुँह लगे लोग ऐसे मौके पर शामिल होकर खाने का स्वाद भी लेते हैं और ठंडियों में आग तापने का अवर्णनीय सुख व तृप्ति उन्हें मिलती है। बाकी का समय ताश के पत्तों अथवा इधर-उधर बरांडे-बरांडे बैठकर निकल जाता है।

एक बार वह भी फँसा, फँसा क्या उसे खुद ही शौक चर्राया था कि ठेकेदार के साथ पक्की दारू गले उतारने का। और मौकों पर वह देखता कैसे ठेकेदार कटाक् से बोतल की सील तोड़ता। कभी बोतल उसकी ओर बढ़ाता हुआ बोलता—"देख तो सायबू, ढक्कन खोलकर देख।, तब वह बड़े मन से बोतल का ढक्कन घुमाने लगता। कटाक् से वह दो-तीन फेर में बोतल से अलग हो जाता। दारू की गंध उसे मीठी लगी थी। शर्बती का रंग देखकर उसका मन ललचा गया था। स्वाद चखने के लिए। "तू भी चख ले एकाध ढक्कन, थकान दूर हो जाएगी।" ठेकेदार ने कहा तो तश्तरी में रखी ठुंगार देखकर उसके मुँह में पानी आने लगा था।

गिलास में उँड़ेली दारू वह एक ही साँस में पी गया था। मुँह में कड़वापन आ गया और सीने में असह्य जलन होने लगी। 'ये तो बहुत बुरी चीज है' वह मन-ही-मन अपने आपको कोसने लगा था और मुँह की कड़वाहट दूर करने

के लिए अपनी बुशर्ट की बाँह से अपने बिचके हुए होंठ साफ करने लगा। ठेकेदार ने ठुंगार उसकी ओर बढ़ा दी थी–''उठा ले दो-चार टुकड़ी और मुँह में डाल, ठीक हो जाएगा सब कुछ।'' मुँह में दो-चार टुकड़ी डालकर चबाने के बाद मुँह की कड़वाहट दूर हो गई। वह जमीन से ऊपर की ओर उठने लगा। मन आनन्दित था। फिर तो वह कड़वापन सहकर भी पीता गया गटागट। ढुंगार लेता रहा। कदम बहकने लगे। जबान लड़खड़ाने लगी। फिर आँखों के आगे धीरे-धीरे अँधेरा छाने लगा। आगे उसे होश नहीं रहा।

सुबह आसमान में सूरज काफी दूर तक निकल आया था। उसकी आँख खुली, वह ठेकेदार के घर के बरांडे में पड़ा था। ठेकेदार नहीं था न ही उसके आसपास कोई रात के तश्तरी या फिर खाली गिलास, बोतल–''उठ गया सायबू?'' उसे जगता देखकर ठेकेदारनी ने पूछा।, ''ले ,चाय पी ले, '' उसके उत्तर की प्रतीक्षा किये बगैर वह उसके लिए चाय ले आई थी। सायबू उसकी उदारता से अविभूत चाय पीने लगा। ठेकेदार के बारे में पूछा तो पता चला कि वह सवेरे ही उत्तरकाशी चला गया। ''रात को पीकर तू सरूपी-सरूपी बड़बड़ाता रहा।'' ठेकेदारनी ने बताया तो वह शर्म से पानी-पानी होने लगा।

चाय पीने के बाद वह चुपचाप घर की सीढ़ियाँ उतरने लगा। अन्तिम पायदान से उतरते ही उसकी कर्म-योजना बदली। सीधे घर नहीं जाएगा वो, सारा बदन टूट रहा है। आँखें बोझिल हो रही हैं क्यों न बाहर खाले की ओर चला जाए फिर तरोताजा होकर ही अपने घर को जाएगा। बदन की टूटन से कुछ तो छुटकारा मिलेगा। आँखों पर दो-चार 'छपाक' पानी पड़ते ही स्फूर्त हो जाएँगे। विचारों की स्यूँ बनाता हुआ वह नाले की ओर चला गया और वापस भी आ गया। फिर नाले के बाहर की ओर से अपनी उँगलियों से माटी खरोंचने लगा। गाँव वालों ने वहाँ से माटी खरोंच-खरोंचकर दो-तीन छोटे-बड़े खाड़ बना लिए हैं। नाले पर उसने हाथों को बारी-बारी से आपस में रगड़कर धोया। पानी की अंजुली भरकर छप्प-छप्प कर अपने चेहरे पर फेंकी। सचमुच वह अपने आपको तनाव मुक्त व तरोताजा महसूस कर रहा था।

नाले से वह सीधा घर की ओर बढ़ने लगा। सरूपी की डाँट-डपट का

भय उसपर भीतर-बाहर दबाव बनाने लगा। 'क्या बताएगा वह उसे? सारी रात कहाँ क्या करता रहा' मन-ही-मन बहाना ढूँढ़ने लगा लेकिन कोई भी मजबूत नहीं है उसे लगता। सारे-के-सारे बिल्कुल कच्चे पुश्ते की तरह हैं कि जोर पड़ने पर ढह जाएँगे या कच्ची बाड़ की जोर पड़ने पर गई-बता देगा रोक लिया था ठेकेदार ने-'क्यों?'-'बस यूँ ही।' अन्त में छोटा ही बहाना लेकर उसने घर चलने की ठानी। कदम घर की ओर बढ़ने लगे।

घर पहुँचकर देखा-बरांड़े में सरूपी विक्षुब्ध अवस्था में बैठी थी। उसने बात नहीं की। बस, उसे आते देखकर मुँह फेर लिया। सायबू ने कनखियों से देखा, सरूपी का चेहरा आग में तपे लोहे की तरह सुर्ख हो रहा था। सोचने लगा कि उससे सवाल पूछे। वह रात-भर कहाँ रहा। वह जबाव देगा। फिर थोड़ी-सी नोक-झोंक के बाद वह उसे मनाने से सफल हो जाएगा। वैसे भी कोई मुश्किल नहीं है मर्द के लिए अपनी घरवाली के मन की थाह लेना। दो-चार चिकनी-चुपड़ी बातों में उलझाकर अपना स्वार्थ हल कर लेता है मर्द।

''चल सरूपी, कलैर दे दे, भूख लगी है।'' कहते-कहते सायबू को लग रहा था जैसे वह मधुमक्खी के छत्ते पर कंकड़ फेंक रहा है।

''खा लो, रखी है चूले पर।''

''तू ही खिला दे।'' सायबू के स्वर में अपनत्व भरा दबाव, प्यार की आद्रता थी लेकिन अपनी गलती को सुधारने की पहल थी।

''जहाँ रातभर रुके, दारू पी, ब्याली खाई वहाँ कलैर नहीं मिली!'' सरूपी ने उलटा ही सवाल उछाला उस पर।

''वो-रात को मैंने दारू नहीं पी, ठेकेदार ने रोका तो ना नहीं कर सका सो....'' वह बहाने का पुल बनाने लगा। सोच रहा था ठेकेदारनी के मुलाजे से घरवाली चुप हो जाएगी।

''दारू नहीं पी तो क्या मूत पिया उस डायन का-अपने खसम को मेरे घर भेज दिया रात को, खुद दूसरे मरद के साथ-राँड, गाँव को चरागाह बनाना चाहती है अपने खसम के वास्ते ...।''

''क्या कह रही तू!'' सायबू सन्देहास्पद स्थिति में भी आक्रोशित था।

बदन काँप रहा था।

''सच बोल रही हूँ मैं, तुम रात-भर दारू पीकर उस डायन के घर टोटके पड़े रहे और उसका खसम मेरे घर के किवाड़ पीटता रहा, मौका जो मिला था उसे उज्याड़ खाने का–उज्याड़िया ढोर की तरह। दरवाजे पर रात-भर तुम्हारा नाम लेकर चिल्लाता रहा–।'' वह नागिन की तरह फुँफकार रही थी और सायबू की आँखों के सामने ठेकेदार का वहसी चेहरा नाचने लगा था।

''पर ठेकेदारनी तो–''

''नाम मत लो उस कुजात का।'' सरूपी कुछ भी सुनने को तैयार न थी। निरुत्तर सायबू की आँखों के आगे रात का घटनाचक्र घूमने लगा। सवेरे जो कुछ ठेकेदारनी ने उससे कहा वह–तो क्या ठेकेदारनी–उसे रात अपने शरीर पर होते कोमल स्पर्श का स्वप्न सच लगने लगा।

एक बार फिर उसके ठेकेदार व सामने ठेकेदारनी के चेहरे उभरने लगे और उसका सिर किसी अनिच्छित कृत्य से जितना झुकता चला गया, मन अतर्गर्व से उतना ही उठा हुआ था। पुरुष होने के बावजूद उसने गलती स्वीकार ली थी।

रात का अँधेरा गहरा चुका है। सायबू बच्चों के लौटने के बाद गाँव की दुकान से कुछ सामान मोल लेकर आ चुका है। वह फसाकू का कोसड़ा लेकर उसमें से फसाकू अपनी हथेली में मसलने के बाद सापी में भर लेता है और अंगार रखकर सापी को मजबूती से पकड़कर कस खींचने लगता है। तब सारा कमरा बच्चों की बोलचाल के अलावा तम्बाकू की गंध में सरोबार हो जाता है।–''छि: धुआँ–।'' सरूपी कहने को होती है लेकिन कुछ याद आने पर वह भी तम्बाकू की गंध में खोने लगती है। बच्चे अब भी बराबर बोल रहे हैं।

●●

एक शाख कमजोर-सी

मायके से सुभद्रा को लेने भाई का लड़का आया था। कह गया कि गंगू की शादी है, चलना होगा। वह चला गया तो सुभद्रा का मन चिंताओं के जाले बुनने लगा। 'कैसे जा पाएगी वह' इसी उधेड़-बुन में वह जप्पू से बोली, "ब्याह में जाना तो था पर बच्चों के न जूते हैं न कपड़े-लत्ते, जाड़े का मौसम है" कहने को तो कह गई लेकिन मन-ही-मन सोचती-वो भी क्या करेगा, मजूरी के दो सौ रुपए आए थे वो उसी के इलाज में लग गए। लोगों का कर्जा अलग है जो दूसरे-तीसरे दिन घर आ जाते हैं। अपनी हालत दिन-दिन गिरती जा रही है। खेती से दो वक्त की रोटी निकलनी भी मुश्किल हो जाती है। खेत तो बहुत है पर ऊबड़-खाबड़। दूसरे, जब मेहनत नहीं हो पाती तो उपज कहाँ से होगी। बच्चे छोटे हैं और खुद बीमार रहती है। आदमी कितना करेगा। फिर आटा, लूण, तेल तो चाहिए। बच्चों को न जूते पहना सकते हैं और न कपड़े। उनके नन्हे पैरों में पड़ी बिबाइयाँ देखकर मन रोने लगता है। कपड़ों की ऐसी हालत कि सलवार बना सकते हैं तो कुर्ते की गुंजाइश नहीं रहती। लड़की दसेक साल की है पर वह बेचारी अंधफटा कुर्ता पहन लेती है तो वही सलवार का काम करता है। बच्चे भी ज्यादा नहीं, तीन हैं तब यह हालत है, ज्यादा होते तो... वह अपनी किस्मत को कोसती। करे भी तो क्या, खेती के अलावा और कोई साधन नहीं। और तो और बैलों के साथ एक गाय भी नहीं खरीद पाते।

बच्चे दूध के लिए तरस जाते हैं। सबसे छोटा सुल्लू पहले कितना गोल-मटोल था लेकिन अब आँखें भीतर की ओर धँस गई हैं। पसलियाँ दूर से ही गिनने में आ जाती हैं। अपने पल्ले बीमारी पड़ गई है वरना दोनों मिल-जुलकर कुछ तो कर ही सकते थे। उसे लगा, सोचते हुए उसका सिर चकराने लगा है तो दीवार का सहारा लेकर पीठ टिका दी। थोड़ी राहत मिली तो बच्चे को पुकारा– ''मनु, इधर आ।'' और मनु उसी की नकल करता हुआ पास आ गया। देखकर उसे हँसी आ गई। बच्चों की बाल सुलभ चेष्टाओं में माँ-बाप अपने दुःख-दर्द भूल जाते हैं। वह भी भूल जाती। ''मनु, बाबा को रोटी दे आ।''

मनु भीतर गया और रोटियाँ लेकर कुछ टटोलते हुए कहने लगा–''माँ! साग तो नहीं है।''

''साग कहाँ, थोड़ी-सी चटनी रखी है, उसकी को ले जा।'' और कुछ देर बाद मनु के नन्हे कदम खेतों की ओर बढ़ने लगे थे।

कुछ दिन बीते तब एक दिन जप्पू उससे पूछने लगा–''मैं चपटाड़ी हो आऊँ?''

''क्यों?''

''जीजा से कुछ पैसा उधार माँग लूँगा, मिलें न मिलें।'' उसने पहले अपने मन की बात रखी फिर मन की शंका भी व्यक्त की–''दीदी मना कर सकती है जीजा नहीं, भले ही दूसरे से लेकर देना पड़े पर वो खाली हाथ नहीं लौटाएगा।'' उसने फिर से अपनी ही शंका के खोल को तोड़ा था। दीदी का ध्यान आते ही उसे स्मरण होने लगा। वह तो हर बार यही कहती है कि तुम लोग आलसी हो, मेहनत नहीं कर सकते, खाने के लिए चटपटा चाहिए। बाबा ने इसी खेती के बूते पर हम सबको पाला। हमें दूध-घी बगैर नहीं रखा और तुम लोग अपने पेट लायक नहीं कमा सकते। ''बिस्तर लगा है, सो जाओ'' सुभद्रा ने उसकी तन्द्रा तोड़ी।

सुबह उठा। दिशा-मैदान हो आया। फिर सूखी दाढ़ी पर साबुन फेरकर हजामत बनाई। नहा-धोकर खाना खाया। अपने पुराने धुले कपड़े पहनकर चलने को हुआ तो सुल्लू कुमरे की तरह उससे चिपक गया–''बाबा, मैं भी

आऊँगा।''

''नहीं बेटा, मैं तो खेत बाड़ने जा रहा हूँ।'' लेकिन वह था कि साथ चलने की हठ करने लगा था। लैमनचूस का प्रलोभन देने पर वह कुछ शान्त हुआ तो सुभद्रा ने उसे अपने पास ले लिया लेकिन जप्पू के चलते ही वह दहाड़ मारकर रोने लगा और तब तक रोता रहा जब तक वह उसे नजर आता रहा।

चपटाड़ी पहुँचा तो जीजा गाँव के बाहर ही मिल गए। जीजा को हाथ जोड़े। कुशलक्षेम पूछने के बाद दोनों ही घर की ओर चल पड़े। दीदी बरांडे में चावल फटक रही थीं। मामा को देखते ही बच्चे चिल्लाए–''मामा..., मामा...'' उसने लपककर दीदी के पैर छू लिए और बच्चों ने उसके। दीदी उसके घर व बच्चों की कुशलक्षेम पूछने लगी।

रात को खाना खाने के बाद वे आपस में बातें करने लगे तो बात-ही-बात में दीदी ने पूछा–, ''कई दिनों से तुम लोग इधर नहीं आए।''

''क्या करें दीदी, काम-धाम और बच्चों से फुर्सत नहीं मिलती वरना आना किसे बुरा लगता।'' जप्पू ने उत्तर दिया फिर उचित अवसर मिलते ही अपनी समस्या भी जीजा के सामने रख दी।

''क्यों चाहिए?''

''बड़े भांजे का ब्याह है, हमारे पास देखो तो बच्चों के कपड़े-लत्ते भी नहीं। न जाएँ तो नाराजी, हमारी परेशानी और गरीबी को कौन देखेगा।''

''कैसी गरीबी ?'' दीदी फिर वही ताने सुनाने लगी तो मन हुआ अभी ही घर छोड़ दे उसका। उसने कभी अपने छोटे भाई के घर की परेशानी नहीं समझी। रह-रहकर पुराने समय के ताने छेड़ देती है। उसे नहीं पता, पुराने और अब के समय में कितना फर्क है। तब लोगों के शरीर में ताकत हुआ करती थी और मन में बहुत कुछ सह लेने की सामर्थ्य। कहने को दीदी उसकी अपनी है पर जीजा उससे कई गुना अच्छा है जो उनके दु:खाघातों को समझता है। मदद के लिए आगे आता है।

''मेरे पास तीन सौ हैं, तुम्हें कितने चाहिए ?'' जीजा अपनी सन्दूकड़ी टटोलने के बाद बोले। दीदी का चेहरा देख अब भी उसका मन हो रहा था

कि वह यहाँ न आता तो अच्छा ही होता। जो आँसू न पोंछे उसके पास रोने से क्या फायदा। किन्तु जीजा को देखते ही दीदी का चेहरा ही जैसे आँखों के सामने से धुँधलाने लगता।

सुबह जीजा से रुपए मिलने पर उसका मन कृतज्ञ था। चलने को हुआ तो दीदी कहने लगी–''आज रुक जाता।'' उसने स्नेह-भाव से कहा था। दीदी को देखकर उसे लगा था जैसे वह अपने दुर्व्यवहार पर स्वयं ही शर्मिन्दा है। सबसे विदा लेकर चल पड़ा।

कस्बा वहाँ से ज्यादा दूर नहीं था। वहाँ पहुँचकर सामान खरीदने लगा–बच्चों की पैंट, बुशर्ट, लड़की के सूट का कपड़ा, तीन सस्ती स्वेटरें, प्लास्टिक के पाँच जोड़ी जूते। सुभद्रा के सिर के लिए साफा और अपने लिए सिली सिलाई पैंट। सुभद्रा के लिए धोती लेना चाहता था लेकिन क्या करता, रुपए इतने नहीं थे। अस्सी रुपए उसने पास में बचाकर रख लिए थे कि ब्याह में निमंत्रण देने व दूसरी जरूरत में काम आएँगे। गाँव की ओर चलने को हुआ तो सुल्लू की याद आ गई और थोड़ी-सी लैमनचूस खरीदकर उसने जेब में रख लीं।

गाँव की ओर जाने वाली पगडंडी पर उसे बढ़ते देख बच्चे चिल्ला पड़े–''बाबा आ गया, बाबा आ गया।'' और फिर वे उठकर उसकी ओर बढ़े। उसके कन्धे से थैला उतरवाकर उन्होंने अपने नाजुक कन्धों पर बारी-बारी से रखकर घर पहुँचाया। घर पहुँचते ही थैले को लेकर उनमें छीना-झपटी होने लगी तब जप्पू को उन्हें डाँटना पड़ा और वे उसे घेरकर बरांडे में ही बैठ गए। उसने लैमनचूस निकालकर बच्चों में बाँटी। ''सकी, आग जली है तो तमाखू भर ला।'' जप्पू लम्बी साँस छोड़ता हुआ लड़की से बोला तो वह उठकर भीतर की ओर चली गई।

''बाबा, झोला खोलूँ?'' मनु पूछने लगा।

''खोल, तुम्हारे लिए जूते व कपड़े हैं।''

उसके कहने पर बच्चे थैले से एक-एक चीज निकालकर बाबा से पूछते–''बाबा, ये किसके लिए है ?'' और जप्पू बताता जाता। अपने-अपने जूते, कपड़े पहनकर कुछ देर वे आपस में ही लड़ते-झगड़ते रहे थे–''ये

तेरा...वो मेरा, मेरा अच्छा...तेरा बुरा'' सब अपने-अपने जूते-कपड़े पहनकर ऐसे खुश थे जैसे उन्हें कुबेर का खजाना मिल गया हो। घर से निकलकर वे सारे गाँव के बच्चों को अपनी पोशाकें न दिखा लाए तब तक उन्हें चैन न पड़ा। उन्हें खुशी में विभोर देखकर जप्पू की आँखें छलछलाने लगी थीं। सकी के कपड़े सी गए तो वह भी खुशी के मारे उछलने लगी।

जाने के पहले दिन सुभद्रा को बुखार तपा तो वह जप्पू से बोली–''तुम दोनों बच्चों को साथ लेकर जाना हम माँ-बेटी यहीं रह लेंगी, घर की देखभाल भी हो जाएगी।''

''देख-भाल क्या, बैलों को रामी चाची न्यार डाल देगी। वहाँ लोगों के साथ तुम्हारा समय कट जाएगा और उनका मान भी रह जाएगा।''

अगले दिन बुखार उतरने पर उसका पीला पड़ा चेहरा थोड़ी-सी ताजगी के बाद काला पड़ गया था। खाना खाया, कपड़े पहने फिर चल दिए। रास्ते में चलते हुए कहीं उसकी आँखों के सामने अँधेरा छा जाता तो वह सिर पकड़कर बैठ जाती। शाम तक वे गाँव पहुँच गए। दो फूफियों के सिवा अब तक कोई सगा-सम्बंधी नहीं पहुँचा था। बरांडे में पहुँचने पर आपस में अभिवादन का आदान-प्रदान हुआ। भीतर से माँ आई तो सुभद्रा, जप्पू और बच्चों ने उसके पैर छू लिए। माँ ने उसे और बच्चों को चूम लिया और पूछने लगी–''सुभद्रा, तेरी तबियत कैसी है?'' फूफियों ने बच्चों में आशीर्वाद बाँटने के साथ ही उसकी बीमार हालत पर चिन्ता जताई थी। प्रत्युत्तर में उसकी आँखें नम हो गई थीं।

बारात परसों आएगी और माँ थी कि सामने की पगडंडी को अपलक निहारे जा रही थी। ''मंजरी अब तक नहीं आई, पता नहीं कैसी तबियत है।'' वह कहती। जो सामने थी उसके बारे में उसने अधिक जाँच-पूछ नहीं की और जो दूर थी उसके बारे में बराबर चिन्तित हो रहीं थी।

बाल-बच्चों के साथ मंजरी आई। माँ ने उजास मन से उसका स्वागत-सत्कार किया। उसने व उसके बच्चों ने माँ के पैर छू लिए तो माँ को लगा जैसे उसे अलौकिक सुख मिल गया है। गद्गद माँ ने बारी-बारी से उन्हें चूमा और गले से लगा लिया। ''खूब रही तू ?'' बदले में मंजरी ने गर्दन हिला

दी। माँ उसके पास बैठकर कभी उसके बालों में हाथ फेरती, कभी कानों में पड़ी झुमकियों को ही सहलाती। कभी एक बच्चे को गोद में उठा लेती कभी दूसरे को। "रास्ते में कुछ खाया?"

"हाँ।"

"भूख लग रही होगी मेरी को!" कहती हुई वह फिर से उसे सहलाने लगी। माँ का स्पर्श किसी भी दशा में तपती हुई धूप में नरम छाँव की तरह होता है। मंजरी को छाँव मिली थी।

माँ चाय बनाने गई और वे दोनों बहनें आपस में साथ पूछ करने लगीं। कुछ ही देर में वह लौटी और फिर से मंजरी की कुशलता की पड़ताल करने लगी। सुभद्रा माँ के इस व्यवहार पर अचरज में थी और मन अपनी उपेक्षा पर जैसे क्षोभग्रस्त हुआ जा रहा था। उससे तो माँ ने मात्र औपचारिकता का निर्वाह किया था। उसके बच्चे को गोद में नहीं लिया लेकिन मंजरी के बच्चों को उठाए नहीं थक रही थी। इतना बड़ा छल माँ के स्नेह में बेटी के लिए खोट आ सकता है, वह असमंजस में थी।

एक माँ-बाप की दो बेटियाँ। एक विपन्न घर में ब्याही दूसरी सम्पन्न घर में। एक के पास अन्न, रुपए-टके की कमी नहीं, दूसरे के पास निर्धनता का वर्चस्व। एक को कहीं जाना पड़ता है तो कुछ रोज का सैर सपाटा-सा हो जाता है। दूसरे को रिश्तेदारी में जाने के लिए भी बहुत सोच-विचार करना पड़ता है। रुपए-टके का इन्तजाम करना पड़ता है। इस समय दोनों माँ के घर थीं। एक के शरीर पर महँगे कपड़े व गहने थे, दूसरे के शरीर पर छींट का कमीज, साधारण-सी धोती, सदरी और साफा था।

बारातियों और सगे-सम्बंधियों से कहीं अधिक ध्यान माँ को मंजरी, उसके बच्चों का रहा। जब भी मौका मिलता बच्चों को खिलाती, गीत गुनगुनाती। उन्हें खाने-पीने को पूछती। उनके लिए दूध अलग रखवा देती।

माँ ने मन से न सुभद्रा की सुध ली और न ही उसके बच्चों को स्नेह मिला।

"चल, परे हट।" एक बार उसने सुल्लू को यूँ दुत्कार दिया था कि वह अपना-सा मुँह लेकर रह गया था। बच्चे नानी-नानी करते न अघाते लेकिन

नानी थी कि ''माँ, तू मेरे बच्चों के साथ ... '' घुटते गले से एक दिन सुभद्रा ने कह ही डाला था।

''क्या करती हूँ तेरे बच्चों के साथ?'' माँ ने उसकी बात पर उल्टा ही बबाल खड़ा कर दिया था–''कैसे च्यां-च्यां करते हैं तेरे बच्चे, तूने इन्हें कुछ सिखाया–गुणाया नहीं।'' माँ बच्चों में खोट निकालने लगी। सुभद्रा का मन उतप्त हो रहा था।

कुछ दिन बीते। माँ के दिल में उसके लिए जगह खोटी पड़ती जा रही है। सुभद्रा को लगा जैसे वह पेड़ की सूखी शाख हो गई है और मंजरी हरी-भरी। उसके बच्चों के लिए माँ के मन में स्नेह नहीं रहा। स्नेह व ममता को उसने पहली बार एकतरफा होते देखा था। उसे याद आने लगा। ब्याह से पहले वह जितना काम करती थी मंजरी उतनी ही आलसी थी। कहीं भी काम की बात होती तो माँ उसकी प्रशंसा करते न थकती और मंजरी के हिस्से गालियाँ आतीं। अब तो माँ मंजरी के लाए कपड़े, खाने-पीने की चीजों व शादी में उसकी मदद की प्रशंसा करती। उसके गुण गाती। तो क्या इन्हीं बातों ने माँ के मन को कुत्सित कर दिया है कि उसकी ममता व स्नेह का गला ही घुट गया है।

अगले दिन वह विदा हुई। माँ ने थोड़ी-सी रोटी-पिंडी बाँधी और वे बुझे मन से चलने लगे। विदीर्ण मन से वह जप्पू व बच्चों के साथ ऊबड़-खाबड़ रास्ते पर आगे बढ़ने लगी। ''पमी ने मुझे गुड़िया दी...मौसी ने रुपया...नानी ने दूध नहीं पिलाया।'' सुल्लू चलते-चलते बताने लगा।

''नहीं पिलाया तो क्या, अपने घर पी लेना।'' उसने सुल्लू को झूठी दिलासा दी और जप्पू ने उसे गुग्गा ले लिया। वे रास्ते पर आगे बढ़ने लगे। रह-रहकर सुभद्रा के मन में माँ का चेहरा और सुल्लू के दूध की चिन्ता उतरने लगतीं।

●●

मकड़ी

प्रातः उठकर कमरे से बाहर आँगन में झाड़ू लगाने लगी तो ठंड उसके शरीर को कँपकँपाने की कोशिश करने लगी थी। लेकिन उसकी सहनशीलता के आगे ठंड को भी जैसे हथियार डालने पड़े। चूल्हे पर 'गाउंत' का कुचला फेरने के बाद आग जलाकर एक बड़ी-सी पतीली में पानी रंख दिया और स्वयं बाहर पड़ी ताँबे की गागर उठाकर फिर से पानी भरने चल दी। एक गागर वह पहले ही भरकर रख चुकी है। हवा पहले से कुछ अधिक आक्रामक थी। क्यों न होती, माघ का महीना जो था। बड़ी देर तक ठंड की गठरी को बाँधे हवाएँ इधर-से-उधर चलती रहंती हैं और जन-जीवन प्रभावित होता है।

शान्ता की यह करीब-करीब रोज की दिनचर्या है। वह घर में अकेली बहू है इसलिए यह सब उसी के जिम्मे रहता है। गाँव के लिए बहू का यह जिम्मा कोई नई बात नहीं है। वह चाय बनाकर तैयार कर लेती और देवर, ननद के कमरों तक पहुँचाती है। तब तक सास भी उठकर बैठ जाती है। उम्र पैंतालिस के आस-पास की ही होगी लेकिन लगती तीस के आस-पास है। चेहरे पर अपनी तरह की आभा, बाल स्याह काले। कानों में झूलती 'मुरकियाँ' उस पर बहुत फबती हैं। रंग-बिरंगी फूलों वाली कमीज, सदरी और नीचे स्याह रंगी धोती। सुबह-शाम वह ऊन का अपना कोट पहन लेती है तो उसकी अधड़ावस्था लुप्त हो जाती है। हँसने पर बासमती चावल की तरह चमकती हैं

उसकी दन्त पंक्तियाँ। वह उठकर दिशा-मैदान जाती है फिर हाथ-मुँह धोकर एक गागर पकड़ती हुई नाले पर पहुँच जाती है। वहाँ पर दो-चार महिलाएँ और मिल जाती हैं। गागर माँजने, उसे पानी पर लगाने और अपने हाथ-मुँह धोने के बीच आपसी वार्तालाप की शृंखलाएँ टूटती-जुड़ती जाती हैं और कभी-कभार ऐसी स्थिति भी आ पड़ती है कि अपने कन्धे अथवा सिर पर पानी से भरी गागर, बंटे रखी महिलाएँ बड़ी देर तक बतियाती रहती हैं। उन्हें बातों में इतना रस मिलने लगता है कि अपने शारीरिक कष्ट की सुध नहीं रहती। उसके घर पहुँचने तक अधिकांश घरों से उठे धुएँ के बादल आसमान में बहुत लम्बा सफर तय कर चुके होते हैं।

घर में सास-बहू के अलावा चार लोग और हैं—ससुर, दो देवर, ननद। भरा-पूरा परिवार है उनका। सुखोराम की दृष्टि से भी घर में किसी बात की कोई कमी नहीं। ससुर पास के ही जूनियर हाई स्कूल में पढ़ाते हैं और अपनी नौकरी के साथ-साथ घर के सारे काम-धाम भी सहजता से कर लेते हैं। अच्छी जमीन-जायदाद, घर-मकान है। देवर, ननद कॉलेज में पढ़ रहे हैं। बाहर से देखने पर घर में सुख का बोलबाला लेकिन अन्दर की स्थिति प्रांजल है।

सास मवेशी को न्यार-पात डाल आती है और गाय दुह लाती है। तब तक शान्ता चावल-दाल उबालने रख देती है और स्वयं आटा माँड़ने लगती है फिर सब्जी....यूँ समझो, जब तक सब खा-पी नहीं लेते तब तक उसकी सख्त ड्यूटी चलती है। साढ़े नौ बजे तक सब लोग चले जाते हैं। ससुर अपने स्कूल और देवर, ननद अपने कॉलेज। घर खाली हो जाता है जैसे नीड़ के सारे पंछी उड़ गए हों, रह जाती हैं सास-बहू। दो प्राणी। जैसे किसी रस्सी के दो छोर। बीच में उम्र का 'गैप' होता है, वही पीढ़ी का भी 'गैप' होता है। सबके बाद वह चौका-बर्तन से निजात पाकर जंगल, खेत जाने की तैयारी करती है। सास-बहू दोनों साथ हों तो लगता है जैसे दो बहनें हों। अद्भुत ढंग से पट जाता है उम्र का अन्तराल। घर लौटने तक दिन भी निढाल हो जाता है बूढ़े की तरह। सायं घिरने तक सभी की वापसी हो जाती है और घर में अच्छी-भली चहल-पहल होने लगती है। सूनापन घेंघे के सीगों की तरह लुप्त हो जाता

है। घर के पचड़ों से दूर वह बिल्कुल अकेली होती है तो नारी सुलभ स्वभाव के कारण मायके की याद उसे अपने शिकंजे में जकड़ लेती है। कैसा समय गुजरता है मायके में लड़की का, और ससुराल में....एकाएक ही उसके मन में घर किए हुए सुख-सुविधाओं के स्वप्न जैसे ढहने लग जाते हैं। जीवन-यापन का तौर-तरीका स्वप्न तो हो ही नहीं सकता। वह तो केवल यथार्थ होता है। बाहर-भीतर से खुरदरा। सुख-सुविधाओं की टोह में आज इंसान मशीनी हो गया है या फिर कह सकते हैं कि इनके सामने सारे संस्कार ही बौने पड़ते जा रहे हैं। मन में पले स्वप्न जहाँ ध्वस्त होते हैं वहीं से नए सपनों की नींव पड़ने लगती है जो खुरदरे यथार्थ का ही एक हिस्सा होता है।

एक ननद के विवाह को तीन साल हो गए हैं, समय की गणित लगाते हुए कोई बाधा नहीं होती। कुछ ही महीनों का फर्क है उसके और दया के विवाह के बीच। पहले उसका विवाह हुआ था कुछ महीने बाद दया का। दया की गोद में अब नन्ही-सी बच्ची खेल रही है लेकिन उसकी ओर अभी ईश्वर की दृष्टि नहीं हुई है। मन से चाहती है वह माँ बने पर सुन्दर तो अभी नहीं चाहता। उसका क्या था, देखभाल तो उसे या फिर सास-सुसर को ही करनी थी। उसे तो सिर्फ अपनी नौकरी से मतलब था। कम्बख्त गर्वनमेन्ट ने नौकरी दी तो इतनी दूर। सुन्दर ही उसे बताता। उसे पहुँचने में तीन दिन लग जाते हैं। कुछ दिन के लिए घर आता है तो मेहमान-सा रहता है घर में। उसके आने पर शान्ता का मन फूल-सा हल्का हो जाता है। वह आसमान में बादलों की तरह उड़ना चाहती है। बाकी तो उसकी चिट्ठियाँ दौड़ती हैं प्राणहीन। किन्तु उसके लिए तो प्राण ही बसते हैं उनमें। आपस में संस्कारों की तरह दुःख-सुख के सरोकारों का आदन-प्रदान होता है। उसकी चिट्ठियाँ घर में बड़े चाव से पढ़ी जाती हैं। यानि संस्कार ही दौड़ते हैं उनमें। उस समय वह एक ओर बैठी मन लगाकर सुनती है और अपनी ओर से कभी-कभार ननद से एकाध चिट्ठी लिखवा लेती है कि वे अपना काम मन लगाकर करें। परदेस में सबसे प्रेम से रहें। अपने खाने-पीने का ध्यान रखें। घर में सब ठीक हैं। अबको बारिश खूब पड़ी। फसल अच्छी हुई। गेंदा की मँगनी हो गई। गज्जू का ब्याह हुआ। फूल की पंखुड़ियों की तरह बातों की तह खुलती जाती है

मन से और सुलक्षणा सोच-समझकर जितना जरूरी समझती है, लिख देती है। उधर उसकी चिट्ठी पढ़ता हुआ वह मन की अनेक दशाओं से होकर गुजरता है।

सब कुछ ठीक होने पर भी घर की अन्दरूनी खटपट उसके मन को विचलित किए बिना नहीं रहती। अपने मायके वालों से ससुराल का उपेक्षा भाव उसकी समझ में नहीं आता। पहले तो सब अच्छा था। वे लेने-छोड़ने आते तो उनका मन बिछाकर स्वागत होता था और उतने ही खुले मन से विदाई भी। लेकिन अब तो केवल औपचारिकता के....उसके मायके वालों में खोट के अलावा कुछ नहीं ढूँढते। अभी कुछ दिन पहले उसके बाबा 'दोपहारी' लेकर आए थे। सास का उपेक्षा-भाव देख वह मन मसोसकर रह गई थी। लगा था कोई काँटा-सा चुभ गया है उसके सीने में। बाहर की रामा-रामी लेकिन चेहरा कितना बुझ गया था सास का। जैसे फूल एकाएक मुरझा जाए। कनखियों से उसे देखने के बाद उसका चेहरा भी बुझ गया था। हुक्का, चाय-पानी, खाना-पीना सब हुआ पहले का-सा किन्तु मन का भाव पहले-सा नहीं था। अब तो घर में बात चलती है तो उन पर नुक्ताचीनी में कसर नहीं छोड़ी जाती। यहाँ तक कि वहाँ से दान-दहेज में मिली चीजों में भी खोट निकलने लगे हैं। ऐसी दशा में उसके मन में निराधार शंकाओं के ताल बनने लगते हैं। सहनशीलता की भी कोई सीमा होती है, कहीं वह टूट गई तो....बचा क्या रहेगा और बाकी? मन का आईना देखकर उसका अपना ही चेहरा धुँधलाने लगता।

काँच चटकता है तो चटकता ही जाता है लेकिन मानवीय सम्बन्धों के बारे में काँच की बात अप्रयोगिक हो जाती है यानि अस्वाभाविक। वे तो बनते-बिगड़ते रहते हैं लेकिन चटकन तो होती ही है जो मिथ्या विवादों और मानसिक कष्टों को उपजाती है।

दया का विवाह घरवालों ने अच्छे ढंग से किया था। अपने सामर्थ्य की चादर जितनी फैला सकते थे उतना दान-दहेज उन्होंने—पलंग, आलमारी, कुर्सी, मेज, बर्तन, बिस्तर, गाय, बछड़ी। लेकिन घर में उस दिन साँप सूँघ गया था जब दया अकेली ही मायके पहुँची थी। उनके पूछने पर पहले वह टालती

रही परन्तु बाद में रोते हुए सारी व्यथा सुना डाली थी कि ससुराल वाले उसे बात-बात पर ताने देते हैं कि उसे बोलने-चालने का जरा भी सऊर नहीं है। उन्होंने तो अपनी बेटी को भले-चंगे संस्कार दिए हैं और वे कमजात हैं कि उस पर दुर्गुणों के दुमछल्ले लगाते रहते हैं। एक क्षण सास-ससुर शान्ता को देखते दूसरे क्षण दया को। उनकी बहू में भी तो....कोई खोट नहीं है और वे हैं कि....अपनी बेटी के सौ दुर्गुण माफ और पराई का एक दुर्गुण सुखी सम्पन्न होने का ढोंग करने वाले लोगों के बीच पहाड़ बन जाता है। ''कम्बख्तों को ज़रा भी शर्म नहीं आती मेरी फूल-सी बच्ची को कोसते हुए। क्या गुरजती होगी बेचारी पर....सास राँड ने तो घर को ही तहस-नहस कर दिया है अब न जाने खा ही जाएगी मेरी बेटी को, डायन कहीं की।'' थोड़ी ही देर में उसके सामने ही बहुत कुछ कह डाला था उसकी सास ने। ''जा ब्वारी, ओबरे का गोबर निकाल आ।'' न जाने किस आवेग में उसने शान्ता से कहा था और शान्ता चुपचाप उठकर ओबरे में गई और गोबर बाहर उठाकर उसे गिल्टे में भरकर खेतों की ओर ले जाने लगी।

जी-भर उसके ससुरालियों को कोसने के बाद अगली सुबह दया को समझा-बुझाकर ससुराल भेज दिया गया। साथ में गणी भी गया, छोटा भाई। थोड़ी-सी रोटी-पिंडी भी ले गया। वरना उसकी ससुराल वाले क्या कहेंगे कि खाली हाथ....कितना ध्यान रहता है लोगों को अपनी खोखली मर्यादाओं का लेकिन अपने भीतर के मान को बिल्कुल ही भूल जाते हैं।

दया को विदा करने के बाद घर में उदासी ने पैर पसार लिए थे। ननद, देवरों के चहरे फीके पड़ गए थे। सास-ससुर के चेहरे पर अपने पराजय-बोध का क्षोभ और दिल में पश्चात्ताप था कि उनकी बेटी का रिश्ता कैसे घर से जुड़ा। यह रिश्ता कोई धागा होता तो एकाएक ही वे उसे झटके से तोड़ देते लेकिन प्रश्न उनकी बेटी के चिर सुख व भविष्य का था, इसलिए चुप्पी के अलावा कोई चारा न था। शान्ता को देखते ही उनकी निगाहें किसी अपराध-बोध से जमीन में अटकने लगतीं। अपना दंभ कुचलने की पीड़ा उन पर कोड़े बरसाती तब वे यह भूलने लगते कि शान्ता भी उनके ही नीड़ का एक पंछी है।

पहले सास का जब मन होता उसे खरी-खोटी सुना देती थी। अपनी बेटी और उसके ससुराल वालों की प्रशंसा के सेतु बाँधती हुई वह कभी न अघाती। मेरी दया के ससुर बिल्कुल गऊ हैं और सास लक्ष्मी। उन्हीं को आज वह जी-भर गालियाँ देती हुई कोसती जा रही थी। अपनी बेटी में उन्हें सद्‌गुण दिखते थे और बहू में दुर्गुण। उसके मायके वालों को देखकर उनके मुँह फूलने लगते और अपना मिया मिट्‌ठू बनाते हुए वे सातवें आसमान में उड़ते। ससुराल वालों के भाग खुल गए, दया के जाते ही तभी तो ससुराल वाले उसे सिर-आँखों पर बिठाते हैं। एक हमारी बहू है....इतने पर ही उनके मुँह बिचकने लगते। मगर इस बात का जिक्र वे कभी न करते कि शान्ता के आते ही सुन्दर की नौकरी लगी थी। ससुर का हैडमास्टरी में प्रमोशन हुआ था। अपने मन में बने स्वार्थ के ताल में डूब वे जैसे अन्धे हो गए थे।

.... आज उसे लग रहा था जैसे उसकी ससुराल के सारे लोग संज्ञाविहीन बिल्कुल निरीह से हो गए हैं। सोचने लगी–इंसान इस दुनिया में मकड़ी का-सा जीवन जीता है और अपने इर्द-गिर्द अपेक्षाओं के जाले बुनता हुआ उन्हीं में फँसा रहता है। एक बार को उसके मन में आता क्यों न वह अपने पति के साथ जाकर रहे। उसके दिन चैन से गुजर जाएँगे फिर....नीड़ का निर्माण उन्हें भी तो कहीं-न-कहीं करना होगा, इसके बाद बाल-बच्चे, अपनी गृहस्थी। बढ़ती उम्र के साथ उन्हें भी यही सारे संस्कार ढोने पड़ेंगे फिर इनसे कैसा भागना। समय का सामना करना ही इंसान के साथ एक बड़े सच की स्वीकारोक्ति है। उसकी अपनी योजना उसी के हाथों ढहने लगी।

अगले दिन तक घर में पैर फैलाती उदासी सिमट गई थी। दया के एकाएक चले आने पर उनका दंभ ही जैसे पराजित हो गया था। ''बड़े स्वार्थी और लालची निकले कम्बख्त! हम तो उन्हें शरीफ व इज्जतदार समझते थे।'' ससुर ने न चाहते हुए भी अपने भीतर की कड़वाहट एक ही साँस में बाहर निकाली थी। तब उन्हें लगा था जैसे खीरे का कडुवा भाग ही अलग हो गया है और आगे का स्वाद मीठा होगा। ''इससे लाख भले तो बहू के मायके वाले हैं जिन्होंने आज तक....'' ऐसा कहते हुए उनका ललाट पहले से अधिक उन्नत हुआ था। भाभी को देखते हुए ननद, देवरों के चहेरे पर विजयी मुस्कान

थी और सास-ससुर के चेहरों पर वैसी ही मुस्कान थी जो सच्चे हीरे के पारखी जौहरी के चेहरे पर होती है। सबके मन एक हो गए थे। शान्ता का कद उन्हें अपने बीच उठा हुआ लग रहा था। ''बहू सचमुच लक्ष्मी है।'' सास ने धीमे से ससुर के कान में कहा था और वह अपनी प्रशंसा पर मन-ही-मन मुस्करा पड़ी थी।

●●

फिर वही आदमी

फार्मेसी में डिप्लोमा करने के बाद फिर वह अप्रेंटिस की नौकरी भी पा गया। एक डिस्पेंसरी में फार्मेसिस्ट। शहर से बहुत दूर। सीमान्त गांव की डिस्पेंसरी जैसे बड़े से आकाश के किसी छोर पर नन्हा सा तारा। वहां तक पहुंचने के लिए दिनभर का पैदल दुर्गम रास्ता।

प्राकृतिक सौन्दर्य का धनी गांव। मोहक सौन्दर्य मन को रोमांचित करता लेकिन सुख-सुविधाओं से उतना ही मरहूम। सीधे-सादे लोगों के बीच पहुंचकर उसे लगा विकास की जड़ों की गहराई को लेकर जितना सच प्रचलित है उतना ही उसमें कल्पना का समावेश भी होता है।

वार्ड ब्वॉय, जमादार उसके पहुंचने पर उत्साहित थे। ''चलो अब आप आ गए तो जिले से दवा गोली भी और मिल जाया करेगी और अपना चा-पानी बन जाएगा ''वार्ड ब्वॉय सुखपाल ने अपनी उम्मीदों का मुंह खोला था, उसके सामने। ''हाँ बाबू जी प्रेक्टिस की अच्छी गुंजाइश है।'' जमादार रामपाल ने अपनी उम्मीदों का सेतु सुखपाल की उम्मीदों के साथ ही ही जोड़ दिया था। निर्णय का दारोमदार अब उस पर था। इसी समय कुंवर सिंह एक केतली में चाय लेकर पहुंचा। ''राम-राम डाक्टर साब।'' कहते हुए अपने दोनों हाथ जोड़ने से पहले उसने केतली जमीन पर रख दी थी। ''ये हमारे मकान मालिक हैं कुवर सिंह, अस्पताल इन्हीं

के मकान में चल रहा है'' सुखपाल ने उसका परिचय दिया तो कुंवर सिंह के चेहरे पर अपनी ही तरह की मुस्कान उभरी। हंसते हुए उसके दांत चमकने लगे। घुंघराले बालों वाले कुंवर सिंह पर इस समय दाढी अच्छी लग रही थी।

''आप कहां से बदली होकर आ रहे है?'' कुवंरसिंह चाय गिलासों में उड़ेलने जा रहा था।

''बदली होकर नहीं, मैं नई पोस्टिंग पर आया हूं वैसे देहरादून का रहने वाला हूं आपका इलाका अच्छा लगा'' अपने बारे में बताने के साथ ही उसने उनके क्षेत्र की प्रशंसा भी की थी। लेकिन यह प्रशंसा बनावटी न थी उसके मन का ही उद्गार था।

''आप यहां कितने दिन रहेगें?'' कुंवर सिंह के एकाएक के प्रश्न से एक पल को वह सकपका सा गया था। अपना गिलास जमीन पर रख दिया था उसने। उसके पूछने का प्रयोजन वह एकाएक उत्तर न दे सकने के कारण सिर्फ चेहरा ही ताकता रह गया था।

''बाबू जी, यहां कोई भी फार्मेसिस्ट साल-छ. महीने से ज्यादा नहीं टिकता कुंवर सिंह इसीलिए पूछ रहे हैं।'' रामपाल ने बात स्पष्ट की थी। ''अच्छा। जब तक आप लोग चाहेंगे मैं यहां रहूंगा बाकी ईश्वर की मर्जी'' उसने कहा, तो कुंवर सिंह के चेहरे पर प्रसन्नता उभरने लगी।

''जब तक आपका मन लगे आराम से रहो यहां के लोग आपको सर आंखों पर बिठाएंगे। हम लोगों से जो गरीब-सेवा हो पड़ेगी करेंगे '' इतनी देर में पांच-सात लोग और आकर बैठ गए थे और कुछ बच्चे जो कभी अपनी-अपनी उधेड़ बुन में जान पड़ते और कभी एकाग्रता से उनकी बातें सुनते जाते ।

उस दिन खाना-पीना कुंवर सिंह के घर हुआ। अच्छा सत्कार हुआ था उसका। वहीं कुंवर सिंह ने उसे बताया कि गांव में डॉक्टर केवल एक ही बार हुआ था। अस्पताल देखा भाला दिन चार दिन रहा फिर वापस गया तो लौटकर नहीं आया। अस्पताल में फार्मेसिस्ट साल-छ: महीने में

बदलते रहते हैं। सिर्फ कुकरेती ही दो साल रहा था। वह तीन-चार महीने में एक चक्कर आ जाता और हाजिरी भरकर चला जाता था। पता दवा गोली सुखपाल दे देता और कभी-कंभार रामपाल। सुखपाल का गांव में ही पड़ा रहता है, दारू सुरू में मगन! दवा गोली अस्पताल मे कम ही आती इसलिए इंजेक्शन अपने पल्ले से लगा देते और सौ पचास रुपये खींच लेते। बताते-वे भी खरीदकर लाते हैं। हाजिरी का कालम पूरा करने के बाद कई फार्मेसिस्ट शहर में रहकर ही अपनी तनख्वाह लेते रहे।

गांव का माहौल देखने के लिए वह दो दिन वहां रुका। कुंवर सिंह ने ही उसके खाने-पीने का जिम्मा लिया था। बहुत मना करने पर भी उसकी जिद थी कि उसे उन्हीं के घर खाना पड़ेगा। अतिथि सत्कार की भावना देखकर उसे कुछ पल को लगा था जैसे वह दूसरी ही दुनिया में आ गया हो।

''किस केटेगरी में रहना लाइक करोगे पंवार जी?'' आंखों पर आयताकार प्रेम का चशमा डाले नौटियाल ने उसके चेहरे पर दृष्टि टिकाते हुए पूछा था। तब वह कुछ देर तक अबूजा सा उसके चेहरे को ताकता रहा। ''किशन, इन्हें ले जाकर समझा दे'' चपरासी किशन उसे एक ओर ले जाकर बताने लगा कि यहां सर्विस के रेट बने हुए हैं। महीने भर गायब रहने पर सौ का हफ्ता भर....पचास का। इतना सब सुनकर उसका मन स्तब्ध हुआ था। पहाड़वासी जो इसी मिट्टी में जन्में पले हैं उनका अपने ही सीधे सादे लोगों के साथ यह छलावा किसी द्रोह से कम नहीं हो सकता। ''पंवार जी, कितने दिन हर पाओगे वहां?'' नौटियाल की भेदी निगाहें छेनी की तरह उसके चेहरे पर अटकी थीं। ''महीनेभर उसका सपाट सा उत्तर था।

''महीने भरं।'' उसके उत्तर पर नौटियाल ने इतना बड़ा ठहाका लगाया था कि वह झेंप गया था। किशन चाय ले आया। जाहिर था पैसे उसकी ही जेब से निकलने हैं। चाय पीते-पीते उसे लगा था जैसे बहुत सारी कड़ुवाहट घुल गई है उसकी चाय में। दस रुपये का नोट किशन को

पकडाने के बाद ऑफिस से बाहर निकला। लगता था वह किसी कंटीली बाड को पार करके निकला है। अपने पराजय बोध पर खिसियाया नौटियाल बहुत देर तक उसे दरवाजे से बाहर जाते हुए देखता रहा था। नया है पौष-माघ की बर्फ गिरते ही इसका जोश ठिकाने आ जाएगा बुबुदाते हुए उसके चेहरे पर विस्मयकारी मुस्कान फूटी थी और वह पान का बीड़ा मुंह में ठूंसकर बेदर्दी से चबाने लगा था।

गांव लौटा। डिस्पेंसरी की काया पलट हुई। लोगों को चिकित्सा सुविधा मिलने लगी। शहर की बाट देखने वाले आसपास के लोग भी डिस्पेंसरी की शरण लेने लगे। मनिच्छित पैसा वसूली की सुखपाल व रामपाल की इच्छाओं को लगाम लग गए लेकिन गांव से उन्हें साग सब्जी, दूध-दही व दाल-चावल मिलते तो वे चाव से खाते। सचमुच सन्तोष में जो सुख है वह अन्यत्र नहीं ।

गांव में नन्द पंवार नन्दू डॉक्टर हो गया। रात विरात जहां भी जरूरत पड़ती नन्दू अपना थैला लेकर पहुंच जाता जिसमें टार्च, सलाइन की बोतलें, ड्रीप सेट, इंजेक्शन, गोलियां व कैप्सूल रखी होतीं। राह चलते बुलाने आया व्यक्ति थैला लकर आगे आगे होता और नन्दू लाठी टेकता हुआ उसके पीछे। थोड़ा-बहुत कोई अपनी इच्छा से दे देता तो वह राख लेता लेकिन उसे लगता जैसे उस पर अनिच्छिा का बोझ डाला जा रहा हो। ''कलजुग में ऐसे कितने इंसान होगें'' किसी बुर्जुग को उसने कहते सुना था। सारे क्षेत्र में नन्दू डॉक्टर की वाहवाही थी।

जब से नन्दू डॉक्टर आया अस्पताल की दशा सुधर गई अपने गांव के वरना पहले न अस्पतालवालों की खोज खबर रहती थी न दवा गोली की लोग बीते दिनों को कोसते हुए उसकी प्रशंसा करते हुए न थकते। समय निकलता जा रहा था।

''कुछ कमाई धमाई हो जाती है यहां पर?'' शहर में नौकरी कर रहे उसके कुछ साथियों ने उससे पूछा था।

''नहीं''

"फिर तुम्हारा गुजारा कैसे हो जाता है।" उन्होंने उसकी स्थिति पर अपसोस व्यक्त किया और अचरज भी।

"हो जाता है रूखा-सूखा खा-पीकर" उसने धीमे स्वर में कहा था। एकांश को दारिद्रय बोध उसे अपने पंजे में जकड़ने को हुआ लेकिन उसकी दृढता के आगे उसे अपना पंजा पीछे खींचना पड़ा। आपस में बातें करते हुए सभी फार्मेसिस्ट अपनी-अपनी प्रेक्टिस व धनोपार्जन के किस्से छेड़ने लगे। सुनते हुए वह सोचता इतना सब बटोरकर क्या करेंगें ये लोग करेंगे क्या तू नहीं जानता जीवन की भौतिक आवश्यकताओं की पूर्ति सिर्फ एक मामूली तनख्वाह में नहीं हो जाती क्यों नहीं, उसके अर्न्तगत में ही संवाद छिड़ गया था तो फिर तेरे पास क्या है न फ्रीज न, कूलर, न कलर टीवी स्कूटर और न.... सोचते हुए उसकी मनोस्थिति डगमगाने लगी। हाँ इनमें से कुछ भी तो नहीं है उसके पास। न वह बहुत अच्छा पहन सकता है और न खाता-पीता है। पत्नी की स्थिति यह है कि सीध सादे लिबास में पड़ी रहती है। अपनी नौकरी के बाद से उसे महंगे कपड़े व गहने वह नहीं दे पाया है। औरों के घर की चमक दमक देखकर सीधी सच्ची आंखें चौंधियाने लगती हैं। सब बाहरी कमाई की देन है वह समझता है। जिसे देखो बटोरने में लगा है। थोड़ा बहुत घर भेज देता है इसलिए घर की गाड़ी चल रही है। लोगों के बारे में सुनता है कोई जमीन खरीद रहा है कोई मकान बनवा रहा है परन्तु वह वहीं खड़ा है जहां नौकरी पाते समय था। मन के किसी कोने में दुबकी आकांक्षाएं उसका मन में बलवती होने लगती और अपने भीतर के शोर में उसे लगता जैसे वह बहरा होता जा रहा है। अपने अपने तौर तरीके हैं। जीवन जीने के वह अपने आप में ही तसल्ली का बहुत बड़ा जाल बुनने लगा था।

सरकारी सेवा के अलावा लोगों के आपसी झगड़ों के निबटारे व दु:ख सुख में उसकी भागीदारी बढ़ने लगी। आपसी लड़ाई झगड़े का निबटारा वह इस ढंग से कर देता कि पूंछ भी न बचती। निष्पक्ष भाव से उसका मत केवल न्याय होता। यही कारण था कि उनके बीच उसका

निर्णय सर्वमान्य होता था। बदलती परिस्थिति में गांव में जातीय उन्माद फैला तो उस पर आरोप लगने लगे कि वह गांव के आपसी मामलों में बेवजह टांग अड़ा रहा है। वह सरकारी नौकर है तो उसी ढंग से रहे। वे नहीं चाहते कि गांव के मामलों में किसी बाहरी का दख्ल हो। बात उसके कानों में पड़ी तो उसे लगा था जैसे सारे लोगों का कोलाहल ही उसके कानों में घुस गया है और वह मूर्छावस्था में पहुंच जाएगा। जिन्हें वह सालों से अपना समझता रहा, उनके दुःख दर्द के लिए अपने सुखोराम का ही त्याग कर डाला रात दिन का भेद मिटा डाला आज वे ही...। हथोडें से चलने लगे थे नन्दू की आत्मा पर। वे उसे एक सरकारी मुलाजिम से अधिक कुछ नहीं समझते जानकर उसकी रग रग दुःखने लगी थी।

गांव के लोगों के बीच रहकर उसने सुख सुविधाओं को त्यागा। घर परिवार को कष्ट दिए। नन्द कुमार से सिर्फ नन्दू बना और आज वह इन्हीं लोगों की आंखों की किरकिरी बन रहा है उसे। लगा जैसे यह पराजय हो। निष्ठा सेवापरायणता और ईमानदारी का अवमूल्यन भोले भाले समझे जाने वाले गांव वासियों के बीच इस कदर होगा यह उसकी कल्पना से परे था। यथार्थ का सामना करते हुए वह जैसे दूसरी दुनिया का इंसान हो गयाा था। उसे अपने विचार व सिद्धान्त बेमानी लगने लगे। धीरे-धीरे उसे लगने लगा था कि लोगों की अपेक्षाओं के मुंह सुरता होते जा रहे हैं। डिस्पेंसरी आकर बहुत लोग तो थोक में दवा चाहते हैं। मुफ्त में बंट रही है तो लेने में क्या हर्ज और आसपास के परिवारों के बीच डॉक्टर बने फिरते हैं। लेकिन उसके सामने चन्द इने गिने लोगों का नहीं बल्कि क्षेत्र के सारे बीमार लोगों की चिन्ता का प्रश्न है। मानवता की सीमाओं के अतिक्रमण की मानसिकता लोगों में इस कदर पनप रही है जैसे गोबर के ढेर पर सफेद कुकुरमुत्ते यूं ही बिना बोए उग पड़ते हैं। उसे लगा गांव का समाज ही गोबर हो गया हो और उस गांव की बुराईयां कुकुरमुत्ते। वह रातभर विचारों की उठक पटक के कारण सो नहीं सका।

सुबह उठा। स्टोप जलाकर चाय के लिए पानी रखा था तभी केतली में चाय लिए कुंवर सिंह दाखिल हुआ। ''पंवार जी, सारी रात शायद आप सो नहीं सके कमरे की बत्ती जल रही थी। घर में सब ठीक तो हैं कोई परेशानी हो तो कुछ छुपाना नहीं'' कुंवर सिंह के चेहरे की सादगी और निश्च्छल भाव से उसका उतप्त मन बर्फ सा पिघलने लगा था।

''कुछ नहीं बस यूं ही सोचता रहा था'' वह बताने लगा कि कहीं उसकी नब्ज पर कुंवर सिंह का ही हाथ न पड़ जाए।

''क्या साोचते रहे थे?'' कुंवर सिंह आशंकित सा पूछने लगा।

''यही कि....'' आगे के शब्द उसके गले के नीचे ही रह गए थे। मन दुविधाग्रस्त था कुंवर सिंह को क्या बहुत बताए वह। सच बताने का साहस उसमें नहीं था और झूठ बोलना उसके स्वभाव में नहीं था। कुछ छुपाने की वज़ह उसके चेहरे पर साफ झलक जाएगी। उसे लगा वह बहुत कोशिश के बावजूद कुंवर सिंह से अपने झूठे चेहरे को छुपा नहीं पाएगा। उसे अपराध बोध होने लगा। इतने सालों से उसके साथ उठने बैठने वाला कुंवर सिंह उससे परिचित था और उसकी मनोस्थिति को पढ़ना उसके लिए कठिन न था। ''कहीं यहां से बदली वदली की तो नहीं सोच रहे हो पंवार जी या ऊपर से कोई ऑर्डर....'' कुंवर सिंह ने सहज भाव से कहा था लेकिन उसकी जैसी सारी मनोस्थिति का खुलासा ही उसकी जुबान पर आ गया था। अब वह जैसे स्तब्ध था अपनी चोरी पकड़ी जोने वाली ग्लानि से त्रस्त। ''बदली आप खुद चाहें तो और बात अगर ऊपर से कोई जोर जबर्दस्ती होती है तो हम नहीं होने देंगे इसके लिए ऊपर तक लिखा पढ़ी जो करनी पड़े सारे लोग करेंगे'' उसकी बात में आक्रोश था। कुछ करने का संकल्प था। बात सुनकर वह मौन था। निरूत्तर था।... ''जाने अनजाने किसी ने आपका दिल दुखाया हो तो उसकी माफी, बरना हम लोग तो आपको अपनों से भी बड़ा मानते हैं। वैसे भी इतनी बड़ी दुनिया में इंसान अपने कर्म व व्यवहार के लिए ही याद आता है। दुनिया को कोई नहीं ले जाता। इंसान के साथ उसकी

अच्छाई बुराई जाती है और वही रह भी जाती है बाकी सब तो..." कुंवर सिंह किसी नाटक के संवाद की तरह धारा प्रवाह बोले जा रहा था। सचमुच उसे लगा जैसे कुंवर सिंह नाटक का ही एक पात्र है दूसरा वह है। अपनी बारी पर वह कुछ नहीं बोल पाया। लगा संवाद समाप्ति का क्षण सामने आ चुका है। उसे चुनौती मिली है जिसका उसे सामना करना होगा। उसके भीतर संकल्प को अभ्युदय हुआ। उस दिन उसने कहीं भी न जाने का मन बना लिया। दिनभर डिस्पेंसरी में ही बैठा रहा था। कुछ-कुछ उदास।

कुंवर सिंह के जाने के बाद गांव के अनेक लोग उसके पास आए शायद उसने ही गांव जाकर लोगों को धिक्कारा था कि उन्होंने नन्दू डॉक्टर के बारे में अनाप शनाप बककर उसके दिल को दुखाया है। वह अपने दु:ख दर्द घर-बार भूल कर उनके बीच रहा और वे उसे अपने से दूर करने की विषाक्त सोच पालने लगे। उसकी बात पर सभी शर्मिन्दा हुए। नन्दू के गांव छोड़कर जाने का निर्णय थोड़ी देर के लिए साधारण सी घटना थी लेकिन आगे की कल्पना में उनका मन सिहर उठता। सोच विचारने के बाद सबका कहना था कि कुछ भी हो नन्दू डिस्पेंसरी छोड़कर न जाएं।

शाम तक उसे लगा उसके हरे-भरे संस्कार गांव के और लोगों के आत्माओं में समाहित हो गए हैं। सभी उसे कुंवर सिंह जैसे निश्च्छल औार सादगी सम्पन्न लगे। गांव छोड़ने का विचार उसने त्याग दिया। दरवाजे के ऊपर टंगी अपने नाम की तख्ती को उतारकर उसने उस पर रंग को ब्रुश फेरकर अपना नाम मिटाया फिर उस पर डॉ. एन. कुमार, फार्मेसिस्ट लिखकर पहले की तरह ही टांग दिया।

अगले दिन गांव के पढ़े लिखे लोगों के बीच केवल इस बात की चर्चा थी कि फार्मेसिस्ट भी अब अपने नाम से पहले डॉक्टर लिखने लगे हैं इसीलिए उनका नन्दू भी अब डॉ. एन. कुमार हो गया है, आगे न जाने क्या हो।

●●

ठूँठ

मायके पहुँचने पर उसने पहले ही दिन माँ-बाबा को बताया था कि सुरंजन चाचा उसे मिलता है तो कितनी बेरुखी से पेश आता है, लगता है जैसे कोई विराना हो। उस समय लगता है जैसे कोई ठूँठ ही सामने खड़ा हो गया है। बताते हुए उसका गला भर्रा गया था। उनके साथ बैठा देवेश चुपचाप उसका कहना सुनता रहा था। मन असमंजस की स्थिति में था। पुरुष होने का दंभ उसे दुविधाग्रस्त बनाए हुए था। किसी हद तक वह कामना की बात से सहमत था लेकिन नहीं चाहता था कि उसकी बात मन से बाहर फूटे। ऐसे मौके पर बेखौफ तन-मन से जूझने का सबसे बड़ा हथियार मौन होता है। ''ये नहीं हो सकता बेटी! सुरंजन बड़े लाड़-प्यार से पला है, दिखावा उसे नहीं सुहाता इसलिए....फिर तू तो.... अपनों के सामने कैसा दिखावा? सीधे-सच्चे ढंग से रहता है तो तुझे वह ठूँठ लगता है।'' अपने मामा के लड़के की बुराई अपनी ही बेटी से सुनने पर बाबा ने उसे समझाने की कोशिश की थी। भीतर की बात वे ही जानें लेकिन बाहर सुरंजन की बुराई उन्हें नागवार गुजरती है। मामा का अच्छा खाता-पीता परिवार है इसलिए उनकी तारीफ के पुल बाँधते हुए वे अपने आपको काँठे में खिलने वाले ब्रह्म कमल की तरह महसूस करते हैं, तरोताजा और सुगंधयुक्त। कामना उनकी बात से सहमत न थी परन्तु विमुख भी नहीं हो सकती थी उनकी सोच से। माँ-बाप की पूर्वानुभूति से वह

अनभिज्ञ न थी।

''आपने उस दिन नहीं देखा देहरादून में, हम गाड़ी में बैठे बाहर को देख रहे थे और वह हमें देखकर ऐसे निकल गया था जैसे जानता ही न हो।'' वह कहे जा रही थी।

''हाँ, पर हो सकता है उनकी निगाह ही न पड़ी हो हम पर।'' देवेश ने जानबूझकर उसे भ्रम की वीथियों में डालने की कोशिश की थी और स्वयं अपने आपको मथने लगा था। एक-दो बार वह भी सुरंजन से मिल चुका है। नीरस मुलाकातें। ससुराल की ओर से उसके बारे में की जाने वाली प्रशंसात्मक टिप्पणियाँ उस समय उसे कोरा कागज लगने लगी थीं।

उन्होंने उसे अपने-अपने ढंग से समझ की छुट्टी मिलाकर इस बात पर सहमत करने का प्रयास किया था कि उसके मन में व्यर्थ ही सुरंजन जैसे गुणी युवक के प्रति कुविचार पोषित हुए हैं। बड़े घरबार में लाड़-प्यार से पला लड़का है। उसके व्यवहार की सारी दुनिया प्रशंसा करती है। नम्रता इतनी कि घंटों हाथ बाँधे खड़ा रहता है। माँ-बाबा ने उसकी धारणा को बदलने की ऐसी कोशिश की थी जैसे नदी के बहाव का ही रुख बदल दिया जाए। मन में पली शंकाओं को वहीं विराम देने के बाद अन्तत: वह बिस्तर पर निढाल हो गई थी और बड़ी देर तक उसी के बारे में सोचती रही थी।

सुबह उठकर लगा जैसे सारा आकाश ही धुल गया था साफ-सुथरा। चिड़ियों की चहचहाट, घरों से उठते धुएँ के बादल। थोड़ी देर बाद सूरज पहाड़ के एक कोने में उग आया था और उसकी रक्तिम किरणें धरती पर अपना प्रभाव बिखेरने लगी थीं। वे दोनों अपनी चलने की तैयारी कर रहे थे। बहुत दिनों बाद वह मायके आई थीं और देवेश अपने ससुराल। सास-ससुर उनसे रुकने को कह रहे थे लेकिन वे अपनी विवशताओं के शिकंजे में जकड़े चलने की जिद पकड़े हुए थे। ''खैर, राजी-खुशी रहे तो मिलना-जुलना तो होता रहेगा।'' अन्त में लम्बी उच्छ्वास भरते हुए बाबा ने जैसे अपने हथियार डाल दिए थे। कस्बे के लिए सुबह नौ बजे तक तीन बसें जाती हैं। वहाँ से देहरादून के लिए बस मिलती है। दोपहर बारह बजे से शाम तक उनके गाँव को स्पर्श करती हुई घुमावदार सड़क पर तीन-चार बसें दौड़ती हैं और सुबह

वही वापस लौटती हैं। पहली सात बजे, दूसरी आठ बजे और तीसरी नौ बजे। चौथी आती है तो दस बजे निकलती है।

खा-पीकर गाँव के उपस्थित लोगों से विदा लेकर गाँव से बाहर की ओर जाने वाली पगडंडी पर थोड़ी दूर निकले ही थे तब तक बस ढेर सारी धूल उड़ाती हुई सड़क पर आगे बढ़ गई थी। काफी चिल्लाए किन्तु व्यर्थ। बस निकल चुकी थी। वे दोनों सड़क के किनारे चाय वाले की खाली बेंच पर बैठ गए। शरीर पसीने में तर-व-तर हो रहे थे और साँसों में तेजी थी। ''अभी शायद एक गाड़ी और आए'' चाय वाले ने उन्हें दिलासा दी थी और इतनी देर में वे एक-एक गिलास पानी पी गए थे। चाय वाले के चेहरे पर बूढ़ापन साफ झलक रहा था और बालों में सफेदी । कभी अधिक उठक-पटक करता तो साँस फूलने लगती।

थोड़ी देर बाद किसी ने आकर बताया था कि कल तीन ही गाड़ियाँ आई थीं और वे तीनों जा चुकी हैं इसलिए अब तो....आगे का अर्थ स्पष्ट था कि उन्हें कस्बे तक पैदल ही ....तेज पड़ती धूप, भारी भरकम थैले। कुछ पल पति-पत्नी असहाय-सी स्थिति में एक-दूसरे का चेहरा ताकते रहे। उन्हें थोड़ी दूर तक छोड़ने आए लोग वापस अपने घरों में पहुँच गए थे। पैदल चलने के नाम पर दोनों की ही हिम्मत जवाब दे रही थी। आखिर में तय हुआ कि आगे चलकर मनमोहन के घर बैठकर इन्तजार किया जाए। कस्बे से कोई टैक्सी आ पड़े तो उसी में बैठकर चले जाएँगे। नहीं भी आई तो घर ही लौट चलेंगे फिर अगली सुबह....पहाड़ में आने-जाने को लेकर यही बात कष्टकारी है कि गाड़ी पकड़ने में थोड़ी-सी चूक हो जाने पर सिवा दिन-भर के इन्तजार के कुछ नहीं रह जाता। अभी-अभी बस की रौंदी सड़क पर वे आगे बढ़ने लगे। सड़क पर थमी भुरभुरी मिट्टी पर पैर रखते ही ऐसे लगता जैसे राख के ढेर पर चल रहे हों। वे मनमोहन के घर पहुँचकर थोड़ी देर सुस्ताए। चाय-पानी हुआ। मुश्किल से घंटा-भर निकला होगा, सामने की ओर पता चला धूल उड़ाती हुई एक टैक्सी आ रही थी।

''तुम लोग बैठो, मैं पता कर आता हूँ, यही वापस लौटेगी तो इसी में बैठकर चले जाना वरना आज यहीं सही, ये भी तो अपना घर है।'' इतना

कहता हुआ मनमोहन सड़क की ओर चला गया था और देवेश मेज पर रखी प्लेट से नमकीन व बिस्कुट कुतरने लगा था। कामना भाभी से बातों में उलझी हुई थी। ''चलो!'' कुछ देर बाद वह दौड़कर आते ही बोला था। एक थैला मनमोहन ही उठाकर ले जाने लगा, दूसरा देवेश के कन्धे पर था। टैक्सी में बैठने की शीघ्रता में आगे बढ़े तो देखा दूसरी पंक्ति में सुरंजन बैठा था। उन्हें देखते ही उसका चेहरा न जाने क्यों बिल्कुल फीका पड़ गया था और तब तक देवेश ने अभिवादन की अपनी औपचारिकता निभा दी थी।

''बैठो'' औपचारिक ढंग से उसने कहा तो ड्राइवर के बराबर में बैठे सज्जन ने सीट मोड़कर उसे रास्ता दे दिया था। देवेश सुरंजन के बराबर में बैठ गया और कामना पीछे की सीट पर। ''नमस्ते चाचा!'' कामना ने उससे इतना भर कहा था फिर फीका पड़ता सुरंजन चाचा का चेहरा उसके भीतर तक उतरने लगा था। चाचा ने अभिवादन के प्रत्युत्तर के बाद उससे कुछ न पूछा था। देवेश से थोड़ी-बहुत बातें करता रहा था अपने आस-पास की, समाज और परिचितों की। अपने ही दंभ का आडम्बर था। पीछे बैठी कामना सोचने लगी थी–चाचा-भतीजी का तो आत्मीय व निकटवर्ती रिश्ता होता है। माँ-बाबा की सोच के मुताबिक तो उसे कामना के दु:ख-सुख की पूछताछ करनी थी। इसके विपरीत वह अगली सीट पर बैठे सज्जन से हाँ जी/जी साब कहता रहा था या फिर उसके पूछने पर रास्ते में पड़ रहे स्थानों के नाम बताता रहा था। उन्हें समझते देर न लगी थी कि सज्जन किसी सरकारी महकमे से हैं और सुरंजन के ठेके में हो रहे काम का निरीक्षण करने आए होंगे। कामना रिश्तों की छाती पर उग रहे चेहरों की पड़ताल करने लगी थी।

घंटे-भर की यात्रा के बाद वे कस्बे में पहुँच चुके थे। सड़क पर इध र-उधर टहलते लोग।, अलग-अलग दिशाओं में जाने को तैयार बसें और टैक्सियाँ। छोटे-बड़े होटल और दूकानें। टैक्सी के रुकते ही सुरंजन चुपचाप उतरकर एक ओर चला गया था। कामना सोचती थी कि कम-से-कम यहाँ तो सुरंजन चाचा उनका किराया चुकाने की जिद करेगा और देवेश मना करेगा। थोड़ी-सी मीठी नोक-झोंक दोनों के बीच होगी और हारकर देवेश को मानना ही पड़ेगा क्योंकि रिश्ते में वही छोटा है। पति के सम्मुख यह

उसका मान ही होगा। लेकिन वह तो दूर जा चुका था। न विदा की बात और न चाय-पानी की पूछताछ। अजीब इंसान हैं सुरंजन चाचा। घर-गाँव में तो गाँव रिश्ते की ब्याही-अनब्याही लड़कियों के मिलने पर उन्हें बार-बार चा-पानी, खटाई-मिठाई के लिए पूछा जाता है। उनके हाथ में थोड़े-बहुत पैसे देने का रिवाज है। लेकिन सुरंजन चाचा पढ़-लिखकर.. ..सारे संस्कार ही न जाने कहाँ गायब हो गए हैं उसके। बड़ी बुआ की लड़की आरसी तो उसकी तारीफ करती हुई नहीं थकती है। उसे कभी सौ दे जाता है कभी पचास। कभी कपड़े खरीद देता है और कभी मिठाई, परन्तु उसे तो आज तक पूछा नहीं। छोटे से होटल के एक कोने पर लगी कुर्सी पर बैठी वह बड़ी देर तक बाहर की ओर देखती रही थी किन्तु मन तो कहीं और ही था। आरसी तो कई-कई दिन उनके घर रह आती है और कामकाज में अपना हाथ बँटाती है। उससे तो यह होने से रहा। अपने घर के झंझटों से ही निजात नहीं मिलती फिर दूसरे के बारे में क्या सोचे। सुरंजन के व्यवहार पर उसे ग्लानि हुई थी। अपने आप में सोचती हुई इस अनहोनी के लिए वह अपने ही भाग्य को कोसती रही थी। अच्छे रिश्तेदार....उनके कारण नाक ऊँची होती है ससुराल में और नीची भी। देवेश क्या सोचेगा। जो भी हो वे गलत नहीं सोचते।

कभी-कभी अपने जितने पराए हो जाते हैं पराए उससे कहीं ज्यादा अपने होने लगते हैं। देवेश टैक्सी ड्राइवर को पैसे देने लगा था तो उसने यह कहते हुए पैसा लेने से साफ इनकार कर दिया था कि मनमोहन उनका किराया पहले ही दे चुका है और ठगी वह नहीं कर सकता। तब देवेश को अपनी जेब में डाला हाथ खाली बाहर निकालना पड़ा था। कामना धुंध में खो रहे रिश्तों के बारे में सोचती जा रही थी। मनमोहन न उनका रिश्तेदार है और न जाति-बिरादरी का। पास के गाँव का रहने वाला है, आते-जाते समय देवेश का उसके साथ उठना-बैठना होता है। उसके मन में उनके लिए कितनी जगह है, कितना सम्मान है और सुरंजन....पिता के सगे मामा का लड़का....वे उसकी प्रशंसा करते नहीं थकते और वह ....चाचा का चेहरा उसके लिए विकृत होने लगा था।

कुछ देर रुकने के बाद वे अपने गाँव की ओर जाने के लिए बस की राह देखने लगे थे। तभी खड़ी टैक्सियों में से एक सामने आकर उसी ओर खड़ी हो गई थी। क्यों न इसी से चला जाए, सोचते हुए वे उसमें बैठने को दौड़े। इत्तफाक, यहाँ भी अगली सीट पर सुरंजन बैठा था। पिछली सीट पर वे पति-पत्नी बैठ गए। डेढ़ घंटे के सफर में आपसी बोलचाल ना के बराबर हुई। टैक्सी के नन्हे शीशों को एक ओर हटाकर वे बाहर के दृश्यों को टकटकी लगाकर देखते रहे थे। उनका सफर अजनबियों की तरह हुआ था। कामना के मन में रिश्तों को लेकर कँटीली बाड़ उगने लगी थी।

बस-स्टैंड पर टैक्सी के रुकते ही सुरंजन पहले उतरा था फिर उसके साथ का हमउम्र आदमी। इसके बाद वे पति-पत्नी और बाकी लोग उतरे थे। उसके साथ का आदमी टैक्सी का किराया चुकाने लगा और वह शून्य बना हुआ खड़ा रहा था। टैक्सी से उतरे लोग आपस में ''मैं दूँगा''.... ''नहीं मैं दूँगा''.... ''अरे रहने दो, मेरे पास खुले हैं'' कहते हुए किराया चुकाने की जिद कर रहे थे। एक परिचित दूसरे के बदले पैसे चुकाने को उतावला लगता था। लेकिन उनके बीच ऐसा कुछ नहीं हुआ, न दिखावटी और न सचमुच ही। कामना ने सोचा था कितना अच्छा होता अगर वह भी ऐसा ही करता, भले ही दिखावटी सही। और यह भी नहीं हो सकता तो कम-से-कम दो मीठे बोल ही बोल देता, उनकी राजी-खुशी पूछता। भगवान का दिया सभी कुछ तो है उनके पास। बाहर मिलने पर सगा-संबंधी थोड़ी-सी खटाई-मिठाई पकड़ा देता है तो घर ले जाकर परिवारजनों के बीच उसे दिखाते हुए लड़की का मन खुशी में झूमने लगता है। पिछली बार रजनू मामा ने जलेबी का एक बड़ा पूड़ा दिया था तो घर लाकर उसने वह सास के हाथ में रख दिया फिर मिल बाँटकर सभी खाने लगे थे। खाते हुए बड़ा स्वाद आया था। मुँह की मिठास मन तक उतर गई थी और परिवारजनों के बीच उसे अपना कद भी कुछ लगा था वरना लड़की का कद ससुराल में बौना ही समझा जाता है। 'काश! सुरंजन उसका सगा चाचा होता तो शायद इतनी बेरुखी से पेश न आता।' उसका मन क्षणांश में कसैला होने लगा था। मुँह में कड़वाहट घुलने लगी थी। सुरंजन आगे बढ़कर भीड़ में शामिल हो चुका था और दूर से उसकी पीठ किसी परछाईं

की तरह नजर आ रही थी। 'पी..ई..पी..ई..' स्कूटर का हॉर्न सुनते ही वह हड़बड़ा पड़ी थी। देवेश एक थैला बस में रखने के बाद बाहर आने के लिए दरवाजे की अन्तिम पायदान लाँघ रहा था। कामना ने अपना थैला पकड़ा और उसे देवेश को थमाती हुई स्वयं भी जाकर बस में बैठ गई। लोग इधर-उधर आ-जा रहे थे।

सोचते हुए पिछली रात का वार्तालाप उसके कानों में पड़ने लगा था। माँ-बाबा के द्वारा बाँधे सुरंजन चाचा की तारीफ के पुल टूटते जा रहे थे। बड़े लाड़-प्यार से पले सुसम्पन्न घर में जन्मे लोग ऐसे तो नहीं होते कि अपनी परम्परा, रीति-रिवाजों को ही भूल जाएँ, रिश्ते के मर्म को न समझ पाएँ। बिल्कुल काठ हो जाएँ। तब उसे लगा पिछली रात वह उनसे राजा-रानियों, परी व राजकुमारियों की कहानियाँ सुनती रही थी जो कहीं भी नजर नहीं आतीं। रह-रहकर उसे अपने बगीचे में खड़े उस ठूँठ की याद आने लगी जो कई साल पहले की तरह आज भी बिल्कुल उसी तरह खड़ा था।

●●

वापसी

आज सुबह से ही कान्ता का मन ऐसा हो रहा है जैसे बादलों से घिरा आकाश हो। काले-सफेद बादल...आपस में गुत्थमगुत्था और एक-दूसरे को दबोचने का प्रयास करते हुए। रह-रहकर उसकी निगाह घर के आँगन में लगे तुलसी के पौधे की ओर चली जाती और बीता समय उसके सामने अपनी बाँहें पसारे खड़ा हो जाता है। क्षण-भर को वह उस ओर देखती है और इतनी ही देर में उसकी आँखें डबडबाने लगती हैं, फिर वह अपनी दृष्टि को उस ओर से पलट लेती है। कितना वेगवान होता है समय। इंसान का आगा-पीछा करता रहता है। सामने आकर खड़ा हो जाता है। उसकी मनिच्छा होती है यह समय उसका पीछा न करे और न सामने आकर खड़ा हो। लेकिन उस पर उसका कहाँ बस चलने वाला। वह तो आकर ही खड़ा हो जाएगा उसके पास शरीर में आत्मा की तरह।

छोटे से गाँव के छोटे से घर लेकिन बड़े परिवार में लालन-पालन हुआ था उसका। छः बहिनों और अकेले भाई के बीच। घर में अच्छी-खासी चहल-पहल रहती। बहिनों की आपसी गुदगुदी बातें और भाई से मीठी नोक-झोंक। समय का पल-पल ऐसे निकल पड़ता कि....आपसी प्रेमभाव का ही फल था कि समय का एक बड़ा हिस्सा ही निकल गया था वरना बड़े परिवार की समस्याएँ वैसे भी इंसान को तोड़कर रख देने वाली होती हैं।

थोड़ी-सी जगह-जमीन, गाय-बछड़ी, बैलों की जोड़ी और एक भैंस। बड़ी मुश्किल से उनका गुजारा हो पाता था। सभी बहिनें खेत, जंगल घास, लकड़ी लेने और काम करने जातीं तो उनकी खिलखिलाहट वातावरण को अपनी उपस्थिति के अहसास से भर देती। खेती में जो भी होता ले-देकर उससे ही गृहस्थी की गाड़ी आगे बढ़ती।

बेल की तरह लड़कियाँ बढ़ने लगें तो माँ-बाप को उनके भविष्य की चिन्ता कुण्डली मारे साँप की तरह घेरने लगती है। लड़कियों के भविष्य की चिन्ता का सीधा अर्थ उनका विवाह। उम्र में जो बहिन बड़ी थी वहीं से विवाह का क्रम आरम्भ हुआ। उसकी बारी भी आ गई। बात चली, लड़के वाले उसे देखने आए। साथ में लड़का भी था—लम्बा, पतला-सा। विवाह को लेकर पहले उसका मन गुदगुदा रहा था लेकिन लड़के को देखते ही चेहरे की मुस्कान फीकी पड़ गई। मन उदास हो गया था। ऐसे पति की कल्पना तो उसने नहीं की थी। उसके मन में गोरे चिट्टे, लम्बे व सुन्दर पति की कल्पना थी। वह भी तो किसी से कम नहीं थी देखने में। बहिनों के बीच तो उसकी प्रशंसा होती ही है। गाँव में भी उसके रूप-गुण की अक्सर चर्चा होती रहती थी और नारी सुलभ स्वभाव के कारण उसे प्रशंसा सुनते हुए आत्म गर्व भी होता था। कहाँ एक हट्टे-कट्टे व गोरे-चिट्टे पति की कल्पना और कहाँ यह .... 'बाण' सा लम्बा-पतला लड़का बिल्कुल काला कलूटा-सा। उन्होंने अपनी ओर से देखने की औपचारिकता का निर्वाह कर दिया था। उसकी सहमति की आवश्यकता थी। माँ-बहनों ने उसकी राय जाननी चाही थी। प्रत्युत्तर में वह बुरी तरह सिसक पड़ी थी। तब भी वे उसके मन की बात नहीं समझ पाए थे। न जाने क्यों खुलकर वह चाहती हुई भी कुछ न बोल सकी थी। लड़के के बारे में इतना मालूम हुआ था कि गाँव में कंट्रोल की दूकान करता है। घर-बार ठीक है। रंग-रूप ही सब कुछ नहीं होता, इंसान में गुण होने चाहिए। बात ही बात में उसके पिता उनसे कहने लगे थे तो मन-ही-मन वह भी सहमत होने लगी थी। लड़की की अपने भावी जीवन साथी को लेकर कोई-न-कोई कल्पना तो होती ही है। उसको वह एकाएक नहीं ढह सकती। कितना मानसिक कष्ट सहना पड़ता है उसे यह सब देखते हुए कि उसके सपने दिन

के उजाले में रात हो जाते हैं। अगले दिन उसने अपने मन की बात शैला से कह डाली थी जो उसके मन में पक रही थी। अनिच्छा के धुएँ में कब तक घुटती रहे वह। शैला ने माँ को उसकी बात बताई तो वह गुस्से में विफर पड़ी थी–"क्या खोट है लड़के में। अच्छा नाक-नक्श है, खाता-पीता घर है.... दूकानदारी कर रहा है....और क्या चाहिए तुझे।" उसने सिर झुका लिया था। "....और भी बहिनें हैं तेरी, उनकी तो सोच....हमें उनका ब्याह भी तो करना है....तू ही दीवार ही तरह सामने खड़ी रहेगी तो उनका ब्याह...." जोर से बोलते हुए माँ की साँसें उखड़ने लगी थीं और फिर वह खौं-खौं करती हुई बड़ी मुश्किल से खाँस रही थीं। गुस्से में उसका सारा शरीर किसी पुरानी इमारत की तरह हिल रहा था।

वह जानती है, माँ कभी ज्यादा बोलने लगती हैं तो साँस अटक जाती है और दमे का दौरा पड़ जाता है। इसीलिए तो वह मौन धारण किए बैठी थी। लेकिन मन....वह तो जैसे सूखे जंगल की तरह बुरी तरह झुलस रहा था। वह अपने आपको ही कोसने लगी थी कि उसने नाहक ही शैला को अपने मन की बात बताई। उसके कारण माँ का जीवन खतरे में पड़ जाए, वह नहीं चाहती। बड़ी देर तक वह सिर नीचा किए वहीं पर बैठी रही थी। माँ कुछ देर हाँफने के बाद अब शान्त पड़ चुकी थी और उसने मौन ओढ़ लिया था। अपने आप में माँ को पछतावा हो रहा था कि उसे कान्ता को इस तरह नहीं डाँटना चाहिए था। वह जवान है। उसका भी अपना मन है, पसन्द है। इच्छा-अनिच्छा है। लेकिन गरीब की इच्छा-अनिच्छाओं का ख्याल किसे रहता है। पहले तो उसे खुद भी नहीं रहता। वे भी गरीब ही ठहरे। जगह-जमीन की कमी और पैसे की तंगी के कारण बड़े परिवार के भरण-पोषण की जिम्मेदारी से लदे वे गरीबी को ही ढोते रहे हैं जीवन-भर और अब भी.... अभी तो तीन लड़कियाँ और सुरंजन ब्याहने को हैं। बुढ़ापे के आखिर तक भी....तभी तो सोचती है कि अपने सामने सभी का ब्याह हो जाए उसके बाद तो....सुरंजन अकेला लड़का है। वह क्या तो करेगा, घर की जिम्मेदारी देखेगा या बहिनों को। देखा जाए तो जमाना भी कहाँ ठीक है, जवान लड़कियों को घर बिठाकर रखने का। वे तो सूखे रंग की तरह हैं जरा हवा-पानी लगा नहीं कि छींटे दूर

तक पड़ जाएँगे। गरीब की इज्जत ही उसकी सबसे बड़ी दौलत होती है, उसी पर छींटे पड़ें तो....जीवन ही मरना हो जाता है। उसका सामाजिक विवशताओं के बन्दीगृह में छटपटाते हुए उन्हें अपने सपनों के संवरण की हत्या करनी पड़ती है। एक ओर माँ तथा दूसरी और बेटी अपने-अपने ढंग से सोच रही थीं। दोनों की विवशता की अपनी-अपनी सीमा थी। लेकिन सोचने-भर से कुछ नहीं हो सकता था। एक-दूसरे के प्रति त्याग की भावना बेटी-माँ में समान रूप से उठ रही थी। रात को गोबर्धन एक ओर पसरकर ऊँघ भरने लगा था तो कौसिला ने स्नेह-भरा हाथ कान्ता के सिर पर फेरते हुए कहा था-''तुझे लड़का पसन्द नहीं है तो न सही, अपना दिल छोटा न कर।'' कहते हुए उसकी आँखें भर आई थीं। लगता था वह भीतर तक द्रवित हो उठी थी। कान्ता भी बच्ची न थी जो समझते देर लगती। माँ को सँभालती हुई बोली-''न माँ, मेरी चिन्ता न कर। जहाँ तुझे-बाबा को अच्छा लगे मेरे लिए वही घर ठीक है।'' कहने के बाद उसने गहरा मौन ओढ़ लिया था। पत्नी ने पति से बात की। बड़ी देर तक दोनों में विचार-वमर्श हुआ और अन्ततः कान्ता के मन की खुशी रखने की बात हुई। विवाह के लिए जोर डालने का विचार उन्होंने त्याग दिया था। सोचते हुए वे बहुत खुश थे। नियति के हाथों इंसान की कहीं जय होती है कहीं पराजय और यह सब समय के गर्त में होता है।

मँगनी पर उसका मन आसमान-सी ऊँचाई न पा सका था। गोरे-चिट्टे की जगह काला-कलूटा ही सही लेकिन घर-बार तो अच्छा है, यही सोचकर उसने सच के साथ समझौता-सा कर लिया था और प्रसन्नता का वरण भी कर लिया था। विवाह की तिथि तय हुई। जैसा बन सकता था उसके विवाह में पिता ने कोई कसर नहीं रखी थी। अपने सामर्थ्य की चादर जितनी फैला सकते थे, फैलाई। डोली में बिठाकर उसे ससुराल के लिए विदा किया जा रहा था उस समय वह फूट-फूटकर रो पड़ी थी। यही हाल परिवारजनों का था। ससुराल में पहले ही दिन उसे देखने के लिए महिलाओं में बड़ी उत्सुकता थी। घर-बाहर की जो भी महिला देखती, उसके रूप-गुण की प्रशंसा किए बगैर न रहती। सास व ननदों के मन खुशी में सराबोर थे। घर में उसका मन बिछाकर स्वागत हुआ था। घर के बड़े से कमरे में महिलाओं के बीच बैठे रात

कैसे निकल गई, पता न चला।

सुबह उसने आसपास के वातावरण को देखा और रणवीर अपने पिता के साथ प्रीतिभोज में आए लोगों का स्वागत-सत्कार कर रहा था। तीसरे दिन सास ने उसे घर का कोना-कोना दिखाया। घर की परम्परा और संस्कारों के बारे में बताया। विवाह के महीनेभर बाद ही उसने सावित्री जेठानी के घर से तुलसी का एक पौधा लाकर अपने आँगन के एक छोर पर रोप दिया था और वह रोज नहाने के बाद उस पर जल चढ़ाना न भूलती, ऐसा करते हुए उसके मन को बहुत सुकून मिलता और मन में अगाध श्रद्धा उमड़ पड़ती। 'तुलसी का पौधा बड़ी श्रद्धा और मेहनत के बाद ही पनपता है', एक दिन ससुर बोले थे। कुछ ही दिनों में वह हरा-भरा होने लगा तो उसके और रणवीर के चेहरे पर खुशी तैरने लगी थी। वह एकान्त में होती तो सोचते हुए सन्तुष्टि होती कि उसे जो आदर-भाव और स्नेह मिला, सूखी धरती को जैसे जल की फुहार मिली थी।

समय पल-पल को समेटता हुआ आगे बढ़ता जा रहा था। पहले घर में उसकी अच्छी आवभगत हुई। बाहरी लोगों के बीच रूप-गुण की प्रशंसा होने लगी: पर उसकी किस्मत में तो कुछ और ही लिखा था। रणवीर को यार-दोस्तों की संगत में दारू पीने की ऐसी बुरी लत पड़ गई कि वह इस दल-दल में फँसता ही चला गया। चावल, चीनी, कपड़ा, मिट्टी के तेल की बिक्री पर थोड़ा-बहुत बचता उसे वह अपनी बुरी लत की भेंट चढ़ा देता। कान्ता उसे समझाने की कोशिश करती। पहले वह उसकी बात पर हाँ-हूँ कर लेता था। कभी छोड़ने के लिए कसमें खा लेता लेकिन अन्त में...टूट जाती उसकी सारी कसमें और उनसे कहीं अधिक टूटता कान्ता का मन। पर करती क्या....मन-ही-मन सोच के ताल में डूबती जाती कि उसके भाग में शायद यही सब लिखा है। पहले तो उसके रूप को देखकर ही उसका मनस्ताप हुआ था लेकिन अब गुण भी....खैर, सास-ससुर और ननदें तो अच्छी हैं उसके लिए यही सोचकर मन को बाँध लेती।

कसमोल, यूसोल पौधे फलों से लदे रहते हैं तो उन्हें चखते हुए वे सबको अच्छे लगते हैं लेकिन फल गिरने पर वे महत्वहीन लगते हैं। उनकी उपेक्षा

होने लगती है। यही घर में हुआ। रणवीर ठीक-ठाक था तो बहू भी अच्छी थी और वह कुसंगति का ग्रास हो गया है तो बहू में भी सौ ऐब नजर आ रहे हैं। कहते हैं, वह उसे नहीं रोकती, अंटी से और निकालकर दे देती है। तभी तो वह जाकर पी आता है और जुआ भी खेलने बैठ जाता है। पहले ये ऐब उसमें नहीं थे। सारा दोष बहू के सिर मढ़ा जाने लगा। इधर वह रणवीर को समझाने की कोशिश करती है तो वह उल्टा ही उसे धमकाने लगता कि वह चुपचाप पड़ी रहे घर में, ज्यादा टिंग-टाँग करने की जरूरत नहीं वरना...वरना वह बेहद वहशी होकर पीटने लगता है उसे। मुए को इतना भी ध्यान नहीं रहता कि चोट कहाँ-कहाँ लग रही है। एक दिन तो उसने पति-पत्नी के बीच की सारी पराकाष्ठा का ही अन्त कर डाला था। हुआ यह कि वह अपने ब्याह में मिली सोने की अँगूठी बेचना चाहता था जो कान्ता के पास थी। माँगने पर कान्ता ने मना किया तो लगा पीटने। उसका मुँह सूज गया था और पीठ की चोटें बहुत दिनों तक कष्ट देती रही थीं। सास-ससुर ने पूछा तो वह चुप थी तो उन्होंने उसकी सहनशीलता का अर्थ कुछ और ही लगाया कि जरूर लड़के की लापरवाही और दुर्व्यवहार के कारण बहू में भी कोई-न-कोई खोट आ गया है। वे कान्ता से मुँह मोड़ने लगे थे। अपने प्रति बदलाव देखकर कान्ता बहुत दिनों तक तनावग्रस्त रही थी। फिर भी सोचती–रात के बाद दिन आता है तो उसके बुरे दिन भी कट जाएँगे।

''चल निकल मेरे घर से!'' कमरे से उसे बाहर धकेलते हुए रणवीर ने कहा था तो सास-ससुर दूसरी ओर बैठे बस तमाशा देखते रहे थे। लग रहा था जैसे निष्प्राण हो गए हों और वह कातर निगाह से उनकी ओर देख रही थी। लेकिन निष्प्राण कहाँ बोलते हैं। निगाह झुका ली थी दोनों ने ही। ननदें किवाड़ भेड़कर भीतर ऐसे बैठ गई थीं जैसे घर में कुछ न हो रहा हो।

''ये तुम्हारा घर है, मेरा घर नहीं?'' उसने पहली बार साहस बटोरकर पूछा था।

''तेरा घर वहाँ होगा तेरे बाप के घर, जा निकल!'' उसने कहते हुए कान्ता को फिर से धक्का दे दिया था कि वह मेड़ पर जा गिरी। पीठ का दर्द सताने लगा था। माथे से खून निकल आया था। रणवीर वहशी हो रहा था।

बहुत देर तक वह उठ न सकी और रणवीर उसे गालियाँ बकता हुआ बाहर चला गया था। उसके जाने के बाद वह उठी और भीतर जाकर गुमसुम-सी बैठ गई। बचपन में एक बार सुरंजन ने उसे एक डंडी मारी थी तब तूफान खड़ा हुआ था घर में। पिता ने उसे कितना डाँटा था और आज वह कैसी बेबस पिटती जा रही है पति के हाथों। पति तो सहचर होता है, दुःख-सुख का साझेदार। उसे ऐसा कसाई तो नहीं होना चाहिए। उसके आँसू लुढ़क आए थे। उसका घर यह नहीं तो.... ''कितना मारा निर्मोही ने'' सास आकर उसके घाव पर मलहम लगाने की कोशिश कर रही थी, लेकिन वह निरीह-सी बाहर तुलसी के उसी पौधे को देखे जा रही थी। अपने घर की समृद्धि की आराधना करते हुए उसने इसे रोपा था। ''चल खाना खा ले!'' सास ने कहा तो वह खाने लगी लेकिन बेमन से। उसे लगता खाने का कौर गले में ही अटककर रह जाएगा। फिर आकर बैठ गई। बाहर-भीतर से मन बुरी तरह टूट रहा था फिर भी टूटे मन में उसने अपने भविष्य की दिशा तय कर डाली थी।

अगले दिन उसने मायके जाने की इच्छा रखी तो उसे मायके छोड़ दिया गया। कुछ दिन बिताने के बाद पिता ससुराल छोड़ने की बात करने लगे तो उसने इन्कार कर दिया। पूछने पर उसने रोते-सुबकते हुए बताया था कि जिस घर में उसे बार-बार अपमानित किया जाता है, सास-ससुर पत्थर बने तमाशा देखते रहते हैं। वहाँ जाकर क्या करेगी वह, इससे तो अच्छा है वे अपने ही हाथों उसका गला घोंट दें। उसकी बात सुनकर थोड़ी देर के लिए सभी स्तब्ध हो गए थे। माँ-पिता एक-दूसरे का मुँह ताकने लगे थे। बहिनें इस दुर्व्यवहार पर हैरान थीं। लगता था कान्ता ने आज विषाद की बहुत बड़ी गठरी खोली थी उनके सामने। उसके भविष्य की चिन्ता लेकर सभी संशयग्रस्त थे। खानदान की मर्यादा और अपनी नाक का वास्ता देकर सभी ने अपने-अपने ढंग से समझ की घुट्टी उसे पिलानी चाही परन्तु वह तो अपनी बात पर अडिग थी। उसने अपना निश्चय नहीं बदला। हारकर पिता को उसके भविष्य को देखते हुए कठोर बनना ही पड़ा था—''तो तू यहाँ भी नहीं रहेगी हमारे घर....जवान ब्याही बेटी ससुराल की बजाय मैके में रहे....क्यों रह रही है, कोई पूछेगा तो क्या जबाब देंगे हम...बाहर कितनी

थू-थू होगी हम पर...बहिनों का ब्याह कैसे हो पाएगा।'' सामाजिक प्रहारों के भय की आड़ लेकर उस पर उन्होंने अपने पिता होने के बोध का दंभ लादना चाहा किन्तु फिर भी वह टस-से-मस नहीं हुई, वह जैसे चट्टान हो गई थी।

''मेरी चिन्ता मत करो, मैं बोझ नहीं बनूँगी तुम सब पर न ही तुम्हारे खानदान पर दाग-धब्बा लगाऊँगी।'' सबके बीच कान्ता का आक्रोश फूट पड़ा था। सभी के चेहरे जैसे अपनी-अपनी जगह से गायब हो गए थे। उसका रुख देखकर सभी ने गहरी चुप्पी ओढ़ ली। पिता का इशारा था। गर्म लोहे को पीटने पर उसे मनचाही शक्ल दी जा सकती है लेकिन आवेशित इंसान को. ...उसके सामान्य होने की प्रतीक्षा ही पहली बुद्धिमत्ता होती है। ''जैसी इसकी इच्छा हो, करे'' बता, लम्बी साँस छोड़ते हुए बोले थे और उनके कहने में बहुत सारी पीड़ा और उद्विग्नता छुपी हुई थी जिसे सब लोग समझते थे और यही समझना उनकी चुप्पी का कारण था। संतान की असहजता माँ-बाप के सीने पर असह्य बोझ होती है। उनकी यह स्थिति इसी सच का एक हिस्सा था।

कान्ता के भीतर की सुषुप्त औरत करवट लेने लगी थी और उसका मन था जो अपने जीवन को किसी ऐसी राह पर ले जाना चाहता था जहाँ स्वावलम्बन हो, किसी का आधिपत्य नहीं बल्कि स्वावलम्बन के साथ सम्मान मिले। कब तक वह पति के अमानवीय व्यवहार व मानसिक ताड़ना का शिकार होती रहेगी। कुछ करने का सपना लेकर वह पास के शहर में एकाकी जीवन काट रही चन्द्रमोहिनी के पास जाने को उद्यत थी। वे वर्षों पहले उनके गाँव आई थीं तो नारी जागृति को लेकर बहुत देर तक बातें करती रही थीं, गाँव की औरतों के बीच। तब वह सिर्फ हाँ-हूँ ही करती रही थी। उसके जाने के बाद किसी को उसकी बात पर मनन करने का मौका नहीं लगा था। अपनी गृहस्थी के चक्कर में वे उसे भूल चुकी थीं। बासी कलेण्डर की तरह उसकी बातें गाँव से ही बाहर हो चुकी थीं। चन्द्रमोहिनी के पास पहुँचते ही उसने अपनी आपबीती बताई तो वह बड़े स्नेहिल स्वर में बोली, ''तू चिन्ता न कर बेटी! अपने भविष्य को सँवारने के लिए मेहनत तुझे करनी पड़ेगी और

रास्ता मैं दिखाऊँगी, चलोगी न उस पर?''

''जी!'' उसने कहा तो चन्द्रमोहिनी की ऐनक लगी आँखों ने उसकी आँखों में देखकर यकीन कर लिया था कि उसमें संकल्प की कमी नहीं है। संकल्प और समर्पण ही इंसान के जीवन की राह बदलने में मील का पत्थर होते हैं।

''नारी उपभोग की चीज नहीं है न ही पैर की जूती, लेकिन यहाँ कटे-जले संस्कारों और सड़े-गले विचारों के लोगों ने उसे इस सीमा में बाँध दिया है। वे नहीं चाहते उन्नति के आकाश में वह भी उड़ सके। समाज के उत्थान में उसकी समान भागीदारी हो।'' बड़ी देर तक चन्द्रमोहिनी उसे नारी जागरूकता को लेकर बताती रही। वर्षों से एकाकी जीवन बिता रही चन्द्रमोहिनी का विद्रोह पुरुषों के प्रति नहीं बल्कि उनके द्वारा स्थापित खोखले मापदण्डों और नारी उपेक्षा के विरुद्ध था। उम्र के लगभग पचास बसन्त पार कर चुकी चन्द्रमोहिनी के चेहरे पर आज भी अलौकिक आभा झलकती है जिसका अपना अलग ही सम्मोहन है।

मायके में रहकर ही कान्ता ने आई.टी.आई. से सिलाई की ट्रेनिंग का फॉर्म भर दिया। चयन होने पर साल-भर की ट्रेनिंग कर ली। आरक्षित कोटे में थी इसलिए उसे माहवार छात्रवृत्ति भी मिलती रही। ट्रेनिंग पूरी हुई। उसकी मेहनत और चन्द्रमोहिनी की राह ने सचमुच उसके जीवन की राह ही बदल डाली। उस दौरान दाई भाई घर आकर ताना दे जाते कि ब्याहता लड़की को ट्रेनिंग देने की क्या जरूरत है। वे कान्ता से कहते परन्तु उसके दो टूक जवाब के सामने अनुत्तरित से रह जाते। गाँव के वातावरण में सदियों से घर की हुई संकीर्णता का राक्षस उसे दबोचने को होता लेकिन उसके साहस और विद्रोह की क्षमता के आगे उसे भी घुटने टेकने पड़ते।

इधर-उधर से थोड़ी-सी आर्थिक मदद लेकर उसने एक सिलाई मशीन खरीद ली और कपड़े सिलने लगी। गाँव के अलावा आसपास के गाँवों से भी उसके पास कपड़े आने लगे। वह मेहनत कर पैसा-पैसा जुटाने लगी थी। बूँद-बूँद से घड़ा भरता है। पास में पैसे होने पर उसने लोगों की सलाह पर शहर जाकर अपनी दूकान खोली। उसके पास कपड़े आने लगे और अपनी

कुशलता तथा श्रम के बूते पर उसने जल्द ही शहर में अच्छी जगह बना ली। महिलाओं के पसन्द के कपड़े सिलने की वही एकमात्र दूकान बन गई थी। जगह छोटी पड़ने लगी तो उसने बड़ी-सी दूकान ले ली। साथ में कुछ लड़के-लड़कियाँ और रख लिए। परिश्रम का रंग निखरता रहा। कान्ता की दूकान पर कपड़े सिलवाने के लिए लोगों को पहले से सम्पर्क करना पड़ता। व्यस्तता दिनोंदिन बढ़ती गई तो वह अपने जीवन का दर्द भी भूलने लगी थी। मायके वालों पर उसे बोझ बनना था लेकिन वही उन्हें सहारा दे रही थी।

उसकी दिनोंदिन उन्नति को देखकर लोग ससुराल वालों पर ताने कसने लगे थे कि एक सुशील व होनहार बहू को घर से निकाल दिया कम्बख्तों ने। सुनकर उन्हें अपने आप पर शर्मिन्दगी होने लगती। ''मैं न कहता था बहू सुलक्षणी है, जिस दिन घर में कदम रखा था उसी दिन से भाग जाग गए थे घर के पर....'' ससुर ने सास को घूरते हुए कहा था जैसे इस बात के लिए सिर्फ वही दोषी हो और उसकी निगाह जमीन में धँसने लगी थी।

''हाँ, रणू के बाबा, हमारी आँखों पर परदा पड़ गया था, हमारे बेटे में खोट था और हम उस बेचारी को....कितना मारता था बेशरम....और हम.... बिल्कुल पत्थर हो जाते थे उसकी तरफ....'' कहती हुई सास सचमुच रो पड़ी थी। पश्चात्ताप की आग में पति-पत्नी के साथ ही सारा घर जल रहा था। जुए और शराब की लत ने रणवीर से दूकान तो छुड़वा ही दी थी ऊपर से लोगों का कर्ज भी चढ़ गया था। माँ-बाप की जिम्मेदारी बढ़ गई थी। सारे घर ने एकमत हो निश्चय किया कि कान्ता को समझा-बुझाकर अपने घर लौटा लाएँ और अपनी गलतियों के लिए उससे माफी माँग लें।

रणवीर और पिताजी बुलाने की आस लेकर कान्ता के मायके पहुँचे तो वहाँ गोबर्धन और परिवारजनों ने आँखें बिछाकर उनकी आवभगत की। उन्होंने अपने मन की बात कही तो उनकी खुशी का ठिकाना न रहा कि अब कान्ता राजी हो जाए तो उसके जीवन में फिर से बहार आ जाएगी। उसे ससुराल और उसका पति मिल जाएगा वरना कब तक वह एकाकी जीवन काटती रहेगी। पति के बिना तो औरत का जीवन ही अधूरा है। पति के रहते वह अधूरा जीवन क्यों जिए। अब तो कान्ता की इच्छा पर ही सब कुछ टिका

है। जैसा वह चाहेगी, होगा। बाप-बेटा उन्हें लेकर शहर के लिए चल पड़े।

पिता और ससुर को देखकर कान्ता ने उनके पैर छू लिए थे। ''जीती रहो!'' उन्होंने अपने-अपने ढंग से कहा था तो सुसर के स्वर को भाँपने में उसे देर न लगी कि वे पश्चात्ताप की आग में झुलस रहे हैं। पीछे खड़ा रणवीर और पीछे हो गया था। उसे देखकर शरीर में चुभन-सी होने लगी थी उसके। ''बैठिए न'' उसने उसकी ओर बेंच सरकाकर आग्रह किया तो रणवीर नजर झुकाए वहीं खड़ा हो गया था, जैसे जड़ हो गया हो। ''बैठ बेटा!'' गोबर्धन ने उसे इशारा किया तो वह भी उसी बेंच पर बैठ गया। तीनों एक ही बेंच पर बैठे थे। सामने आवभगत में लगी कान्ता। कपड़ों से ठसाठस भरी दूकान। जमीन पर बैठे कारीगर-लड़के, लड़कियाँ। उनके आने के बाद सभी कुछ जगह छोड़ पीछे की ओर सरक गए थे। कोई काज बना रहा था, कोई बटन टाँक रहा था और कोई तुरपन कर रहा था। कुछ मशीन पर कपड़े सी रहे थे।

''गणेशी, चाय ले आ।'' उसने छोटे से लड़के से कहा और वह उठकर चला गया। उसने कनखियों से रणवीर को देखा। कितना दुर्बल हो गया है वह। आँखें भीतर की ओर धँस गई हैं। चेहरे पर झुर्रियाँ उभर आई हैं। देखकर उसे तरस आने लगा था उस पर और स्वयं वह....उसे क्या हुआ, वह तो पहले से अच्छी है। नारी मन अत्यधिक कोमल और संवेदनशील होता है। वह जल्दी पिघल जाता है। चाय आई तो सुड़क-सुड़क सब चाय के घूँट गले से उतारने लगे। गहरा मौन-सा उतर आया था उनके बीच। तीनों जैसे अपने भीतर हो रही उथल-पुथल से जूझ रहे थे।

''बेटी! जँवाई और समधी तुझे लेने आए हैं, तू क्या कहती है?'' गोबर्धन ने कान्ता की ओर धीमे से कहा था। एक अपराध-बोध उसका पीछा कर रहा था। पिता की बात सुनकर कान्ता का मन दोराहा-सा होने लगा था। क्या करेगी अब ससुराल जाकर जब उसे पति के सान्निध्य और सास-ससुर के स्नेहाशीर्वाद की जरूरत थी तब वे लोग कितनी बेरुखी पर उतर आए थे। आज उसने अपने परिश्रम के बूते पर थोड़ी-सी खुशी हासिल कर ली है तो अब उन्हें उसकी याद आई है। काश! वे पहले ही लेने आए होते तो...सोचा होगा मायके में रहकर अन्न को तरसेगी, सामाजिक व्यंग्य-बाणों से पीड़ित

होगी तब स्वयं ही लौट आएगी। उन्हें पता नहीं था कि औरत में भी संघर्ष की क्षमता है। आवश्यकता उसके संकल्प करने की है और उसका संकल्प पुरुष की अपेक्षा कई गुना दृढ़ होता है।

''क्या सोचा तूने?'' पिता ने पुन: पूछा था तब कहीं उसके चिन्तन की शृंखला टूटी थी।

''सोचना क्या बाबा, मैं यहाँ बहुत खुश हूँ। तुम जानते हो, अपने पैरों पर खड़ा होने के लिए मैंने कितनी मुसीबतें सहीं, तब ये लोग कहाँ थे!'' वह दबे स्वर में अपने भीतर की तपन ही बाहर उँड़ेल रही थी।

''हम अपनी गलती पर शर्मिन्दा हैं, बहू! हमें माफ कर दो और अपने घर को लौट चलो वरना अब तो वह खंडहर-सा लगता है। तुम्हारे बिना अब घर घर नहीं रह गया है। दाई-भाई हमारी बर्बादी देखकर खुश होते हैं, ताने मारते हैं और हम....मन-ही-मन घुटकर रह जाते हैं, कुछ भी तो जवाब नहीं दे पाते उन्हें।'' ससुर ने अपने भीतर की सारी टूटन ही सामने निकालकर रख दी थी।

''समधी की बात रख ले बेटी! वरना गाँव क्या मुँह लेकर लौटेंगे ये लोग और....आखिर हैं तो तेरे अपने ही...'' गोबर्धन बहुत-कुछ कहना चाहता था लेकिन न जाने क्यों अटक गया था। संभवत: कान्ता की आक्रामकता का सामना करने की सामर्थ्य उसमें नहीं थी। हाँ, उसके मन की तपन वह समझता था कि कैसे उसने अपनी रोटी के लिए दिन-रात एक कर मेहनत की और उन्हें भी सहारा दिया।

''तो क्या इसी दिन के लिए मैंने रात-दिन एक कर...''

''जो भी समझ बेटी, अपने लिए न सही हम सबकी खुशी के लिए ही अपनी ससुराल...एक दिन के लिए ही चली जा फिर वहीं से अपनी दूकान देख लेना।''

''हाँ बेटी, उसके बाद तुम चाहो तो पति-पत्नी यहीं शहर में रह लेना।'' भीगी आँखों से ससुर ने याचना की थी। उनकी दशा देखकर कान्ता का मन ऐसे पिघलने लगा था जैसे गर्मी में बर्फ पिघल जाती है।

''ठीक है, जैसी आप लोगों की इच्छा!'' उसने लम्बी साँस भरकर कहा। कहते हुए उसे लगा उसके सिर से एक बड़ा बोझ उतरता जा रहा था और

दूसरा चढ़ता जा रहा था। समधियों के चेहरों पर जैसे सुबह की धूप उतर आई थी। दूसरी ओर रणवीर चुपचाप बैठा था।

अगले दिन दूकान पर पिता को बिठलाकर कान्ता ससुराल के लिए रवाना हो गई। बस धूल के बादल उड़ाती हुई गाँव की ओर बढ़ती जा रही थी। पति व ससुर के साथ बस में बैठी कान्ता के मन में भविष्य की कल्पना के बादल उड़ान भरने लगे थे। कंडक्टर की सीटी बजते ही बस रुकती जाती और लोग चढ़ते-उतरते जाते।

''लो, अपना गाँव आ गया!'' ससुर के कहते ही उसकी तन्द्रा टूटी और वह उनके पीछे-पीछे बस से नीचे उतरने लगी।

●●

उसके न होने का दर्द

जीतमल के घर आज बिरादरी के सारे लोग इकट्ठे थे। कारण, उसकी लड़की की मँगनी। अभी कुछ दिन पहले श्रीकोट का बिजलू अपने मामा के साथ उपेन्द्री का 'मंगन्यारू' आया था। घर में सभी को अच्छा लगा था। अभी उपेन्द्री मुश्किल से पन्द्रह-सोलह बरस की होगी। उसे देखने व रिश्ता जोड़ने लोग आने लगे हैं। जीतमल खुश था कि रिश्ते के लिए लोग उसका घर खटखटाने लगे हैं। बेटी को घर में पराए धन की तरह रखा जाता है और समय पर ढंग का लड़का मिल जाने पर माँ-बाप के लिए गंगा नहाने की-सी बात हो जाती है। पन्द्रह-सोलह की उपेन्द्री कद-काठी में बीस-बाईस की लगती है। उपेन्द्री उन्हें पसन्द थी। लड़के के बारे में बता गए कि घर की जिम्मेदारी से लदकर पढ़-लिख न सका। घर के काम-धाम करता है। अपने खेत, मवेशी सब कुछ हैं। रिश्ता तय था। नहीं भी होता तो क्या....लड़की के मंगन्यारू तो आते ही हैं। बाण की काखुड़ी (खीरा) और मैत की ध्यानठुड़ी (लड़की) पर सबका ध्यान जाता ही है। लड़की के लिए रिश्ता लेकर तो किसी-न-किसी का आना होता ही है।

दूसरी बार बिजलू अपने पंडित, बिरादरी के दो लोगों, गाँव के सयाणे और भगतू लाला को लेकर आया। पंडित के हाथ में दही की नन्ही 'परोठी' थी जिस पर रस्सी के सहारे दो पकोड़े बँधे थे। मेहमानों को काउंठों पर बिठाया

गया फिर चाय-पानी। घर में खाना पका-पूड़ी, कचौड़ी, सब्जी, हलुवा, रायता और दाल-भात। पंडित ने कन्या को बिठाकर मँगनी की रस्म का आरम्भ किया। थोड़े-बहुत मंत्रोच्चारण के बीच कन्या को टीका लगाया गया और वर पक्ष की ओर से नाक की फूली और गले की 'तिमाण्या' लड़की को पहनायी गई। इन्हें पहनाने के लिए गाँव की सौभाग्यवती महिला को पहले से ही बुलाया गया था। सौभाग्यशाली यानि जिसके दादा-दादी, सास-ससुर, माँ-बाप, मामा-मामी, भाई-बहिन से लेकर बाल-बच्चे तक सभी सही सलामत हों। कहते हैं, ऐसा होने पर वर-कन्या का भविष्य उज्ज्वल रहता है। हालाँकि वर्तमान में ही भविष्य को लेकर की जाने वाली धारणाएँ शत-प्रतिशत सही नहीं होतीं लेकिन परम्पराएँ तो हैं ही। गहने पहनते ही भावुक उपेन्द्री रोने लगी तो उसके साथ ही बाकी महिलाएँ भी रोने लगीं। थोड़ी देर के लिए घर का वातावरण ही रूणिक हो गया। कुछ देर बाद खाना परोसा गया। खाने के आरम्भ से पहले अतिथियों को सम्मान स्वरूप ग्यारह-ग्यारह रुपए की 'पिठांई' लगी।

कुछ दिन गाँव में मँगनी की चर्चा रही फिर दैनिकता के बोझ तले वह भी कल बनती गई। दोनों पक्षों को ब्याह का इन्तजार रहने लगा और दायित्व-निर्वाह की चिन्ता भी। जैसी बन पड़ी तैयारी की गई। गाजे-बाजे, राशन, घी-दूध से लेकर बर्तन-भाँडों का इन्तजाम किया गया। पंडितों ने ब्याह में काम आने वाली सामग्री की सूचियाँ यजमानों के हाथों में पहले ही थमा दी थीं और वे कस्बे से खरीद भी लाए थे। तय शर्त के अनुसार बिजलू को अपनी होने वाली बहू के लिए घर की पुरानी नथ बिगाड़कर कानों की 'मुरकियाँ' बनवानी पड़ी थीं।

ब्याह का दिन...। बिजलू पैंट-कमीज पहनाकर, सिर पर सेहरा बँधवाकर, कमर में खुँखरी लटकाकर, गले में माला डाल घोड़े पर बिठाया गया। धूमधाम के साथ बारात घर से चली। गाजे-बाजों की थाप पर बाराती नाचे-झूमे। दारू का भी इन्तजाम था इसलिए बारातियों, जुमरियों व हरिजनों में जिसका मन हुआ, थोड़ी बहुत पी और कुछ कोट-पैंट पहने लोगों ने थोड़े से रुपए जुमरियों में भी लुटाए।

जीतमल के घर बारात का आँखें बिछाकर स्वागत हुआ। छोटा-सा लकड़ी व कपड़े से बनाया गया स्वागत द्वार। उससे लगी पतंग कागज की मालाएँ। लाल, हरे, पीले, बैंगनी रंग का समन्वय। सुबह से ही उसके घर अच्छी-खासी चहल-पहल थी। गाँव व आसपास के लोग आकर खाना खा रहे थे। गाँव की महिलाएँ अपनी टोकरी में आटा, चावल, दाल लेकर आती जातीं और उन्हें खाली करने के बाद उनमें हलवा, पूड़ी, सब्जी, कचौड़ी रख दिया जाता। गाँव के सिद्धहस्त बावर्चीनुमा लोग अपनी-अपनी खाने-पकाने की जिम्मेदारी में जुटे थे। एक ओर बड़ी-सी चासनी में रामप्रसाद व विज्या हलवे के लिए सूजी भून रहे थे, दूसरी ओर प्यारू एक बड़े ढेक में दाल पकाने में लगा था। रूपा आलू-गोभी की सब्जी पका रहा था। दो-चार लोग उसके पास ही सब्जी काटते जा रहे थे। मालचन्द और चैतराम एक चासनी में चावलों को बड़े ही तन्मयता से हिलाते-डुलाते हुए पका रहे थे। खाना पकाने की जगह रस्सियों में घिरी थी कि कोई राजपूत, हरिजन उधर न जाए क्योंकि अनेक ब्राह्मण उनका छुआ भात नहीं खाते। राशन के भण्डार की चाबी लिए अतरिया आँगन के इधर-उधर चहलकदमी कर रहा था। कमलिया व मौनिया बरांडे में बैठे कद्‌दू का रायता बना रहे थे। राजू अकेला ही ककड़ी का रायता घोट रहा था।

एक ओर खाना पक रहा था तो दूसरी ओर लोग जीमते जा रहे थे—एक कतार में पुरुष दूसरी में महिलाएँ। खिलाने वालों को अपने काम में अच्छा तर्जुबा है और हर ब्याह-बरात में खासकर उन्हें ही बुलाया जाता है। कई बार लोगों में कानाफूसी होती है कि वे किसी को अचार से मेहरूम कर देते हैं, किसी को दही से और अपने नजदीकी को बढ़-चढ़कर खिलाते हैं, फिर भी उनका महत्व जस का तस है। रस्सी लगी जगह के बीच ब्राह्मण स्त्री-पुरुष तथा सबसे बाहर एक ओर हरिजनों को खिलाया जा रहा था। छूँ का बोलबाला गाँवों में कहीं-कहीं छूत की बीमारी की तरह देखने को मिलता है।

रात्रि को जीतमल व बिजलू के बीच लेन-देन पूरा हो गया। जीतमल ने चार हजार पहले ही ले लिए थे बाकी के चार आज मिल गए। कुल आठ हजार में उपेन्द्री का सौदा। कन्या-विक्रय की कुप्रथा। लेकिन आज जब दहेज

के दानव ने विकराल मुँह फैला दिया है तब यह प्रथा सुखद लगती है। ब्याह में कन्या के नाम लिया जाने वाला धन उनके बीच न दीवार बनता है न अड़चन ही बल्कि उनके मन का दुराव ही मिट जाता है।

रात्रि के अन्तिम पहर वर-कन्या को ओबरे में लाया गया। सारे निकटस्थ उपस्थित थे। पं. शिवराम 'उहू-उहू-हू-हू' करते हुए ठिठुरने लगा तो जीतमल उनका इशारा समझ गया। उसके लिए लौंग, इलायची की अच्छी चाय बनकर आ गई बाकी लोगों के लिए साधारण। पं. शिवराम को बढ़िया खाने की फिक्र ज्यादा रहती है। यजमानों को वह खाने-पीने को लेकर खूब हिदायत देता है। मसलन, दाल में छौंक देशी घी का हो। खाने के लिए काजू, बादाम, किशमिश, दूध, मलाई की अच्छी व्यवस्था हो। यजमान उसकी आदत जानते हैं इसलिए अपनी तरफ से कोई कसर नहीं रखते। घर में भले ही महीने-भर लूण-तेल न मिले लेकिन यजमानों के घर पंडित जी का खूब ख्याल रखा जाता है। ओबरे में ही ब्याह-वेदी पर वर-कन्या ने फेरे लिये। सुबह तक पं. शिवराम चार-छः मलाईधार चाय भी पी गए और ब्याह की रस्म भी पूरी हो गई।

अगले दिन निश्चित समय पर बारात चलने को हुई। दहेज में मिले–थाली, कटोरी, गिलास, चारपाई, बिस्तर, सन्दूक, रेडियो, गाय, बछड़ी की गनती के बाद सामान का बोझ बनाकर गाँव के हरिजनों ने अपनी पीठ से लगाया और बारात के साथ चलने लगे। वर-कन्या को अलग-अलग घोड़ों पर बिठाया गया। उपेन्द्री व घरवालों ने रो-धोकर अपना बुरा हाल कर डाला था। करुणा, विछोह, उल्लास व स्थानीय वाद्यों के स्वर के बीच बारात विदा होकर गाँव की पगडंडियों की लाँघती हुई आगे बढ़ने लगी। एक सफेद घोड़े पर पं. शिवराम बैठे थे और एक पर सयाणा प्रतापसिंह। कतार में चलती बारात किसी माला की तरह लग रही थी।

बारात को विदा करने के बाद माँ-बाप जितने विह्वल थे भीतर से उतने ही सन्तुष्ट। लड़की का ब्याह हो जाना माँ-बाप के लिए सुख की असीम स्थिति होती है। उपेन्द्री की सहेलियाँ दूर तक उसे विदा करने गईं। वाद्यों के मन्द पड़ते स्वरों और बारात के ओझल होने पर वे थके कदमों से वापस

लौटीं। घर उदास था। बारात के लिए जुटाया गया सामान लौटने लगा। घर में सजी मालाओं का रंग फीका पड़ने लगा।

पहाड़ की तलहटी में बसे करीब पचास मवासों के गाँव में अच्छी-खासी रौनक थी। छोटा-सा गाँव। जंगल के बीच अवस्थित। बिल्कुल उसी तरह जैसे कुजीण की घनी झाड़ी में सफेद फूल खिले रहते हैं। बिजलू का घर मालाओं से सजा था। आँगन से लगे सगवाड़े में ही खाना पकाने के लिए जमीन खोदकर पत्थरों के चूल्हे जमाए गए। जलते चूल्हों पर रखे बड़े-बड़े बर्तनों में खाना पकाते लोग। आसमान में दूर तक उठता धुआँ नजर आता। लोग जींम रहे थे। जुमरिया बराबर ढोल, दमाड़ों पर बड़ाई की थाप दे रहे थे। सायं घिरते ही लोग बेसब्री से बारात का इन्तजार करने लगे।

लोगों ने बारह-पन्द्रह काउंठ लाकर वृत्ताकार में आँगन में बिछा दिए थे, बीच में अच्छा साधन बिछा था। बारातियों को चाय-नाश्ता व खाना खिलाने-पिलाने के लिए गाँव से कटोरी, गिलास व थालियाँ इकट्ठी की जा चुकी थीं। वीरू मिट्टी का तेल पेट्रोमेक्स में भर रहा था और रज्या उन्हें जलाने की कोशिश कर रहा था। उन्हें बच्चों ने घेर रखा था। पहला पेट्रोमेक्स जला तो सारे बच्चे शोर मचाने लगे–''जल गया!'' अँधेरा आँगन से छिटककर जैसे दूर भागने लगा। दूसरा, तीसरा, चौथा....सभी मेट्रोमेक्स जल उठे और निर्धारित स्थानों पर रख दिए गए। रोशनी में सबके चेहरे नहाने लगे। रज्या ही है जो सारे गाँव के ब्याह-बरात, कथा-पाट, रामलीला में पेट्रोमेक्स जलाने का जिम्मा लेता है।

सामने से वाद्यों का स्वर उभरा, रोशनी दिखी तो बच्चे चिल्लाए–''बरात आ गई। बरात आ गई।'' सभी अपनी-अपनी तैयारी में जुट गए। जुमरियों ने ढोल-दमाड़े कसे। चूल्हे पर चाय के लिए पानी रखा गया। थालियों में बीड़ी, सिगरेट, माचिस, इलायची, मिश्री तैयार थी। लड्डू, नमकीन रखी जा रही थी। तीन चिलमें बीच में रखी थीं। बारात नजदीक पहुँची तो कुछ लोग बच्चों व जुमरियों के साथ पेट्रोमेक्स लेकर उनके स्वागत के लिए आगे बढ़े। एक जगह दोनों ओर के लोग मिले। पेट्रोमेक्स की रोशनी में बारात नहाने लगी। जुमरियों

ने थोड़ी-बहुत दारू पी रखी थी और बाराती भी झूम रहे थे। जुमरियों ने वाद्य निपुणता की अपनी परिचित शैली में एक-दूसरे का अभिवादन किया फिर अपने वाद्य-कौशल का परिचय सबद से देने लगे जो चुनौतीपूर्ण कला है। लोगों में बात चल रही थी–'अबकी बार जरूर रण्या बाजी मारेगा, उसकी ढोल पर चलती उँगलियों और लाकुड़ी का जवाब नहीं।' वैसे भी कहते हैं उसके बा के बराबर ढोल सागर का ज्ञान किसी को नहीं था। यह कला उसे विरासत में मिली है। बाराती मस्त होकर नाचे। एक आदमी मुँह में मिट्टी का तेल भरकर उसे हाथ में जलते छिलके की ओर फेंकता तो आग का गोला आकाश की ओर उठने लगता।

बारात स्वागत द्वार पर पहुँची तो विधिवत् ढंग से उसका स्वागत हुआ। इससे पहले बारात मन्दिर की ओर गई थी जहाँ वर-वधू ने देवी की पूजार्चना की। पंडितजी के कहने पर सवा पाँच-पाँच रुपए उनकी ओर से मन्दिर में चढ़ाए गए। घर के आँगन में पहुँचते ही बारातियों के जूते उतरवाकर एक गिल्टे में भर दिए गए। अक्सर बारातों में जूते-चप्पलों की अदली-बदली और चोरी की घटनाएँ होती हैं। रोकने का यही तरीका है। बारातियों के हाथ-पैर गुनगुने पानी से धुलाए गए फिर सभी को काउंठों पर बिठाया गया। बीच में वर-वधू और पंडितजी बैठे। पहले तम्बाकू, बीड़ी, सिगरेट, मिश्री, सौंफ, इलायची फिर चाय-नाश्ता। वर-वधू और पंडितजी ने कुछ मंत्र पढ़े।

बहू को गृह-प्रवेश के लिए बरांडे में लाया गया। दरवाजे पर खड़ी सास से 'सौऊ भेंट' (सासू भेंट) कराई गई। छोटी-बड़ी सासुओं ने बारी-बारी से उपेन्द्री के गले में रुपयों से गुँथी मालाएँ डालीं और उपेन्द्री ने बारी-बारी से सबके चरणों में पाँच-पाँच रुपए डाल दिए। बदले में सबको दूना देना पड़ा। सास ने अपनी तिमाण्या उपेन्द्री के गले में पहनाई और प्यार से उसे चूम लिया। भीतर ले जाकर उसे सबके साथ बिठाया गया। कमरा पहले ही दूर-पास की महिलाओं से ठसाठस भरा था। उपेन्द्री का आभामय चेहरा रुआँसा हो रहा था। क्या होता है लड़की का जीवन भी।

''ब्वारी (बहू) सचमुच बाँद (खूबसूरत) है। ऐतारी प्यार दुलार से रखेगी तो....'' किसी ने कहा था।

"अभी तो बहुत छोटी है बेचारी, ये उमर तो हँसी-खेल की...." सभी के कहने पर उपेन्द्री उदासी से घिर गई। भविष्य के बारे में ज्यादा कुछ उसने नहीं सोचा था। महिलाओं की बहुत सारी बातों के बीच उसे नींद आने लगी।

"इसे सुला दूँ" ऐतारी ने अपनी गोद में सिर रखी उपेन्द्री को देखकर कहा। उसे सुलाकर वह बहुत देर तक उसका चेहरा देखती रही। 'देवी, इसे मेरी भी उमर लगा दे' उसने मन-ही-मन प्रार्थना की।

बाराती खा-पीकर, नाच-झूमकर सो चुके थे। ओबरे में हरिजन व जुमरिया अब तक गप्पें मार रहे थे। नौबत बजने के साथ ही वे भी जैसे सारी थकान बटोरकर जमीन पर बिछे पुआल के ऊपर बिछौना डालकर पसर गए। थोड़ी देर में उन्हें भी नींद आने लगी।

रात्रि के बाद अँधेरा बादलों के झुण्ड की तरह छिन्न-भिन्न होने लगा था। चिड़ियों की चहचहाट वातावरण में मृदुता घोल रही थी। गाँव के छितरे घरों से धुआँ उठने लगा था। स्त्रियाँ गागर, बन्टे लेकर नाले की ओर आ-जा रही थीं। कुछ का रुख दिशा-मैदान जाने के लिए खाले की ओर था। खाले में हमेशा पानी बहता रहता है जो बरसात में विकराल रूप धारण कर लेता है। तब सारी गन्दगी नीचे की ओर बह जाती है। खाले के नजदीक पेड़-पौधों की, बड़े-बड़े पत्थरों की आड़ लेकर लोग बैठते हैं। दिशा-मैदान होने के बाद अखरोट के दाँतून से दाँत माँजना अच्छा लगता है। इसी बीच आते-जाते लोग आपस में टकरा जाते। ज्यादातर बाराती हाथ-मुँह धो चुके थे। कुछ आलसी किस्म व थके-माँदे लोग अब भी सो रहे थे। चूल्हे जल चुके थे। जलती लकड़ी से उठती रक्तिम लपटें बेहद लुभावनी लगतीं। ऊँची-सी पहाड़ी के कोने पर सूरज की दस्तक के साथ ही गाँव में चहल-पहल व बच्चों का कोलाहल बढ़ने लगा।

बारात में आए हरिजन, जुमरियों ने बिजलू से फरमाइश की कि उन्हें रिवाज के मुताबिक अपने लिए 'फरडू' (इनाम) चाहिए। फरडू को लेकर आपस में कुछ नोक-झोंक हुई। वे एक बड़ा बकरा माँग रहे थे और बिजलू छोटा देने का राजी था। खैर, ठीक-ठाक-सा चेलखू (बकरी का बच्चा) देकर उन्हें संतुष्ट किया। बिना देर किए वे उसे एक ओर ले गए। उस पर पानी

व चावल के दाने 'ज्यूंदेल' डालकर इष्ट देवता को स्मरण किया। वह सिहरा तो उसका सिर कलम हुआ। खून का फव्वारा फूटा तो उसे एक बर्तन में भरा गया। कुछ देर बाद वे दारू और शिकार के साथ जश्न मनाने लगे। गाँव के कुछ लोग उनके साथ थे।

दोपहर को उपेन्द्री से विदा लेकर उसका भाई और हरिजन, जुमरिया घर को लौटने लगे, तब वह फूट-फूटकर रोने लगी। भाई ने उसे ढाढ़स बँधाया। हरिजन जुमरियों ने ढेर सारी नसीहतें दीं कि वह अपनी ससुराल में रहकर सुनाम करे, फले-फूले और उसका फलता-फूलता घर उनके लिए भी आसरा बने। सास और वहाँ पर उपस्थित स्त्रियों ने उसे समझाया कि अब ससुराल ही उसका घर है। परसों ही उसके मायके से दूणज लेकर आएँगे और वह चली जाएगी। दूणज विवाह के बाद मायके व मामाकोट से दी जाने वाली दोफारी है जिसमें बिरादरी के चाचा, ताऊ गिल्डियों में रोटी रखकर लाते हैं।

पीठ पर गिल्डियाँ लादे दूणजियों की टोली गाँव की ओर जाने वाली पगडंडी पर आगे बढ़ने लगी तो उपेन्द्री से किसी ने कहा-''देख, तेरा दूणज. ...'' सुनकर उसका रोम-रोम आनन्द से पुलकित होने लगा और वह उचक-उचककर पेड़ों के झुरमुटों के बीच से निकलते लोगों को देखने लगी। ''वो आगे बड़ बा....पीछे मामा....उसके पीछे चाचा.... फिर....'' वह उत्साहित-सी कहती जा रही थी। घर पर दूणजी आए, सारे लोगों का अच्छा स्वागत हुआ। शान्ति व इन्द्रा दूणज की रोटी घर-घर बाँट आई। रात को दूणजियों को सम्मानस्वरूप ग्यारह-ग्यारह रुपए की पिठांई लगाई गई। फिर पीना-खाना, पूड़ी-पकोड़े, दाल-भात, सब्जी सब बना था। बिरजू ने दारू का भी प्रबन्ध कर रखा था। थोड़ी-बहुत जितनी चल सकी, सबने पी। अगले दिन उपेन्द्री को दूणज लेकर आए लोगों के साथ मायके के लिए विदा कर दिया गया। दूर तक गाँव व बिरादरी के लोग उन्हे छोड़ने गए। माँ-बाबा व निकटस्थों से मिलने की प्रबल उत्कंठा उसके मन में थी।

साल बीत गया। गाँव परिवर्तनों का मूकदर्शक बनता रहा। इस बीच वहाँ कुछ-न-कुछ बदलाव हुए, जन्म हुए, मौतें हुईं। चार-छः ब्याह हुए। स्कूल के एक मास्टर व हलके के पटवारी का भी तबादला हो गया। ससुराल में उपेन्द्री

का समय अच्छा कटा। रिवाज के अनुसार जब भी मायके से उसे बुलाने आए, तब खुशी-खुशी उसे भेजा गया। समय-समय पर मायके व मामाकोट से उसकी 'दोफारी' आई। साल पार करते ही उसके पैर भारी हुए तो ससुराल में खुशी छाने लगी। यही खुशी एक दिन जीतमल के स्कूल मास्टरजी को बताई तो बजाय खुशी के उनके चेहरे पर गहरी चिन्ता थी। "इतनी छोटी-सी उम्र में माँ बनना कोई खुशखबरी नहीं है जीतमल।" वे अपने चश्मे को कानों पर टिकाते हुए बोले थे। जीतमल उन्हें एकटक देखने लगा था।

"क्यों?" सिर्फ इतना ही पूछ सका।

"इसलिए कि अभी उपेन्द्री की उम्र ही क्या है, ये तो उसके खेलने-कूदने के दिन थे। अभी से माँ बनने की जिम्मेदारी....भगवान करे वह सँभाल सके।" मास्टरजी के चेहरे पर न मिटने वाली चिन्ता देखकर जीतमल के दिल में काँटों की-सी चुभन होने लगी। उसकी आँखों के सामने कल्या की लड़की जयरी का चित्र घूमने लगा था जिसका ब्याह पन्द्रहवीं साल में हो गया और ठीक ग्यारह महीने बाद बच्चा जनती हुई वह भगवान को प्यारी हो गई। रह-रहकर उसकी नजरों के सामने किसी ताल के बीचोंबीच डूबी सहायता के लिए चिल्ला रही उपेन्द्री का चेहरा उभरने लगता। वह उसे बचाने की कोशिश में आगे बढ़ता है लेकिन दल-दल में ही फँसकर रह जाता है। उसे नहीं बचा पाता।

"ना ....।" वह चीखा तो मास्टरजी ने उसे समझाने की कोशिश की। घर पहुँचकर वह बरांडे में बैठा मास्टरजी के शब्दों को मथना रहा।

"हमने अच्छा नहीं किया उपेन्द्री की माँ जो अपनी बेटी का ब्याह छोटी उमर में कर डाला।" जीतमल धीमे व रुँधे गले से पत्नी से बोला तो वह उसका चेहरा ताकने लगी थी।

"ये तुम क्या कह रहे हो। उपेन्द्री अब छोटी नहीं रही। माँ बनने वाली है और तुम नाना।"

"यही तो सोच रहा हूँ कि कहीं अपनी उपेन्द्री कच्ची डाली की तरह.... मन उसकी चिन्ता में...." इसके बाद दोनों के बीच उदासी छाने लगी। ज्यों-ज्यों उपेन्द्री के प्रसव का दिन करीब आने लगा त्यों-त्यों माँ-बाबा की

चिन्ता भी बढ़ने लगी थी। उनका प्रत्येक दिन संशय के साथ गुजरता।

उपेन्द्री की ससुराल का कोई आदमी उनके गाँव में दिखता तो उनके मन में दुगदुगी-सी होने लगती। एक दिन....वे उपेन्द्री से मिलने उसकी ससुराल जाने की योजना बना रहे थे। तभी....गुमानू आया। उसके काले चेहरे पर पसीनें की बूँदें उभर रही थीं। उसे देखकर उनके होश गुम थे। संशय का विषेला सर्प उनके तन-मन में दंश मारने लगा था। कुशलक्षेम कैसे पूछें, बात का आरम्भ कहाँ से करें, लम्बी रस्सी की शक्ल में वे अपने आप में ही उलझ रहे थे। ....धक्....धक्....धक्....उनके उर में चोट होने लगी थी।

"....काका....काकी।...." गुमानू के हिलते अधरों के साथ उनके दिलों पर हथौड़े चलने लगे। "....उपेन्द्री चल बसी...." इतना कहते ही वह फूट-फूटकर रो पड़ा।

माँ-बाबा छाती, सिर पीटने लगे। "मेरी प्यारी उपेन्द्री!" हृदय-विदारक तीव्र स्वरों के साथ वे विलाप करते हुए हाथ-पैर पटकने लगे थे। इतनी देर में गाँव-बिरादरी के बहुत सारे लोग घर में जमा होने लगे। सारी रात घर का वातावरण शोकाकुल रहा।

अगली सुबह गाजे-बाजे लेकर गाँव-बिरादरी के लोगों के साथ वे उपेन्द्री की ससुराल पहुँचे। तब पता चला कि बच्चा जनते हुए उसकी जान जाती रही। इस तरह न जच्चा बच सकी और न बच्चा। लोगों ने लड़के-लड़की दोनों पक्षों को जीवन की क्षणभंगुरता व सहनशीलता के अनेक उदाहरण देकर उन्हें ढाढ़स बँधाया। उपेन्द्री का अन्तिम संस्कार होने के बाद गाँव से गए लोगों के साथ शोक-विह्वल परिवार वापस लौटा।

अपनी इकलौती बेटी के न होने का दर्द जीतमल व उसकी घरवाली को बुरी तरह कचोटता है। प्रसव पीड़ा में छटपटाती उपेन्द्री का चेहरा उनकी आँखों के सामने उभरता है तब उनके सुख-चैन में उथल-पुथल मचने लगती है। काश, उन्होंने कुछ बरस उपेन्द्री के ब्याह के बारे में न सोचा होता तो कच्चे घड़े की तरह उसका जीवन न टूटता और उसके न होने का दर्द आज उनके तन-मन को न डँसता। ●●